U0093469

國際學術研討會

古龍武俠小說 領先時代半世紀

【記者賴素鈴／報導】江湖代有才人出，這廂古龍凋零二十載，那廂今朝懸賞百萬獎新秀，浪淘不盡，唯有武俠熱愛，不隨時間變易，在學術研討會上更見分明。以「一代鬼才：古龍與武俠小說」爲主題，淡江大學第九屆文學與美學國際學術研討會昨起在國家圖書館，展開爲期兩天的議程，紀念武俠小說家古龍逝世二十周年，新生代學者與古龍故舊齊聚一堂，以文論劍話武俠。

日前與淡大中文系教授林保淳共同發表《台灣武俠小說發展史》，武俠小說評論家葉洪生昨天在專題演講中，直批胡適1959年底發表「武俠小說下流論」是「胡說」，學界泰斗的不當發言以及隨即展開的「暴雨專案」，反而促成1960年起台灣武俠新秀的繁興，「武俠小說迷人的地方，恰恰在門道之上。」，葉洪生認定，武俠小說審美四原則在文筆、意構、雜學、原創性，他強調：「武俠小說，是一種『上流美』。」

集多年心血完成《台灣武俠小說發展史》，葉洪生認爲他已爲從十歲起迷上武俠小說的半世紀畫上完美句點，並且宣布他「以後決心退出武俠論壇，封劍退隱江湖」。

雖然葉洪生回顧武俠小說名家此起彼落，套太史公名言「固一世之雄也，而今安在哉？」，認爲這是值得深思的嚴肅課題，昨天意外現身研討會而備受矚目的溫世禮，則爲了紀念同是武俠迷的哥哥溫世仁，推出第一屆「溫世仁武俠小說百萬大賞」，即日起至今年10月3日截止收件，經兩階段評選後於明年12月7日公布首獎得主，預料將會是一場武林新秀的龍虎爭霸戰。

看明日誰領風騷？風雲時代出版社發行人陳曉林眼中的古龍，其實領先他的時代半世紀，以致如今雖然古龍逝世20年，陳曉林認爲大家對古龍的了解仍然有限，預言未來世代更能和古龍的後設風格共鳴。

昨天這場研討會，也凸顯武俠小說作爲一項文學研究門類，仍有待開發學習空間。多位與會者都指出，武俠小說的發表、出版方式和管道具考證難度，學術理論與論文格式的建立待加強。而武俠名家的版權之爭、市場競爭力，也增加出版推廣困難，古龍武俠小說的版權糾紛、司馬翎作品的版權官司也成爲研討會的場外話題。

與

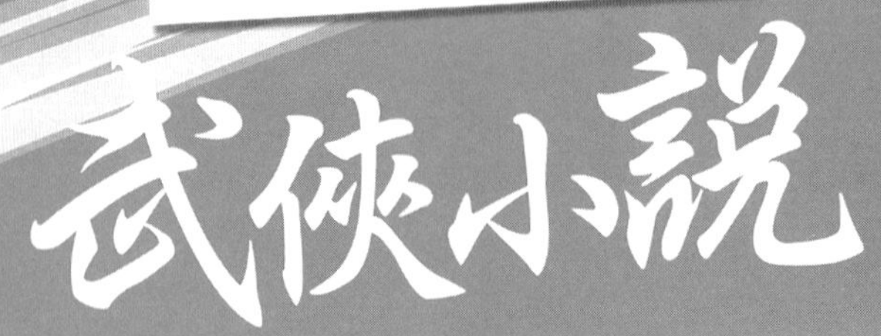

第九屆文學與美

古龍兄為人慷慨豪邁，跌蕩自如，變化多端，文如其人，且復多奇氣。惜英年早逝，余與古兄昔年交好，且喜讀其書。今睽不見其人，又無新作可讀，深自悼惜。

金庸

一九九六．十．十一．香港

護花鈴
（上）

古龍精品集 71

護花鈴（上）

目錄

【導讀推薦】

筆底驚濤腕底風

——以《護花鈴》和《彩環曲》為亮點的古龍早期名作

著名文化評論家、聯合報主筆
陳曉林

古龍的崛起、茁壯、成熟與突破、掙扎、再突破、再掙扎……堪稱是台港武俠小說創作高潮時期的一大「奇蹟」。就作品的數量而言，他在二十餘年的創作期間總共留下了六十一部，約兩千五百餘萬字的心血成績，平均每年的創作量不下於一百萬字；就作品的質量而言，幾乎每一部都有可觀之處，成熟時期的作品尤其往往生機盎然，靈光四射，堪與金庸作品分庭抗禮，而毫不遜色。

才華橫溢的古龍

古龍的創作生涯與創作表現，有不少值得注意的地方，其中之一，是他的才華在相當年輕的時期即已光芒四射。他從十八歲寫作第一部武俠作品《蒼穹神劍》開始，即與武俠小說的創作結下了不解之緣；到三十一歲時，他已完成《武林外史》、《名劍風流》、《絕代雙驕》、

《楚留香傳奇》等膾炙人口的名作。而金庸則在三十一歲時，才開始撰寫他的首部武俠作品《書劍恩仇錄》；相形之下，古龍的「早慧」是十分明顯的。金庸在四十七歲時完成了他總計十五部武俠作品的撰作，而開始進行逐步的修訂工作；而古龍卻在四十八歲那年猝然逝世，留下了一個甫在進行嘗試的寫作計劃，即：以一系列短篇武俠作品，串連成長篇巨帙的「大武俠時代」。

而在三十一歲至四十七歲之間，諸如《蕭十一郎》、《流星·蝴蝶·劍》、《天涯·明月·刀》、《多情劍客無情劍》、《邊城浪子》、《陸小鳳傳奇系列》、《七種武器》、《大地飛鷹》、《英雄無淚》等風格驚絕、生面別開的力作逐一問世，真令讀者有置身山陰道下，目不暇給的驚喜。時值金庸停筆之後，唯古龍以一支生花妙筆獨撐武俠文壇；於今想來，若是古龍也有機會修訂他的全部作品，則他的文學地位必較目前大可提升，殆可斷言。

苦悶時代的閃光

依照古龍自己的說法，沒有寫武俠小說之前，他本身就是個武俠迷，而且是從被稱爲「小人書」的連環圖畫看起的。古龍曾回憶道：「那時候的小學生書包裡，如果沒有幾本這樣的小人書，簡直是件不可思議的事。可是，不知不覺小學生都已經長大了，小人書已經不能再滿足我們，我們崇拜的偶像就轉移到鄭證因、朱貞木、白羽、王度盧和還珠樓主，在當時的武俠小說作者中，最受一般人喜愛的大概就是這五位。然後就是金庸。於是我也開始寫了。引起我寫武俠小說最原始的動機並沒有什麼冠冕堂皇的理由，而是爲了賺錢吃飯。」

——見古龍：「不唱悲歌」

其實，古龍在此處的陳述顯得過於簡略。一九五〇至一九六〇年的台灣，在物質生活上確然相當匱乏，古龍隨其家人從香港到台灣時年方十三歲，對世間當充滿憧憬；但由於家庭變故，父母仳離，他在上大學時的第一年即已面臨生計的煎熬，亦是事實。然而，一個必須正視的因素是當時的大環境、大氣候十分苦悶，整個台灣在戒嚴令的威權統治下，有一種近乎窒息的感覺；知識分子不敢議論時政，庶民大眾當然更噤若寒蟬。但嚮往公平正義，尋求超現實的理想境界，是源自人性深處的強烈需求；唯在當時的苦悶氛圍下，這種人性需求也仍須覓致其表達或渲泄的形式。然則，武俠小說在當時的台灣應運而生，原有不可漠視的社會基礎。

五十年代到六十年代是台灣武俠創作的極盛時期，作者多爲移遷到台的流亡學生、國軍將士、基層公務員；既然時代與社會對幻想式的武俠作品有其需求，而一旦有出版社願予印行，寫作這類作品又確能賺錢吃飯貼補家用，於是，一時之間武俠作者多如過江之鯽，武俠小說儼然成爲紓解時代苦悶的主要消閒讀物。但也正因如此，絕大多數作者都並不將寫作武俠小說視爲一種長久的職志，或視爲在文學上、藝術上有其獨特意義的事業；於是，正邪對立、善惡分明、陳陳相因、交互模仿的武俠刻板的窠臼逐漸形成，嗜血的、粗糙的、抄襲的、胡編的末俗濫惡之作，開始充斥於當時的市井書坊。恰在此時，古龍以其清新的筆觸、流利的文采、典雅的敘事，以及天風海雨般的想像力與創作力，崛起於武俠文壇，確予人以耳目一新的驚豔之感！

一出手令人驚豔

即使在二十多年後被他自評爲「內容支離破碎、寫得殘缺不全」的少年期初作《蒼穹神劍》中，古龍也展現了他獨具韻味的文字功能。他起筆即寫道：「江南春早，草長鶯飛，斜陽三月，夜間仍有蕭索之意。秣陵城郊，由四橫街到太平門的大路上，行人早渺，樹梢搖曳，微風颼然，寂靜已極。」像這樣優美、浪漫而富於古典詩意的文字，豈像是出於一個未滿十八歲的少年之手？更何況，他在書中所抒寫的秦淮風月、少豪意氣、英雄志業、兒女情懷，以及情節中的悲劇性衝突、傳奇性事蹟，實已預示了日後一連串作品的基調與特色。即使只就這部十八歲的少作而言，古龍筆下所抒寫的悲劇俠情與悲劇美感，較之他所推崇的前輩武俠名家王度廬的作品，也已不遑多讓。

在古龍的心目中，王度廬的作品「不但風格清新，自成一派，而且寫情細膩，結構嚴密，每一部書都非常完整」。以王度廬著名的「鶴—鐵五部曲」爲例，古龍即推崇其「雖然是同一系統的故事，但每一個故事都是獨立的，都結束得非常巧妙」（古龍：「關於武俠」）。所以，古龍對自己早年的作品結構不夠嚴密、系統不夠完整，一直耿耿於懷。然而，以當時台灣的出版環境而言，爲了適應租書店的需要，武俠小說的寫作本是片段進行、分冊付梓的；加以古龍當時因創作力旺盛，往往同時展開數個故事，而非集中心力於單一的、長篇的武俠作品之構作；所以，古龍的〈早期名作系列〉以文筆、氣力與瑰麗的想像力擅長，而非以嚴密的結構見長，完全是可以理解的現象。

（關於古龍的所謂〈早期名作系列〉，一般是指他在一九六三年首次有意識地改變寫作風格，將日本戰前名家如吉古川英治、小山勝清等人有關宮本武藏及幕府時代一系列忍者、劍客、武士的作品，加以消化吸收，而寫出《浣花洗劍錄》之前的全部作品而言。）古龍本人在生前也認可這樣的分期方式，他認爲一九六三年之前的作品中，《湘妃劍》、《孤星傳》頗有嘗試「文藝武俠」新寫作路線的用意，因此，〈早期名作系列〉主要涵括了《彩環曲》、《護花鈴》、《失魂引》、《遊俠錄》、《劍客行》、《蒼穹神劍》、《月異星邪》、《殘金缺玉》、《飄香劍雨》、《劍毒梅香》、《劍玄錄》等十一部作品。

超越了俗套模式

這十一部作品，都是古龍從十八歲至二十三歲的五年之間，在大時代苦悶與青春期苦悶交互導引，亟待有所清洗和昇華的情況下，所完成的嶄露頭角之作。然而，縱使在這些初試啼聲的青春期作品中，除了文字的清新流利、構思的浩瀚恣肆之外，古龍對於當時所流行於武俠文壇的末俗濫惡的風氣，已蓄意要有所扭轉；故而一再尋求理念上、表達上及題材上的突破。這個時候，古龍當然尚未體認到武俠小說可以根本不以武功、武打、武技來吸引讀者，而逕自以氣氛的營造、情節的鋪陳、人物性格的刻畫，以及人性深度的發掘與試煉，作爲作品展開的主體；然而，為了向當時流行於武俠文壇的刻板窠臼之作明示區隔，以建立自己的風格和特色，古龍揚棄了正邪對立、善惡分明的武俠敘事模式，而著意於抒寫正邪、善惡、是非、黑白往往相互糾纏，而無法明晰劃分的情境與人物。換句話說，古龍的早期作品即已超越了陳陳相因的武俠寫作模式，而呈現他自己獨特的認知與理念。

自我突破的契機

在古龍的早期作品之中，《護花鈴》與《彩環曲》的份量較為特殊，是最具有創意，結構也最嚴密的精心傑構。事實上，古龍在成熟期所撰許多膾炙人口的代表作中，有若干迥異流俗的情節、匪夷所思的橋段、戛戛獨絕中的人物典型，以及絲絲入扣的心理刻畫，在這兩部早期名作的表述中，已可看出端倪。當然，由於這些吉光片羽式的靈感與巧思，尚未被整合到充分系統化、節奏化的敘事模式之中；所以，往往予人以「七寶樓台，炫人眼目，拆散下來，不成片段」之感。儘管如此，配上了古龍那彙集浪漫才情與古典素養於一體的文字魅力之後，這些吉光片羽式的靈感與巧思，仍使得《護花鈴》與《彩環曲》展現出晶瑩剔透的風貌，並為六十年代初期的台灣武俠文壇注入了一股清新的氣息。

《護花鈴》的故事情節，若加以充分的鋪陳與推展，大可以成為一部高潮疊起、驚心動魄的長篇巨著。事實上，像「諸神殿」與「群魔島」的對峙、「不死神龍」龍布詩與「不老丹鳳」葉秋白的比鬥、「風塵三友」與南宮世家的秘辛等，上一輩絕對高手之間的恩怨情仇，既複雜萬端，又交互牽纏，只消稍予點染，無一不可以發展成大開大闔的傳奇故事。然而，古龍卻以舉重若輕的敘事筆法，將這些雖然深具戲劇張力的前代軼事一一推向背景，而突出了少年英傑南宮平的入世奮鬥事蹟，細述他的成長、磨煉、迷惘、自我克制、自我提升的歷程，並以他的江湖遇合來弭平或化解上一輩絕頂高手之間的恩怨情仇。很顯然的，古龍將西方現代小說的敘事模式中，頗具普遍意義的「啟蒙」情節引進了《護花鈴》之中；所以，「諸神島」、「群魔殿」的神話式對立，及其最終的結局，反而成為次要。

既引入了「啟蒙」的概念，則南宮平居然與上一輩武林美人梅吟雪相戀，歷經波折，九死未悔，便成為不難理解的情節。因為，唯有通過了感情或愛情領域的考驗，南宮平才能成長為一個真正堅強的男人；而梅吟雪最終為了成全南宮平維護武林正義的聲譽，悄然離他而去，委身下嫁「群魔島」的少島主，使得「群魔島」轉而力助南宮平，便成為南宮平的「啟蒙」所必須付出的代價。至於南宮世家所珍藏的「護花鈴」，照古龍的說法，本是三對可以產生「共振」的金鈴，由相戀的情侶們各執一對，一人遇險，只消搖動金鈴，另一人立可往援，這當然是一種浪漫的想像；最終，梅吟雪黯然遠行，「護花鈴」並不能助使南宮平找到她，安慰她，則隱隱反映了「啟蒙」與「浪漫」之間的永恒矛盾。

至於《彩環曲》，規模上雖只是中篇的格局，內容之豐富卻儼然超過了長篇武俠的承載。古龍曾一再表示《彩環曲》是他早期作品中最重要的「明珠」，因爲日後許多情節發展於此，良有以也。

《彩環曲》的行文之優美、落筆之精確、佈局之奇詭、節奏之明快，以及劇情轉折之搖曳生姿，在在顯示古龍在創作生涯中已瀕臨突破自我、更上層樓的契機。在本書中，他首次將以罌粟花提煉的「花粉」作爲控制他人意志的有效工具一事，引入到武俠小說的主要情節之中，使得「意志」這個因素成爲武俠小說的關鍵要素。事實上，本書中所抒寫的「石觀音」以罌粟花粉控制烏衣神魔的情節，正是日後古龍在「楚留香傳奇系列」中進一步發展相關故事的張本，連「石觀音」這個名稱，在後來的故事中也予以援用；足見古龍對《彩環曲》中創構的若干情節設計與人物典型，是相當滿意的。

不但如此，在《彩環曲》中，古龍也首次將「真正的劍客，必是以生命忠於劍、也癡於劍」這個理念，以具體的人物形象與情節推演，作了栩栩如生的表述。《彩環曲》中衣白如雪、一塵不染的白衣人，既是古龍中期作品《浣花洗劍錄》所凸顯的東瀛白衣人的前身，也是「陸小鳳傳奇系列」所刻畫的一代劍神西門吹雪的雛型。而《彩環曲》中，柳鶴亭與白衣人的一戰，將天候、地形、氣氛、心情、膽色，全都融入到一瞬間生死對搏的「極限情境」，也爲古龍日後揚棄具體武功招術，著意營造決鬥氣氛的敘事技巧，作了動人心弦的展示。就這個意義而言，《彩環曲》其實是古龍擺脫傳統武俠敘事模式，銳意走向自闢新境之途的轉折點。

爲了突破傳統武俠小說的刻板敘事模式，古龍在《彩環曲》中，還藉由對武林秘笈「天武神經」爭奪與搏鬥過程描述，而提供了一個強烈反諷的觀點。古龍如此寫道：在傳說中，每隔若干年，江湖上便總有一本「真經」、「神經」之類的武學秘笈出現，而江湖之人一定將之說得活龍活現，以爲誰要是得到了那本「真經」、「神經」，便可以練成天下無敵的武功。

而在《彩環曲》中，爲了爭奪「天武神經」而殞命的武林高手不計其數，但在武當掌門將它刻印了三十六部隨緣贈送之後，武林人士終於發覺，原來「天武神經」有其致命的缺點，往往使得習練之人在緊要關頭走火入魔，失去對外來侵襲的抵抗能力，這種對武學秘笈的反諷式描述，甚至已超出了金庸在《笑傲江湖》中對「葵花寶典」的傳奇式揶揄；當然，更超脫了金庸對「九陰真經」、「九陽真經」之神奇功能的執著；而這時的古龍在武俠文壇雖已嶄露頭角，卻年甫二十三歲，正是旭日初升的時節。

清新的古龍式武俠

綜看古龍的〈早期名作系列〉，主要特色是結合了浪漫的文學想像與古典的文學素養，而藉由對傳統武俠敘事模式的消化、吸納、突破、轉型與揚棄，而逐漸建立令人耳目一新的優美風格。起初，由於受到王度廬作品中那種沁人心脾的悲劇俠情、悲劇美感的影響，古龍的作品也隱隱沾染著耽美的悲情色彩；又由於受到金庸作品中某些結構佈局經營、人物性格發展、情節遞嬗轉折的影響，古龍的早期作品力求在浪漫的抒情與嚴密的結構之間，尋求平衡。

但無論如何，即使在早期作品中，古龍對於傳統武俠敘事模式的所預設計的正邪、善惡、是非、黑白較易判然區分的那個武俠世界，即已在行文落筆之間，有意無意地予以揚棄；而展現出自創一個「古龍式武俠世界」的企圖心與創作力。

近來重新受到舉世矚目的現代德國文藝批評界英才班雅明（W.Benjamin）在其《天鵝之歌——歷史哲學論綱》中，曾引述「起源就是目標」的格言，論述許多文學作家的思想發展。對於古龍而言，這句格言實有歷久彌新的意義，因爲，古龍畢生創作的起源與目標，均在於以清新脫俗的文學表述，寫出石破天驚的武俠作品！

——生與死，愛與憎，情與仇，恩與怨。這其間的距離，在叱吒江湖，笑傲武林的人們眼中看來，正如青鋒刃口一般，相隔僅有一線。——

一 生死之間

山風怒號，雲蒸霧湧，華山蒼龍嶺一脊孤懸，長至三里，兩旁陡絕，深陷萬丈，遠遠望去，直如一柄雪亮尖刀，斜斜插在青天之上，白雲之中。

曉色雲開，濃霧漸稀，蒼龍嶺盡頭處，韓文公投書碑下，竟卓然佇立著一個體態如柳，風姿綽約的絕色少女，一手輕撫風鬢，一手微弄衣袂，柳眉低顰，明眸流波，卻不住向來路凝睇！

險峻的山石路上，果真現出幾條人影，絕色少女柳眉微展，輕輕一笑，笑聲冷削陰寒，滿含怨毒之意，直教人難以相信是發自如此嬌柔美艷的少女口中。

笑聲方落，山脊上的數條人影，突地有如數隻健羽灰鶴，橫飛而起，霎眼之間，便已掠在絕色少女面前，絕色少女睛波一轉，冷冷道：「隨我來！」纖腰微擰，刷地後掠數丈，再也不望這幾人一眼。窈窕的身形，十數個起落，便已筆直掠上南峰！

霧中橫渡蒼龍嶺的五條人影中，一個滿面虬鬚，勁裝佩劍的黑衣大漢，濃眉軒處，面對他身側的一個玄衫少婦哈哈笑道：「好狂的小姑娘，只怕比你當年還勝三分！」

玄衫少婦螓首輕抬，微微笑道：「真的麼？」

黑衣大漢哈哈笑道：「自然是真的，誰要是娶了她，保管比我龍飛還要多受些夾磨！」

笑聲高亢，四山皆聞，語聲中雖有自憐之意，笑聲中卻充滿得意之情，玄衫少婦嚶嚀一聲，伏向他胸前，一陣風吹過，吹得她雲鬢邊的髮絲，與他頷下的虬髯亂做一處。也吹得他豪邁的笑聲，與她嬌笑的笑聲相合。

笑聲之中，他身後垂手肅立著的一個清瘦頎長的玄衫少年，突然乾咳一聲道：「師傅來了！」虬鬚大漢笑聲突止，玄衫少婦也倏然站直身形，險峻的山脊上，大步行來一個錦服老人，面上竟蒙著一方烏色絲巾，每跨一步，絲巾與錦袍一陣飄動，便已跨過一丈遠近，他身後卻跟著兩條亦是滿身黑衣，勁裝佩刀的彪形大漢，四條粗健的手臂，高高舉起，掌中抬著一物，長有一丈，闊有三尺，方方正正，卻被一面五色錦衾，通體覆蓋，誰也猜不出究竟是什麼東西。

虬鬚大漢、玄衣少婦、清瘦少年，見了這錦服老人，神情俱都立即肅然，錦服老人腳步一頓，露在絲巾空處外的一雙目光，閃電般四下一轉，沉聲道：「在哪裡？」虬鬚大漢頷首道：「上去了！」

錦服老人冷「哼」一聲道：「走！」大步向嶺上行去，山風吹起他的錦緞長衫，露出他長衫裡的一柄綠鯊劍鞘！

玄衫少婦幽幽輕嘆一聲道：「爹爹今日……」櫻唇動了兩動，下面的話，卻未再說下去。

清瘦少年緩緩回轉身，望了他身後並肩而立的一雙少年男女兩眼，呆呆地愣了半晌，長嘆道：「四妹五弟，你們還是該留在山下的。」長袖一拂，隨著虬鬚大漢及玄衫少婦向山上掠去，這一雙少年男女對望數眼，良久良久，誰也沒有說出一句話來。

過長空棧，便是南峰，白雲冉冉，山風寂寂，亙古以來，便少人蹤，然而此刻，陽光初昇，這險絕天下的華山主峰上，卻已人影幢幢，四個鬢邊已現華髮的中年婦人，青衫窄袖，並肩立在一株古松下，人人面目之上，俱似籠著一層寒霜，那絕色少女一掠而前，低語道：「來了。」

語聲方了，峰下已傳下一陣人語，道：「十年之約，龍布詩並未忘懷，食竹女史怎地還不下來迎接故人？」語聲並不高朗，但一個字一個字傳上來，入耳卻清晰已極。

青衫婦人目光交錯，對望一眼，身形卻未有絲毫動彈，絕色少女冷笑一聲，盈盈在松畔一方青石上坐了下來，峰腰處發出語聲最後一字說完，峰上已現出那錦服老人高大威猛的身影，閃電般的目光，緩緩在松下五人身上一掃，沉聲問道：「此地可是華山之巔？你等可是丹鳳門下？」

絕色少女秋波凝注著古松梢頭的半朵輕雲，冷冷道：「不錯！」

錦服老人一步跨到青石之前，沉聲道：「丹鳳葉秋白在哪裡？」

絕色少女微擰纖腰，緩緩長身而起，上下打量了這錦服老人幾眼，冷冷道：「你就是『不死神龍』龍布詩麼？」

錦服老人神情似乎一呆，突地仰天長笑起來，朗聲笑道：「好極好極，想不到今日江湖中竟有人敢當老夫之面，喝出老夫的名號！」

絕色少女冷冷一笑，仰首望天道：「妙極妙極，想不到今日江湖中，竟有人敢當我之面，喝出家師的名號。」

錦服老人龍布詩笑聲一頓，松梢簌然落下幾枝松針，落在他衣襟之上，他順手一拂，突又轉身走到那四個青衫婦人身前，一手指向絕色少女，沉聲道：「這就是葉秋白收的徒弟麼？」

青衫婦人，八道目光，瞬也不瞬地望在他身上，齊聲道：「不錯！」

龍布詩刷地回身怒道：「你師傅與我十年之前，相約於此，她此刻怎地還未前來？卻教你在這裡對前輩無禮！」

絕色少女冷冷道：「縱有天大的約會，家師也不能來了！」

龍布詩怒喝道：「怎地？」

絕色少女緩緩道：「三月以前，家師便已仙去，臨終之際，令我在此踐約，卻未曾告訴我，你是我們的什麼前輩！」語聲緩慢，語氣冰冷，絲毫沒有激動之色，哪裡像是弟子在敘說師傅的死訊。

四個青衫婦人，再次對望一眼，但終究還是沒有說出話來。

虬鬚大漢、玄衫少婦、清瘦少年等七人，此刻相繼掠上峰頭，兩個黑衣大漢，將掌中所抬之物，輕輕放在地上，垂手退到一邊，虬鬚大漢龍飛一步掠到龍布詩身側，皺眉低語道：「爹爹，怎地了？」

龍布詩呆立半晌，突地長嘆一聲，緩緩道：「葉秋白已經死了！」目光遙望天際緩緩向嶺下走去。

絕色少女冷削的目光中，突地閃過一絲奇異的光芒，仰天一陣冷笑，緩緩道：「可惜可惜，想不到江湖傳說中的第一勇士『不死神龍』，見面之後，不過是如此一個人物。」

龍布詩倏然頓住腳步，龍飛濃眉一軒，怒叱道：「你說什麼？」

絕色少女冷冷道：「我說什麼，與你無關，此間根本就沒有你說話之處。」

龍飛目光一凜，鬚髮皆張，龍布詩卻已緩緩轉過身來，沉聲道：「你說什麼？」

絕色少女緩緩道：「十年之前，家師與你訂下的生死之約，說的是什麼？」

龍布詩目光一陣黯然，沉聲道：「勝者永霸江湖，負者……唉，葉秋白既已死去，龍布詩縱能稱霸江湖……」

絕色少女冷冷接道：「家師雖已仙去，只怕你也未必能永霸江湖吧！」

龍布詩沉聲道：「難道你還想與老夫一較身手？」

絕色少女冷冷一笑，道：「我縱有此心，只怕你也不屑與我動手吧？」

龍布詩道：「正是！」

絕色少女道：「數十年來，你與家師動手相較，約有幾次？」

龍布詩道：「次數之多，難以勝數！」

絕色少女道：「你可曾勝過她老人家一招半招？」

龍布詩道：「卻也未曾敗過。」

絕色少女道：「勝負未分，你便想永霸江湖，世間那有這等便宜之事！」

龍布詩愕了一愕，道：「葉秋白既已死了，我難道還能去尋死人動手不成？」

絕色少女冷笑道：「家師雖死，卻留下一套劍法，你若不能勝得這套劍法，便請你立時自刎在這華山之巔，『止郊山莊』中的門人弟子，也從此不得涉足江湖。」

虬鬚大漢龍飛突地仰天一陣狂笑，道：「家父若是勝了，又當如何？」

絕色少女卻連眼角也不望他一眼，直似未曾將他的話聽入耳中。

虬鬚大漢濃眉一揚，狂笑道：「家父若是負，便得立時自刎，家父若是勝了，難道要叫那『丹鳳』葉秋白再死一次麼？何況你明知家父不屑與後輩動手，葉秋白縱有劍法留下，又有何用？」

那知龍布詩突然一聲厲叱：「住口！」走到絕色少女身前，沉聲道：「這十年之間，她又創出了一套新的劍法？」

絕色少女道：「正是！」

龍布詩目光一亮，突又長嘆道：「縱有絕世劍法，而無絕世功力之人行使，又怎能勝得過老夫？」緩緩垂下頭來，意興似乎十分蕭索。

絕色少女冷冷道：「若有與你功力相若的人，以家師留下的劍法，與你動手，難道還不是和家師親自與你動手一樣麼？」

龍布詩目光中的落寞之意，越發濃重，緩緩道：「自從十七年前，天下武林精華，除了老夫與你師傅外，悉數死在黃山一役後，此刻普天之下，若再尋一與老夫功力相若之人，只怕還要等三五十年！」

絕色少女緩緩道：「劍法雖可補功力之不足，功力卻無法助劍法之靈巧，你說是麼？」

龍布詩道：「自然不錯！」

絕色少女又道：「劍法招式，自有捷徑可循，功力深厚，卻無取巧之道，你說是麼？」

龍布詩道：「不錯！」

絕色少女接道：「但劍法、功力，相輔相成，缺一便不能成爲武林高手，這道理亦甚明顯，是以自從黃山會後，天下武林，便再無一人能與『丹鳳神龍』爭鋒，亦是因爲後起高手中，縱有人偶遇奇緣，習得武林不傳秘技，卻無一人，能有『丹鳳神龍』這般深厚的功力，你說是麼？」

龍布詩道：「正是此理。」

絕色少女道：「十年之前，家師與你功力可是相若？」

龍布詩道：「縱有差別，亦在毫釐之間，不算什麼！」

絕色少女道：「這十年之間，家師時時未忘與你生死之約，朝夕勤練。」

龍布詩接口嘆道：「老夫又何嘗不是一樣！」

絕色少女道：「如此情況下，十年前，家師功力既與你相若，十年之後，是否也不會有何差異？」

龍布詩頷首道：「除非在這十年中，她能得到傳說中助長功力的靈丹妙藥，否則便絕不會勝過老夫。」一突地長嘆一聲，回首道：「飛子，你可知道，功力之增長，直如雀鳥築巢，匠人建廈，循序漸進，絲毫勉強不得，切忌好高騖遠，更忌揠苗助長，縱能偷巧一時，終是根基不穩，大廈難成，卻非百年之計，貪功性切，不足成事，反足敗事，那些真能助長功力的靈丹妙藥，世間卻難尋找，奇怪的是，武林中竟有如許多人相信，因此又不知多生幾許事故！」

龍飛垂首稱是。

絕色少女道：「如此說來，你與家師功力既無可爭之處，所爭僅在招式之間的靈拙變化是麼？」

龍布詩道：「高手相爭，天時，地利，人和，俱是重要因素！」

絕色少女道：「家師如能創出一套劍法，一無破綻，是否便能勝你？」

龍布詩道：「天下沒有絕無破綻的功夫，只是你師傅的劍法之中的破綻，若能使我無法尋出，或是一招攻勢，令我無法解救，便是勝了。」

絕色少女道：「你與家師生死之約未踐，勝負未分，家師便已仙去，她老人家，實是死不瞑目。」

龍布詩冷「哼」一聲，道：「我又何嘗不引為平生憾事？」

絕色少女仰首望天，道：「家師臨終之際，曾說這十年之間，你必定也創出一些武功來對付她。」

龍布詩仰天笑道：「葉秋白當真是老夫的平生知己。」笑聲之中，滿充悲激之意。

絕色少女冷冷一笑，道：「但你大可不必擔心所創的武功沒有用武之地，家師臨終時，已代你想出一個方法，來與她一分勝負。」

龍布詩笑聲突頓，目光一凜，絕色少女只作未見，緩緩道：「你若讓我在你肩頭『缺盆』、後背『神藏』、尾脊『陽關』，三處穴道上各點一指，閉住天地交泰的『督任』二脈，那麼以你的功力，絕不會有性命之慮，但內功已削弱七成，正好與我相等，我再用家師所留劍法與你動手，那麼豈非就與家師親自和你動手一樣！」

她反來覆去，說到這裡，竟是如此用意，龍布詩不禁為之一楞，卻聽絕色少女嘆道：「此法雖是家師臨終前所說，你若不願答應，我也無法。」

龍飛濃眉一皺，沉聲道：「此事聽來，直如兒戲，絕無可能，真虧你如何說得出口。」一直遠遠立在一旁的玄衫少婦，突地一掠而前，冷笑道：「你既如此說，我用爹爹的武功與你動手，豈非亦是一樣。」

絕色少女冷冷一笑，轉過頭去，突地仰天長嘆道：「師傅呀師傅，我說他絕對不會答應，你老人家卻不相信，此刻看來，還是你老人家錯了。」緩緩走到樹下，冷冷道：「我們走吧，就讓『止郊山莊』在武林稱霸，又有何妨？」

龍布詩厲叱一聲：「且慢！」

絕色少女回眸冷笑道：「你若不願對死人守約，我也不能怪你，就當十年之前家師與你根本未曾訂約好了。」

龍布詩突地仰天一陣狂笑，朗聲笑道：「數十年來，老夫險死還生，不知有若干次，從來未將生死之事放在心上，更未曾對人失信一次，葉秋白雖死，約會卻仍在，她既已留下與我相較之法，我怎會失信於她！」

龍飛與玄衫少婦齊地驚喝一聲：「爹爹……」

龍布詩狂笑著抬起手來，突地手腕一反，揭去面上絲巾，絕色少女秋波轉處，心中一凜，只見他面目之上，創痕斑斑，縱橫交錯，驟眼望去，雖在白日，卻仍令人心底不由自主地升起一陣寒意。

龍布詩笑聲頓處，沉聲道：「你爹爹生平大小數百戰，戰無不勝，多年前縱遇對手武功高過於我，我卻也能將之傷在劍下，便是因爲我胸懷坦蕩，一無所懼，我若有一次失信於人，便不會再有這樣的坦蕩胸懷，那麼，我只怕早死了數百次了！」目光一陣惘然，似是已漸漸落入深思。

有風吹過，龍布詩寬大的錦緞長衫，隨風又是一陣飄動，初昇的陽光，穿破終年籠罩峰頭的薄霧，映在他劍痕斑斑的面容上，映得那縱橫交錯的每一道傷痕，俱都隱隱泛出紅光。

他緩緩抬手，自右額輕輕撫下，這一道劍傷由右額直達眼角，若再偏左一分，右目便無法保全。

「四十年前，玉壘關頭，浮雲悠悠……」他喃喃低語，腦海中閃電般掠過一幅圖畫，劍氣迷漫，人影縱橫，峨嵋派第一高手「絕情劍」古笑天，在浮雲悠悠的玉壘關頭，以一招「天際驚虹」，在他額上劃下了這道劍痕，他此刻輕輕撫摸著它，似乎還能感覺到當年那銳利的劍鋒劃開皮肉時的痛苦與刺激！

他突地縱聲狂笑起來，仰天長嘯一聲，大聲道：「古笑天呀古笑天，你那一招『天際驚虹』，老夫雖然無法抵擋，但你又何嘗能逃過我的劍下……」

笑聲漸弱，語聲漸微，右額上長短不一的三道劍痕，又觸起了他的往事！

他再次低語：「五虎斷門，迴風舞柳，蕩魔神鏟……」這一刀、一劍、一鏟，創痕雖舊，記憶猶新，他憶起少年時挾劍遨遊天下，過巴山，訪彭門，拜少林，刀口驚魂，劍底動魄，鏟下餘生，次次險死還生，次次敗中得勝，這號稱「不死神龍」的老人，便又不禁憶起三十年前，天下武林中人為他發起的「賀號大典」，仙霞嶺畔，帽影鞭絲，冠蓋雲集，他嘴角不禁泛起一絲微笑。

他手掌滑過頷下的長髯，撫及髯邊的一點創痕，那是天山的「三分神劍」，這一劍創痕最輕，然而在當時的情況最險。

「九翅飛鷹狄夢萍，他確是我生平少見的扎手人物……」

他一面沉聲低語，手指卻又滑上另一道劍跡，這一劍彎彎曲曲，似乎一劍，又似乎被三柄利劍一齊劃中。

他自嘲地微笑一下：「這便是名震天下的『三花劍』了，『一劍三花，神鬼不差』，但是你這『三花劍客』，是否能逃過我的劍下！」

右眼邊的一道劍痕，其深見骨，其長入髮，上寬下淺，似乎被人凌空一劍，自頂擊下，這正是矢矯變化，凌厲絕倫的崑崙劍法，淒迷的大雪中，淒迷的崑崙絕頂……他心底一陣顫抖，那一次驚心動魄的往事，每一憶及，便不禁令他心底升起驚悸，但是，他畢竟還是安然地度過了！

還有武當的「兩儀劍法」，「九宮神劍」，他手掌滑下面頰，隔著那襲錦緞的衣衫，他撫摸到脅下的三道劍痕。

「武當劍手，心念畢竟仁厚些，擊人不擊面容，是以我也未曾趕盡殺絕。」他暗自低語：「可是，誰又能想到，面慈心軟的武林三老，畢竟也在黃山一役中喪失性命！」

龍布詩不禁爲之長嘆一聲，使天下武林精粹一齊同歸於盡的黃山大會，卻未能使他身受半點創痕，這是爲了什麼？

「因爲我已經遍歷天下武林的奇技絕學，世間再沒有任何一種武技能傷得了我！」

他遙視雲霧淒迷的遠山，心頭突地升起一陣難言的寂寞，求勝不能，固然可悲，求敗不能，更爲可嘆，往日的豪情勝蹟，有如一片浮雲飄過山巔般，輕輕自他心底飄過，浮雲不能駐足山巔，往事也不能在心底常留……

一聲鷹鳴，傳自山下，「不死神龍」龍布詩目光一閃，自舊夢中醒來，山巔之上，一片死般沉寂，絕色少女兩道冷削的眼波，正出神地望著他，彷彿是期待，彷彿是敬佩，又彷彿是輕蔑。

突地，「不死神龍」龍布詩，又自發出一陣裂石穿雲的長笑！長笑聲中，他雙臂一分，一陣叮叮聲響，錦袍襟邊的十餘粒黃金鈕扣，一齊落在山石地上！

虬鬚大漢龍飛目光一寒，顫聲道：「爹爹，你老人家這是要做什麼？」

龍布詩朗聲笑道：「我若不與葉秋白遺下的劍法一較長短，她固死不瞑目，我更將終生抱憾。」

絕色少女冷冷地一笑，緩緩一繫腰帶。龍飛瞠目道：「爹爹，此事太不公平……」

龍布詩笑聲一頓，厲叱道：「你知道什麼？」突又仰天笑道：「老夫一生，號稱不死，老來若能死在別人劍下，卻也是生平一大快事。」

龍飛心頭一震，連退三步，卻見他爹爹突地手掌一揚，深紫的錦緞長衫，有如一片輕雲，橫飛三丈，冉冉落在古松梢頭。

絕色少女冷冷道：「缺盆、神藏、陽關……」

龍布詩冷冷哼一聲，擰腰轉身，背向龍飛，緩緩道：「飛子，『鶴嘴勁』的手法你可還記得麼？」

龍飛頷下虬鬚一陣顫抖，道：「還……記得。」

龍布詩道：「你且以『鶴嘴勁』的手法，點我『缺盆』、『神藏』、『陽關』三穴。」

龍飛面容一陣痙攣，道：「爹……爹……」

龍布詩軒眉叱道：「快！」

龍飛呆了半晌，突地一咬牙關，一個箭步，竄到他爹爹身後，雙手齊出，食指與拇指虛拿成「鶴嘴勁」，緩緩向他爹爹肩頭「缺盆」穴點去。

玄衫少婦暗嘆一聲，回轉頭去，但目光一觸那錦衾所覆之物，便又立時回過頭來，只見那豪邁坦直的龍飛，手掌伸到半途，便已不住顫抖，終於還是不能下手。

龍布詩濃眉一軒，回首叱道：「無用的……東西！」

他「無用的」這三個字說得聲色厲然，但「東西」兩字，卻已變作輕嘆。

虬鬚大漢龍飛雙手一垂，廢然長嘆一聲，道：「爹爹，我想來想去，總覺此事極爲不妥……」

話音未了，突地一條人影橫空掠來，竟是那一直追隨在烏衫清瘦少年身後的弱冠少年。

龍飛皺眉道：「五弟，你來作什麼？」

弱冠少年神情木然緩緩道：「大哥既無法下手，便由小弟代勞好了。」

龍飛雙目一張，叱道：「你瘋了麼？」

弱冠少年目光直視，面容呆木。「不死神龍」轉身仔細望了他幾眼，突地長嘆一聲，道：

「我一直當你孱弱無能，嫌你脂粉氣太重，想不到你外柔內剛，竟與老夫昔年心性一樣，此次我若能……」乾咳幾聲，轉目道：「你既也懂得『鶴嘴勁』的功力，還不快些下。」

龍飛連退三步，垂下頭去，似乎不願再看一眼。

只聽「篤，篤，篤」三聲輕響，絕色少女一聲冷笑。

龍布詩呼地吐出一口長氣，又呼地吸進一口長氣，接著「嗆啷」一聲龍吟，劍光耀目！

玄衫少婦柳腰輕擺，掠至龍飛身側，低語道：「你難受什麼，爹爹又不是定要落敗的！」

龍飛霍然抬起頭來，像是想說什麼，卻又未曾出口。

只見那絕色少女自青衫少婦手中，接過一柄離鞘長劍，右手食中兩指，輕輕一彈劍脊，又是「嗆」地一聲龍吟，傳遍四山！

劍作龍吟，餘音嫋嫋，「不死神龍」龍布詩右掌橫持長劍，左掌食、中兩指，輕撫劍身，陰森碧綠的劍光，映著他劍痕斑斑的面容，映著他堅定沉毅的目光，良久良久，他動也不動站在那裡，只有手指與目光，一齊在這精光耀目的長劍上移動著，就像是一個得意的母親，在溫柔地撫摸著她的愛子一般！

然後，他沉重地嘆息一聲，解下腰畔的綠鯊劍鞘，回身交到那弱冠少年的手上，弱冠少年英俊清秀的面容，竟也突地閃動一絲驚異之色，雙手接過劍鞘，龍布詩已自沉聲說道：「自今日起，這柄『葉上秋露』，已是你所有之物！」

弱冠少年目光一亮，手捧劍鞘，連退三步，「噗」地跪到地上，恭恭敬敬地叩了三個頭。

虬鬚大漢面色驟變，濃眉軒處，似乎想說什麼，玄衫少婦卻輕輕一拉他衣角，兩人對望一眼，一齊默然垂首！

龍布詩長嘆一聲，道：「莫要辜負此劍！」

弱冠少年長身而起，突地轉身走到那具錦衾所覆之物前面，緩緩伸出掌中劍鞘，緩緩挑起了那面五色錦衾，赫然露出裡面的一具紫檀棺木！

龍布詩瞬也不瞬地望在他身上，沉聲道：「你可有什麼話說？」

弱冠少年神情木然，竟又緩緩跪了下去，面對棺木，恭恭敬敬叩了三個頭，突然手腕一反，自腰畔拔出一柄作龍形的雪亮匕首，在自己中指之上輕輕一點，然後反手一揮，揮出數滴鮮血，滴滴落在紫檀棺木之上。

「不死神龍」龍布詩嚴峻的面容之上，突地泛起一絲滿意的微笑，頷首道：「好！好！」一捋長髯，轉身走到絕色少女面前。

絕色少女輕輕一笑，道：「劉伶荷鋤飲酒，閣下抬棺求敗，『不死神龍』，果真不愧是武林中第一勇士！」她直到此刻，面上方自露出笑容，這一笑當真有如牡丹花開，百合初放，便是用盡千言萬語，也難以形容出她這一笑所帶給別人的感覺！

弱冠少年將那柄綠鯊劍鞘，掛在腰畔，目中突地發出異光，盯在絕色少女的面上，一步一步地緩緩向她走了過去！

絕色少女秋波一轉，與他的目光相遇，神情之間，竟似不由自主地呆了一呆，等到他走到她的面前，她方自一整面色，沉聲道：「你要做什麼？」

龍布詩沉聲道：「此間已無你之事，還不退下去！」

弱冠少年目光不瞬，一語不發，突地雙掌一分，左掌拍向絕色少女右脅，右掌竟拍向「不死神龍」龍布詩的左脅！

這一招兩掌，時間之快，快如閃電，部位之妙，妙到毫巔，絕色少女與龍布詩齊地一愕，俱都也想不到他會突然向自己出手！

就在他們這微微一愕間，青衫少年手掌已堪堪觸到他們的衣衫。

絕色少女冷笑一聲，左掌刷地揮下，「啪」地一聲，與弱冠少年右掌相擊，龍布詩厲叱一聲，擰腰錯步，亦是揮出左掌，「啪」地一聲，與弱冠少年左掌相擊！

四掌相擊，兩聲掌聲，俱在同一剎那中發出，虬鬚大漢濃眉驟軒，一步掠來，大聲喝道：「老五你瘋了麼？」

卻見弱冠少年雙掌一撤，腳步一滑，行雲流水般倒退三尺，躬身道：「師傅，這女子沒有騙你！」

龍布詩道：「你是說此刻我的功力，已和她一樣了？」仰天一陣長笑，又道：「好極好極，今日我到底有了個與我功力相若的對手！」

龍飛呆了一呆，道：「原來你方才是要試試這女子的功力，是否真的和師傅此刻一樣？」

弱冠少年垂首道：「正是……」

龍布詩朗聲笑道：「平兒若非有此相試之意，怎會對我出手，你這話豈非問得多餘了些！」

這威猛嚴峻的老人，此刻雖已臨著一次定必極其凶險的惡戰，但心情卻似高興已極，不知是爲了終於求得「功力相若」的對手？抑是爲了尋得一個極合自己心意的子弟？或是否兩者兼而有之？

龍飛面上不禁泛起一陣愧色，緩緩後退，緩緩垂下頭去，卻用眼角斜斜睨了那弱冠少年一眼。

玄衣少婦輕輕一笑，道：「五弟年紀輕輕，想不到竟有如此智慧和功力，真教人看不出來！」

龍布詩微喟道：「日久方見人心，路遙方知馬力，看來人之才智性情，也定要到了危急之時，才能看得出來！」

弱冠少年垂下頭去，龍飛再與玄衣少婦對望一眼，方才與這弱冠少年並肩站在一起的少女，嬌靨之上，卻泛起了一陣得意而驕傲的微笑！

絕色少女直到此刻，目光方自從弱冠少年面上移開，冷冷道：「既已試過，現在可以動手了麼？」

龍布詩道：「自然！」反手一揮掌中長劍，只聽一陣尖銳的金聲劈空劃過，石畔古松，一陣輕顫，又自落下一片松針，卻落到那四個青衫窄袖的灰髮婦人身上！

他僅存三分功力，劍上還有這般火候，青衫婦人們相顧之下，不禁駭然！

絕色少女卻直如不見，冷冷道：「既然已可動手，便請閣下隨我來！」

龍布詩一愕道：「難道這裡不是動手之地麼？」

絕色少女道：「不錯，這裡並非動手之地。」纖腰微擰，似欲轉身而去！

龍布詩沉聲叱道：「爲什麼？」

絕色少女冷冷道：「因爲我與你動手時所用的劍法，別人不能看到！」

龍布詩道：「爲什麼？」

絕色少女道：「我若是將你殺死，你的門人弟子一定要來找我尋仇，『止郊山莊』在武林中聲勢壯大，家師卻只收了我一個徒弟，他們尋我復仇，我必定無法抵敵，你說是麼？」

龍飛大喝道：「你自然無法抵敵！」

玄衫少婦接口道：「你以爲憑你這份武功，就能勝得了我師傅麼？」

龍布詩橫望了他兩人一眼，暗中似乎嘆息了一聲，突又沉聲道：「不錯，你若能殺死我，我弟子定會尋你復仇，你也必定不是他們的敵手，是以你便想仗著這套劍法防身！」

絕色少女道：「不錯，我師傅傳我這套劍法時，除了叫我殺你之外，還要我去殺別人，我豈能讓人看了這套劍法後，再去研究其中的破綻！」

龍布詩緩緩頷首道：「不錯，我若創出一套新的劍法，也是不願讓太多人看到的。」突地長嘆一聲，目光筆直地望向絕色少女，一字一字沉聲說道：「你師傅臨死前，還在那麼恨我？」

絕色少女冷笑一聲，道：「若是仇恨深切，生生死死，有何分別？」

龍布詩心頭一冷，喃喃自語：「若是仇恨深切，生生死死，有何分別……」仰天長嘯一聲喝道：「在哪裡？隨你去！」

山巔濃雲，綻開一線，一道陽光，破雲而出，霧更稀了！

絕色少女一言不發，轉身而行，虬鬚大漢軒眉大喝一聲：「且慢！」

絕色少女腳步不停，直如未聞，只聽颯然一陣微風吹過，弱冠少年已垂手擋住在她身前，絕色少女柳眉微皺，回首冷冷望了龍布詩一眼。

「不死神龍」沉聲叱道：「你等又要做什麼？」

玄衫少婦蓮步輕抬，一掠而至，陪笑道：「害人之心不可有，防人之心不可無，他們在那邊若有埋伏，師傅你老人家豈非要遭人暗算？」

龍布詩沉吟半晌，抬頭一望，絕色少女冷冷地望著他，彷彿在說：「去不去由你……」

玄衫少婦一雙靈活的眼睛，飛快地瞥了龍布詩一眼，見到他面上的神情，連忙搶著道：「這位姑娘高姓大名，我們直到此刻還未請教，實在失禮得很！」她語氣說得甚是溫柔和婉，面上又充滿了笑容，讓人不得不回答她的話。

絕色少女雖然滿面寒意，但口中卻仍簡短地回答：「葉曼青。」

玄衫少婦輕輕一笑，道：「好溫柔的名字，我叫郭玉霞，你看這名字多俗，可是——唉，又有什麼辦法呢？」

此時此刻，她竟突然地與人敘起家常來了，龍布詩神色之間，雖似十分不耐，但卻又似對她十分寵愛，是以竟未發作！虬鬚大漢龍飛，對她更似十分敬畏，只有那弱冠少年，始終面容木然，不言不笑！

只聽她接著又道：「葉姑娘，我們雖然沒有見過面，但是令師的大名，我們卻聽得久了，再加上葉姑娘人又這麼美麗可愛，是以我們對葉姑娘說出來的話，沒有一件不聽從的！」

絕色少女葉曼青冷「哼」一聲，郭玉霞卻仍神色自若地接著說道：「但是葉姑娘你方才提出來的條件，我們卻覺得有些不妥——」

葉曼青冷笑道：「有何不妥？此事根本與你無關，你多事作甚？」她語氣冰冷，言語更是犀利，直欲拒人於千里之外。

但玄衫少婦郭玉霞卻仍是滿面春風，嫣然笑道：「葉姑娘若真的是因爲不願意讓我們看到令師的秘傳劍法，那麼早就該說出來了，爲什麼一直要等到現在才說呢？這道理我真有點想不通！」

葉曼青上下瞧了她幾眼，冷冷道：「你真的要我說出來麼？」

郭玉霞柔聲笑道：「我之所以來問姑娘，確是希望姑娘你把這原因告訴我們，不然我又何必多嘴呢，是不是？」

絕色少女葉曼青秋波輕輕一轉，卻已似乎將這片山崖上的人都瞧了一遍，冷笑著道：「我方才沒有說出此點，只是因爲我看你們這班人裡，沒有一個人能看出我劍法中的破綻！」

郭玉霞笑道：「那麼你現在爲什麼又要說出來了呢？」

葉曼青眼角似有意，似無意，睨了那弱冠少年一眼，冷冷道：「我現在提出了此點，是因爲我忽然發覺，『不死神龍』的弟子，到底並非都是蠢才，總算是還有一人是聰明的！」

玄衫少婦郭玉霞面色微微一變，但瞬即嫣然笑道：「多謝葉姑娘的誇獎，有姑娘這樣的徒弟，難怪『食竹女史』那麼早就放心死了！」她罵人非但不帶半句惡言，而且說話時的語氣仍是那麼和婉，笑容仍是那麼溫柔，葉曼青面色亦不禁一變，冷笑一聲，轉身欲去！

郭玉霞微笑地望著她的背影，頗以自己在言語上戰勝她爲得意，那知龍布詩突地長嘆一聲，目光沉重地望向她，緩緩道：「飛子若是有你一半心機，那就好了！」

郭玉霞垂首微笑，龍布詩卻又沉聲道：「只可惜你太聰明了些！」隨即面色一沉，叱道：「葉姑娘慢走！」

葉曼青再次停下腳步，頭也不回，道：「去不去由你，多言作甚！」她此次果然將她目光中的含義說了出來。

龍布詩「咳」一聲，道：「葉秋白一生孤耿，她弟子也絕不會是不信不義之人！」

葉曼青冷笑一聲，仍不回首。

龍布詩道：「老夫一生，從無所懼，便是你那邊真有埋伏暗算，又當如何！」

葉曼青霍然回過頭來，雖仍滿面冰霜，卻已微露欽服之色。

龍布詩又道：「但老夫掌中這口劍，已伴了老夫數十年之久，雖非什麼利器神兵，卻也曾傷過不少武林中的成名高手！」他半帶驕傲，半帶傷感地微笑一下，接道：「今日老夫若是不能生回此間，只望姑娘能將這口劍，交回我門下弟子南宮平！」

他威猛沉重的語音，此刻竟變得有些傷感而憂鬱，這種傷感而憂鬱的語聲，當真是他門下的弟子從來未曾聽過的，便連那弱冠少年南宮平，神色也為之一變，雙目一張，詫然相向。

龍布詩自也覺察到他們異樣的目光，手捋長鬚，胸膛一挺，心中卻不禁暗暗嘆息一聲，忖道：「難道我真的已經老了麼？……莽莽武林中，原本也該讓新的一代來露露鋒芒！」心念方轉，只聽葉曼青冷冷道：「我若不能生回此間，希望你也能將我掌中的這口『龍吟神音』帶回給她們！」她玉手輕抬，指了指那四個青衫少婦。

龍布詩道：「這個自然！」

葉曼青霍然回過頭去，低叱一聲：「走！」秋波卻又淡淡睨了南宮平一眼！

龍布詩濃眉一揚，道：「走！」微邁一步，高大的身形，突地有如輕煙直飄出去，方自掠過南宮平身側，袍袖微拂，前進的身形，竟平空倒縮了回來，伸出巨大的手掌，輕輕撫了撫他肩頭，像是想說什麼，終究卻仍未說出口，只是微微一笑，輕輕一嘆，袍袖再展，霎眼之間，便已消失在白雲深處！

直到他身形變成一條淡淡的白影，南宮平仍然垂手木立，呆望著那飄浮的白雲，他面上雖是那麼呆木，但目光中卻有著熾熱的感情，只聽身後的郭玉霞喃喃道：「葉上秋露……龍吟神音……想不到師傅與那『丹鳳』葉秋白，真的有……」

龍飛乾「咳」一聲，道：「師傅他老人家的事，我們還是少談的好！」大步走到南宮平身側，一手緊撫著頷下虬鬚，呆立了半晌，卻又轉身走回，重重坐到一方山石上，仰首望著天上浮雲，發起愣來。

郭玉霞輕掠雲鬢，瞧了南宮平半晌，突地輕輕招手道：「四妹，你過來！」遠遠佇立的少女，垂首走了過來，她步履極爲輕靈，顯見得武功不弱，但行動之間，低眉歛目，卻永遠帶著羞澀之態，看來竟有如足跡未出閨門的少女一般，那裡似叱吒江湖，威震武林的「止郊山莊」門下！她一雙玉手，不安地盤弄著腰畔絲帶，怯生生地問道：「大嫂，你叫我做什麼？」

郭玉霞微笑道：「老五後來居上，傳得了那柄『葉上秋露』，你心裡高不高興？」羞澀的少女神態更加羞澀，蒼白的嬌靨上，倏然飛起兩朵紅雲，頭也垂得更低了，一直未曾開口的清瘦少年，突地沉聲道：「不但四妹高興，我也很高興的！」

郭玉霞面帶笑容，左右瞧了他們兩眼，含笑道：「你們兩人真是天生的一對，連心裡的想法都一樣，難怪江湖中人都將石沉和素素連在一起，稱爲『龍門雙劍』，只可惜——」語聲一頓，輕咳兩聲，眼波卻又向南宮平睨了一眼。

清瘦少年石沉目光隨著她望去，面色突地一變，眉峰間似乎隱隱泛出一陣妒忌之色，但隨即朗然道：「此後加上了五弟，江湖中只怕要稱我們爲『龍門三劍』了！」

郭玉霞含笑道：「這個你又不知了，五弟雖然入門不久，但江南『南宮世家』的富貴聲名，卻早已天下皆知，武林中也早就替五弟取了個名字，叫做『富貴神龍』！」

石沉強笑一聲，道：「大嫂見多識廣，小弟卻少在江湖中走動，所見所聞，和大嫂相比，真是差得太遠了。」

龍飛濃眉一揚，道：「富貴神龍這名字我雖然聽過，但那不過只是一些和『南宮財團』有關的鏢局中人胡亂奉承而已，又算得什麼？」

郭玉霞笑容一斂，明眸橫波，道：「好好，你知道，我不知道！」

龍飛張口欲言，但望了望他妻子的面色，卻只是伸手一捻虬鬚，默默不語！

一時之間，眾人盡皆沉默，只有山風颼颼，木葉簌然，無定的浮雲，忽而飄來，又忽而飛去，正一如武林中波詭雲譎，變遷不已的人事！

四個青衫窄袖的灰髮婦人，仍然垂手併立在古松之下，流轉著的目光，不時望向她們面前的這五個「止郊山莊」的弟子，這八道明銳的目光，似乎也看出了他們之間的猜疑和矛盾，是以在這些明銳的目光裡，便不時流露出輕蔑譏嘲之意！

只見虬鬚大漢突地長嘆一聲，長身而起，仰首望了望天色，沉聲道：「師傅他老人家……唉，已經去了約摸半個時辰了！」

郭玉霞秋波一轉，冷冷道：「你總是這般沉不住氣，難怪師傅不肯將『葉上秋露』傳給你，你看五弟，他有沒有半分著急的樣子！」

龍飛神情亦為之一變，吶吶道：「反正都是自己弟兄，傳給誰不是一樣麼？」

郭玉霞冷冷一笑，道：「自然是一樣！」

南宮平神色安然，微微一笑，緩步走到郭玉霞身前，含笑道：「大嫂，你可知道我為何不著急麼？」他面上雖有笑容，但語氣卻仍是那般深沉堅定，彷彿有種無法描述的懾人力量，也讓人不得不回答他的問話。

郭玉霞一笑道：「這個——我怎會知道？」

龍飛乾咳一聲，道：「你怎知五弟心裡不著急，師傅他老人家勝敗不知，人人都是在著急的！」

南宮平含笑道：「人人都在心裡著急，只有我是真不著急！」

石沉、龍飛，面色一變，郭玉霞一聲冷笑，王素素柳眉輕顰，秋波凝注。南宮平緩緩又道：「我心裡不著急，因為我有十二分的把握，師傅一定不會敗的！」

四個青衫婦人，齊地冷笑一聲，回過頭去，不再看他！

郭玉霞又是一聲冷笑，龍飛皺眉道：「你是憑著什麼判定的，我卻認為師傅功力削弱後，實在沒有什麼必勝的把握，何況姓葉的那小妮子又刁鑽古怪！」

石沉緩緩道：「五弟分析事理，一向總有獨到之處，但方才所說的話，卻不能讓人信服！」他說話慢條斯理，字斟句酌，生似唯恐說錯一字！

南宮平道：「方才我那一掌，不但試出了那姓葉的女子，未曾欺騙師傅，還試出了師傅他老人家的身手，實在要比那姓葉的女子快得多。」

他語聲微頓，緩緩又道：「當時我雙掌齊揮，那姓葉女子站在我身右，她的右掌雖然持劍，但我右掌拍去時，她身形不用絲毫轉動，便可用左掌將我右掌接住！」

他左掌微沉，比了個手式，接著又道：「但師傅那時卻是站在我左邊，他老人家右掌之中，亦持有長劍，我一掌拍去時，他老人家自然不會用右掌中的長劍來接我這一掌，是以便勢必要轉動一下身形，才能用左掌將我那一掌接住！」

他語聲沉定，言語清晰，說到這裡，那四個青衫婦人已忍不住回轉頭來，面上也不禁流露出凝神傾聽之色！

只聽南宮平道：「在如此情況下，師傅出手，顯然多了一番動作，那麼與我手掌相交時，本應也該比那姓葉的女子慢上一籌，但四掌相交時，兩聲掌聲，卻是一齊發生，絲毫沒有先後之差，那麼豈非顯然是說，師傅的出手，要比那姓葉的女子快些，這其間的差別，雖然不大，但高手相爭，出手快慢，若有毫釐之差，便可以決定勝負，何況師傅他老人家一生大小數百戰，經歷閱歷，都要比那姓葉的女子豐富得多，是以無論由何判斷，師傅都萬無敗理！」

南宮平這一番話，只聽得王素素滿面笑容，石沉不住頷首，郭玉霞手捧香腮，垂首不語，龍飛撫掌大笑道：「不錯，不錯，無論由何判斷，師傅都萬無敗理。」他伸出巨大的手掌，重重一拍南宮平肩頭，大笑道：「老五，你真有一手，現在大哥我也不著急了！」

四個青衫窄袖的灰髮婦人，齊地冷笑一聲，最左一人側首向身旁一人道：「寧子，你著急麼?」

寧子搖了搖頭，卻向身旁另一人道：「悅子，你著急麼?」

悅子一笑道：「我也不著急!」

寧子道：「那麼和子想必也不會著急了。」

和子頷首笑道：「我一點也不著急，安子，你著急麼?」

最左一人「安子」笑道：「我也不著急的，但是我不著急的原由，卻不能告訴你們!」

四人你望著我，我望著你，突地一齊掩口吃吃笑了起來!

龍飛濃眉一軒，重重「哼」一聲，口中喃喃道：「若不看你是個婦人，定要好好教訓你一番!」

青衫婦人們笑聲一頓，「安子」冷冷道：「若不看你是個男人，定要好好教訓你一番!」

龍飛目光一凜，怒喝一聲，轉身一掌，擊在身旁的一方青石上，只聽「轟」地一聲，山石碎片，四散飛激，那般堅硬的山石，竟被他隨手一掌，擊得粉碎!

「安子」冷冷一笑，道：「好掌力，好掌力。」突地手腕一反，「嗆」地一聲，長劍出鞘!

劍光一閃之中，她身形已掠到另一方石畔，手腕輕輕一送，「噗」地一聲輕響，掌中長劍的劍尖，便已沒入山石七寸，竟有如青竹插入污泥那般輕易。

龍飛濃眉一軒，只聽她輕輕一笑，道：「原來這裡的石頭都是軟的!」

郭玉霞微微一笑，道：「好劍法，好劍法！」滿面笑容地走到「安子」身旁，柔聲道：「大姐，你肯讓我來試試麼？」

「安子」微微一呆，還未答話，哪知郭玉霞突地出手如風，五隻玉蔥般的手指，閃電般向她脅下拂來，手勢之美，美如蘭花！「安子」一驚之下，擰身滑步，滑開三尺，雖然避開這一招，掌中長劍，卻不及拔出，仍然留在石上！

郭玉霞柔聲笑道：「謝謝你哪，我試一試就還給你！」她語聲和悅，神態自若，就像方才那足以致人死命的一招，根本不是她發出的一樣！

只見她輕輕自石中拔出那柄長劍，仔細看了兩眼，她目光似乎在看著掌中的長劍，其實卻在探著那方山石！

然後她又自嫣然一笑，皓腕一抖，長劍送出，又是「噗」地一聲輕響，長劍的劍身，竟已沒入山石一半，青衫婦人面色一凜，郭玉霞柔聲笑道：「這裡的石頭果然是軟得很！」拔出長劍，蓮步輕移，送到那青衫婦人「安子」的面前！

「安子」面色陣青陣白，心房怦怦跳動，一言不發地接過了那柄長劍，走了回去。

郭玉霞突又柔聲笑道：「你心裡不要難受，我這一劍，雖然刺得要比你深了一尺，其實我的劍和功力，卻不見得比你強過那麼多！」

青衫婦人「安子」腳步一頓，回首望去，目光中滿是憤恨之意。

郭玉霞柔聲笑道：「你心裡也不要恨我，以為我勝你之後，還要取笑於你。」

她語聲微微一頓，又道：「這種以劍穿石的功夫，全憑一股巧勁，若然摸不到此中的訣要，功力再深，也沒有用，但是越到後來，越加困難，每深一寸，都要比先前困難十倍，卻已非功力淺薄之人，能以做到，所以你看我那一劍竟比你插得深過那麼多，心裡自然是又吃驚又難受的！」

她娓娓道來，既似閒敘家常，又似訓誨子弟，絲毫不露鋒芒，絲毫沒有火氣。

青衫婦人「安子」目光一垂，郭玉霞又道：「但是你卻沒有看出，我那一劍的偷機取巧之處！方才你那一劍刺入山石後，山石已裂了一條隙縫，而我那一劍，便是自這條裂縫中刺入，與你相比，自然事半功倍！」

安子眼簾一抬，口中不禁輕輕「哦」了一聲，似是若有所失，又似乎是恍然而悟。

郭玉霞微微一笑，接口說道：「此刻你心裡想必又在難過，覺得你方才認輸認得不值，是不是？」

安子冷「哼」一聲，算作回答。

郭玉霞道：「在那短短的一剎那間，我不但能尋出這生滿青苔的山石那條小小的裂縫，還能看出這條裂縫的最深之處，此等眼力，已非你所及，你可承認麼？」

青衫婦人「安子」，目光再次一垂，口中雖然不語，心中卻顯已默認。

郭玉霞一笑又道：「我隨手一劍，刺入那條那般細微的裂縫，而劍上又已滿注真力，此等準確，亦非你所及，何況我那一劍沒入山石，已約摸兩尺，雖有取巧之處，功力也比你深厚幾分，這也是你不能否認的事，劍法一道，眼力、準確、功力，乃是攻敵制勝的三大要素，你件件都無法及我，若是真的與我交手，二十招內，我便有將你擊敗的把握。」

她極其溫柔地嫣然一笑，緩緩接口又道：「你若是不服，大可試上一試！」

安子呆呆地愣了半晌，沉重嘆息一聲，緩緩回轉頭去，緩緩垂下手掌，只聽「叮」地一聲輕響，她掌中竟有一枚五稜鋼珠，落到山石地上！

郭玉霞望著她的背影，輕輕一笑，笑聲中既含輕蔑，又帶得意，與方才那種溫柔和婉的笑聲，截然而異。

青衫婦人「安子」雙手一陣顫動，手指漸漸捲曲，漸漸緊握成拳，面上陣青陣白，遙視著遠方一朵白雲的雙目，也漸漸露出異光，突地回轉身來，冷冷道：「不錯，你武功之高，非我能敵，但是你的師傅——哼哼，你們也不必再等他了。」

南宮平、龍飛、石沉、郭玉霞、王素素面色齊地一變！

龍飛一步掠到她身旁，厲聲道：「你說什麼？」

安子嘴唇一陣顫動，似乎還想說什麼，另三個青衫婦人齊地乾咳一聲，將她一把拉了過去。

龍飛濃眉怒軒，目光凜凜，接道：「你若不將你方才的胡言亂語，解釋清楚，便休想生下此峰！」

青衫婦人中，年齡彷彿最輕，神態卻顯得最穩的「悅子」一手拉著「安子」肩頭，回首道：「她所說的既是胡言亂語，還有什麼解釋的必要？」

龍飛微微一愕。

郭玉霞柔聲笑道：「胡言亂語，實在不必解釋，但是卻應該懲罰一下，你說是麼？」

她目光輕輕在龍飛身上一轉，突地飄身掠到「安子」身後，右手微抬，兩隻春蔥般的纖指，已閃電般向「安子」的「肩井」，以及搭在「安子」肩頭上的「悅子」左掌中指與無名指間的痲筋第二支位處點去！

「安子」目光呆滯，神情木然，似是自悔失言，郭玉霞一指點來，她竟然不聞不見，「悅子」柳眉微揚，擰腰錯步，手腕一反，「金剪斷絲」，五指似合似張，反向郭玉霞右腕扣去！

郭玉霞輕輕一笑，道：「你們還敢回手？」

右掌微一曲伸，仍然拍向「安子」背後，左掌的食中二指，點向「悅子」脅下！

這一招兩式，以攻化攻，以攻為守，「悅子」閃身退步，避了開去，但「安子」卻仍在呆呆地發著愕。

「悅子」驚呼一聲，右掌橫展，將「安子」推開數步，只聽「嗆」的兩聲，長劍出匣，兩道青碧劍光，一左一右，驚虹掣電般交剪而前，削向郭玉霞左右雙肩，「悅子」右掌回旋，橫切郭玉霞後脅，「安子」站穩身形，目光閃動，突然拔出長劍，同時配合刺去！

郭玉霞面容微變，閃身、錯步、甩腿、擰腰，堪堪避過這幾乎是同時攻來的四招！

龍飛大喝一聲道：「你們還不住手！」

這一聲大喝，高亢激烈，顯見他已真的急了，只聽四山迴聲：「你們還不住手……住手……」一聲接著一聲，響應不絕。

迴聲之中，郭玉霞已又拆了數招，額上似乎已微見汗珠，龍飛變色大呼道：「我生平不與婦人女子動手，你們怎地還不來助大嫂一臂之力！」

王素素輕叱一聲，微一頓步，一掌向「悅子」後背拍去。

那知「悅子」，「和子」身形閃電般交錯一下，竟將她也圍入劍陣之中，而「安子」刷地一劍，已自刺向她的咽喉！

石沉緩緩往前跨了一步，皺眉沉聲道：「師傅不准我等攜劍上山，想必便是不許我等動手，如果他老人家怪罪下來，又當怎地？」

龍飛呆了一呆，抬頭望去，只見白雲繚繞中，漫天劍光飛舞，郭玉霞、王素素，竟被這四個青衫婦人的長劍，困在一種快速、輕靈、變化無方的劍陣中，一時之間，雖不會落敗，卻也無致勝的希望！

劍光霍霍，山風凜凜！

龍飛回首道：「五弟你看該當怎地？」

南宮平垂首望了望腰畔的綠鯊劍鞘，道：「但憑大哥吩咐。」

龍飛雙眉深皺。

卻聽南宮平道：「人家若是將長劍架在我等脖子上，難道我等也不能動手麼？」

龍飛目光一張，大喝道：「正是，若是婦人女子定要害我，難道我也不能動手？」胸膛一挺，揮手道：「老三，老五，上了！」

他一聲大喝，身形乍起。

南宮平與石沉對望一眼，突聽得身後傳來一聲冷笑，接著說道：「四個打兩個固然不好，五個去打四個也未見高明，『丹鳳神龍』的門下，原來俱是些想以多爲勝之徒！」

南宮平劍眉軒處，霍然轉身，只見那紫檀棺木邊，不知何時，赫然竟多了一個瘦骨嶙峋、烏簪高髻、廣額深腮、目光閃動如鷹、一手把劍、一手不住撫弄著頷下疏落的灰鬚、面上冷笑之色猶未斂的道人，一陣山風，吹起他身上的一件慘綠道袍，他頎長枯瘦的身軀，直似也要被風吹去！

這一聲冷笑之聲雖然輕微，卻使得郭玉霞、王素素，以及那四個青衫婦人一齊倏然住手！

龍飛硬生生頓住身形，回身喝道：「你是誰？」

高髻道人冷笑一聲，道：「我是誰？哼哼，你連我是誰都不認得麼？」一面說話，一面緩緩向那紫檀棺木走去！

垂手肅立著的抬棺大漢，突地低叱一聲，方待橫身擋住他的去路，那知身畔微風颯然，南宮平已搶先護在棺前。

高髻道人冷笑一聲，停下腳步，上下打量了他兩眼，冷冷道：「你要幹什麼？」

南宮平神色不變，冷冷道：「你要幹什麼？」

高髻道人嘿嘿笑道：「好好！」突地轉身走開，走到龍飛面前，道：「你師傅與『丹鳳』葉秋白的十年之約，可曾了結了麼？」

龍飛呆了一呆，道：「你怎麼知道？」

高髻道人哈哈笑道：「你師傅的事，我還有不知道的麼？」笑聲一頓，目光四掃，又道：「他兩人到哪裡去了？」

龍飛軒眉道：「你管不著！」

高髻道人嘿嘿笑道：「好好！」突又轉身走了開去，走到石沉面前，道：「誰勝誰負？」

石沉目光凝住，緩緩道：「不知道！」

高髻道人再次嘿嘿笑道：「好好！」

一步跨到那並肩而立的四個青衫婦人面前，道：「食竹女史可是終於戰勝了不死神龍？」

青衫婦人對望一眼，郭玉霞卻輕輕嬌笑了起來。

高髻道人霍然轉身，道：「你在笑什麼？」

郭玉霞含笑道：「葉秋白終於在一件事上比家師佔先了一步！」

高髻道人緩緩道：「什麼事？」

郭玉霞秋波一轉，道：「她終於比家師先死去了！」

高髻道人倏地渾身一震，呆呆地愣了半晌，垂手緩緩道：「葉……秋……白……已經……死……了……麼？」

郭玉霞道：「正是！」

高髻道人突地沉重地嘆息一聲，緩緩道：「想不到二十年前，天鴉道人臨死前所說的話，竟又被他言中！」

郭玉霞眼波一轉，龍飛忍不住脫口問道：「什麼話？」

高髻道人垂首道：「神龍必勝丹鳳，神龍必勝丹鳳……」

青衫婦人「安子」突地冷笑一聲，道：「葉姑娘雖然死了，可是『不死神龍』也沒有得勝！」

高髻道人目光一抬，精神突振，脫口問道：「不死神龍亦未得勝？——他兩人莫非——莫非已同歸於盡了！」

龍飛濃眉一揚，怒罵道：「放——胡說！」

高髻道人目光一凜，利剪般望到龍飛面上，一字一字地沉聲問道：「放什麼？」

龍飛道：「放屁！」

高髻道人大喝一聲，手腕一反，將腰畔長劍抽出，但長劍出鞘一半，他卻又緩緩垂下手掌，沉聲道：「你雖無禮，我卻不能與你一般見識！」

龍飛道：「哼哼……嘿嘿……」

突地仰天大笑起來！

「安子」冷笑道：「有些人不願和後輩動手，可是……『不死神龍』此刻卻在和葉姑娘的弟子拚命！」

高髻道人詫聲道：「不死神龍會和後輩動手？」

安子道：「正是！」

龍飛笑聲一頓，厲聲道：「家師雖在和葉秋白的徒弟動手，可是他老人家卻先閉住自己的『督』、『任』兩脈，削弱了自己七成功力，這等大仁大義的作風，只怕天下少有！」

高髻道人伸手一捋頷下灰鬚，目中光芒閃動，嘴角突地泛起一絲笑容，自語著道：「他竟自削功力，與人動手……」

龍飛大聲道：「不錯，他老人家縱然自削功力，與人動手，還是定必得勝的！」

高髻道人緩緩道：「真的麼？」

龍飛大喝道：「自然是……」語聲忽弱：「真的！」其實他心裡又何嘗有什麼把握，又何嘗不在擔心害怕？

高髻道人仔細打量了他兩眼，又側目瞧了瞧紫檀棺木邊的南宮平，緩緩道：「你們究竟誰是不死神龍的大弟子？」

龍飛沉聲道：「你管不著！」

高髻道人面上笑容一閃，道：「想必你就是了！」

龍飛「哼」一聲，道：「是又怎地？」

高髻道人突地抬手一指南宮平腰畔的綠鯊劍鞘，沉聲問道：「你既是『止郊山莊』的掌門弟子，這柄『葉上秋露』，爲何卻被他得去？」

龍飛全身一震，望了南宮平一眼，緩緩回過頭來，道：「你管不著！」語聲沉重，語聲中已全無方才的鋒芒。

高髻道人冷笑道：「今日你師傅若是敗了，不再回來，那麼你可知道誰將是名震武林的『止郊山莊』莊主！」

龍飛身軀挺得筆直，動也不動，木立良久，突地揚聲大喝道：「誰說我師傅不再回來！誰能將他老人家擊敗！不死神龍永生不死！」

語聲方歇，迴聲四起，只聽四山響徹一片：「不死神龍，永生不死……永生不死……」漸漸微弱，漸漸消寂！

突地，一聲尖銳的冷笑，將四山已漸消寂的迴聲，一齊掃去！

一個冷削、尖銳，而又極其嬌脆的語聲，一字一字地說道：「誰說世上無人能將『不死神龍』擊敗？誰說『不死神龍』，永生不死？」

呼地一陣狂風吹過，吹來了一片烏雲，也將這冷削尖銳的語聲，吹送到四面遠方！

隨著狂風與語聲，峰頭壓下一陣寒意，南宮平、龍飛、石沉、王素素、郭玉霞，齊地心頭一震，凝目望去，只見稀薄的雲霧氤氳中，葉曼青有如仙子凌波，飄然而來，雙掌之中，赫然分持著兩柄精光閃閃的長劍，霧中望去一柄光芒如火，一柄碧如秋水，竟是數十年來，與「不死神龍」寸步不離的武林名劍「葉上秋露」！

龍飛看了葉曼青一眼，不由目光盡赤，鬚髮皆張，大喝一聲，狂奔到她面前，慘呼叫道：「師傅呢？我師傅呢？」

葉曼青冷冷道：「你師傅此刻在哪裡，你總該知道吧！」

龍飛身軀搖了兩搖！

南宮平面容驀地變得慘白！

石沉有如突地被人當胸擊了一拳，目光呆滯，全身麻木，連在他身畔的王素素嬌喚一聲，暈倒在地上，他都不知道！

郭玉霞花容失色，嬌軀微顫，四個青衫婦人手持長劍，一齊湧到葉曼青身畔！

高髻道人一手撫劍，口中喃喃低語：「不死神龍終於死了！」回首望了望那紫檀棺木。

「不死神龍終於死了……」

語聲遲緩低沉，亦不知是惋惜？抑或是慶幸？是高興？抑或是悲嘆？

葉曼青明眸如水，靜靜地凝注著他們。

龍飛突地厲喝一聲：「你害死了我師傅，還我師傅命來！」勢如瘋虎，向前撲去！

石沉、郭玉霞身形齊展，南宮平向前跨了一步，忽地望了望那高髻道人，又倏地退到紫檀棺木旁邊，手撫腰畔綠鯊劍鞘，雙目中不禁流下淚來！

龍飛雙掌箕張，撲到葉曼青身前，一掌抓向她面門，一掌抓向她手中長劍！

只聽葉曼青一聲冷笑，眼前一陣劍光耀目，四柄青鋼長劍，劍花錯落，已有如一道光牆般，照在他面前，葉曼青嬌軀微退，雙掌一合，將兩柄長劍，一齊交到右手，口中突地冷喝一聲：「金龍在天！」反手自懷中取出一物，向天一揮，金光閃閃，赫然竟是一柄黃金所鑄的龍柄匕首！

她左掌五指，圈住兩柄長劍的劍柄，右掌向天一揮，緩緩落下，將那金龍匕首，齊眉舉在面前，口中又冷喝道：「群龍授命！」

龍飛抬目一看，面容慘變，雙拳緊握，呆立半晌，心中似乎在決定著一件十分重大之事。

高髻道人目光閃動，口中又自喃喃低語：「金龍密令，又現江湖……嘿嘿！」

忽見龍飛連退三步，撲地一聲，拜倒在地，但滿面俱是憤恨怨毒之色，顯見是心中極不願意，卻又不得不拜！

葉曼青冷笑一聲，四個青衫婦人掌中之劍，一齊垂下！

只見葉曼青蓮花輕移，從四個青衫婦人之間，緩緩走了出來，每走一步，掌中兩柄長劍互擊，發出「叮」地一聲清吟，劃破這峰頭令人窒息的沉寂，郭玉霞悄悄走到龍飛身邊，俯首道：「金龍密令，雖在她手中，但是……」

葉曼青目光轉向郭玉霞，眼波一寒，右掌一反，本是齊眉平舉的匕首，便變得刃尖向下，口中冷冷道：「你不服麼？」

郭玉霞凝注著她掌中的匕首，緩緩道：「服又怎樣？不服又怎樣？」

龍飛跪在地上，此刻面色突又一變，回首望了他妻子一眼，顫聲道：「妹子，你怎能這樣……」

郭玉霞柳眉一揚，大聲喝道：「她殺了我們的師傅，偷去他老人家的密令和寶劍，難道我們還要聽命於她？」

石沉方自扶起了暈倒在地上的王素素，忽見眼前人影一閃，郭玉霞已站在他面前，道：「三弟，四妹，你們說，該不該聽命於她？」

石沉目光抬處，望了望那柄金龍匕首，默然垂首不語。

郭玉霞銀牙一咬，掠到紫檀棺木邊的南宮平身前，顫聲道：「五弟，你最明事理，『金龍密令』雖是『止郊山莊』的至寶，可是如此情況下，我們若還要聽命於她，豈非沒有天理了麼？」

南宮平面容木然，抬起目光，有如兩道冷電射到葉曼青身上！

葉曼青一直冷眼望著郭玉霞，此刻突地冷笑一聲，緩緩道：「金龍密令已現，你等還要抗命，難道『不死神龍』方死，你們便已忘了拜師前立下的重誓麼？」

郭玉霞鬢髮已亂，額角亦微現汗珠，她善變善笑，無論遇著什麼重大變故，都能在談笑之間解決，但此刻神情卻這般惶恐，似乎早已預料到葉曼青將要說出的話，必定對她十分不利！

龍飛再次轉首望了他妻子一眼，長長地嘆息了一聲，緩緩道：「金龍密令，既然已在你手中，我已無話可說！」

葉曼青冷笑一聲，道：「你倒還未曾忘記你師傅的教訓！」

龍飛垂首道：「認令不認人……」突地仰首厲喝道：「但是你殺了我師傅，我……」語聲哽咽，語氣悲激，再也說不下去！

南宮平神色不變，緩緩道：「將在外君命有所不受，嫂溺叔亦援之以手，吳漢爲大忠而滅恩義，是以前堂殺妻，蓋事態非常，變應從權，不可拘束於死禮，此乃古人之明訓！」

郭玉霞雙眉一展，道：「我心裡想說的話，也就是這些！」

龍飛大聲道：「極是，極是！」

葉曼青明眸之中，突地閃過一絲奇異的光芒，道：「你可知道我要……」

南宮平微一擺手，截斷了她的話頭，他神色雖安詳，語聲雖沉緩，但其中卻似是含蘊著一種令人不可抗拒的懾人之力！只聽他緩緩又道：「金龍密令，雖已在你手裡，但此中必有一些此刻尙不知道的理由，否則以師傅之爲人，必定早已將此令毀去，絕不會讓它留於你手，你不妨將他老人家所留交的話，說來聽聽！」

葉曼青眼簾微闔，突地長嘆一聲，緩緩道：「到底只有你知道不死神龍心意！」

郭玉霞雙目一張，大喝又道：「口說無憑，你所說之話，我們也分不出真假——三弟，四妹，這女子害死了師傅，我們若還不替他老人家復仇，還能算是人麼？」

石沉霍然抬起頭來，雙拳緊握。

突聽葉曼青冷笑一聲，緩緩道：「口說無憑麼……」將匕首啣在口中，又自懷中取出一方摺得整整齊齊的紙箋，纖指微揚，將這方紙箋，拋在龍飛面前。

郭玉霞身形一展，口中喝道：「我來看！」她飛掠而至，正待拾起地上的紙箋，突覺脅下微微一麻。

葉曼青右掌食中兩指，輕輕捏著金龍匕首的刃尖，玉手輕拈，已將匕首之柄，抵在她脅下「藏血」大穴上，口中冷冷喝道：「你要做什麼？」

郭玉霞道：「師傅的遺命，難道我這做徒弟的還看不得麼？」她口中雖在抗聲而言，但身軀卻不敢動上一動。

葉曼青道：「你先退七步！」

郭玉霞怒道：「你算什麼，敢來命令我！」話未說完，只覺右邊半身，一陣麻痺疼痛，不由自主地身形後退，果然一連退了七步！

二　金龍密令

郭玉霞一心要取得那方紙箋，滿心急切，是以才會疏於防範，而受制於葉曼青手下，此刻心中又急又怒，又是不服，只覺一口氣噎在胸中，再也嚥不下去，嘴唇動了兩動，卻說不出話來！

龍飛心切愛妻，驀地長身而起，輕輕捉住她手腕，觸手之下，一片冰冷，有如大雪之下，身穿單衣之人的手足一樣，他不禁大驚問道：「妹子，你……你覺得還好麼？」

郭玉霞嘴角勉強泛起一絲笑容，顫聲道：「我……我……還好！」突地將嘴唇附在龍飛耳畔，低聲道：「你快去看看那裡面的話，若是對我們不利，就不要唸出來！」

龍飛愕了一愕，呆呆地瞧了他妻子半晌，似乎對他妻子的心情，今日才開始有了一些瞭解。

葉曼青冷笑一聲，道：「不看師傅的遺命，卻先去安慰自己裝模作樣的妻子，哼哼——」

龍飛面頰一紅，緩緩回轉身，方待俯身拾起那方紙箋！

那知葉曼青左腕一沉，已將那方紙箋，挑起在「葉上秋露」的劍尖上！

龍飛濃眉一揚，道：「你這是做啥？」

葉曼青冷冷道：「你既不願看，我就拿給別人去看！」

她目光輕輕一轉，便已在每個人面上都望了一眼，似是在尋找宣讀這方紙箋的對象，然後筆直地走到王素素面前，緩緩道：「你將這張紙箋拿下去，大聲宣讀出來！」

王素素驚痛之下，暈迷方醒，面容仍是一片蒼白，偷偷望了郭玉霞一眼，輕聲道：「師傅的遺命，你爲什麼要叫我來讀呢！」一面說話，卻已一面伸出纖細而嬌小的手掌，自劍尖上取下那方紙箋，又自遲疑了半晌，望了望石沉，又望了望南宮平，終於緩緩將它展開。

葉曼青道：「大聲地唸，一字不漏地唸！」

郭玉霞、龍飛對望了一眼，龍飛只覺她手掌越發冰冷，不禁長嘆一聲，輕聲道：「凡事俱有天命，你何苦這樣患得患失！」

郭玉霞眼簾一闔，突有兩行清淚，奪眶而出！

龍飛緊了緊手掌，只聽王素素已一字一字地朗聲唸道：

「余與葉秋白比劍之約，已有十年，勝者生，敗者死，雙方俱無怨言，亦無仇恨，余若敗而死，乃余心甘情願之事，爾等切切不可向『丹鳳』門下尋仇報復，否則便非余之弟子，執掌『金龍密令』之人，有權將之逐出門牆！」

她似是因爲心情緊張，又因太過激動，此刻雖然極力抑止，語聲仍不禁微微顫抖。

唸到這裡，她長長透了口氣，等到她起伏著的胸膛，略爲平靜了一些，方自接口唸道：

「余之弟子中，飛子入門最早，又係余之堂侄，忠誠豪爽，余深愛之，唯嫌太過憨直，心直而耳軟，是其致命之傷，是以不能成大業，執大事！」她語聲微頓，秋波微轉，悄悄望了龍飛一眼，龍飛卻已沉重地垂下頭去！

王素素眼簾一闔，似是深恨自己多看了這一眼，垂手唸道：「沉兒木訥堅毅，素素溫婉柔順……」她面頤一紅，伸手輕輕一撫鬢邊被風吹亂了的髮絲，方自輕輕接口道：「唯有平兒，出身世家，自幼鐘鳴鼎食，卻無矜誇之氣，最難得是平日寡言而不露鋒銳，且天資極高，余已決意……」

突聽一聲嬌喚，郭玉霞竟放聲痛哭了起來，龍飛長嘆一聲，輕輕將她攬入懷裡，只聽她放聲痛哭道：「我替『止郊山莊』做了那麼多事，……他老人家在遺言裡竟提都不提我一句。」

龍飛濃眉深皺，沉聲道：「妹子，你今日怎地會變的如此模樣！」

郭玉霞抬起頭來，滿面淚痕，顫聲道：「我……我心裡實在太……太難受，這些年來，我們爲他老人家埋頭苦幹，可是……可是我們得到了什麼？得到了什麼……」

葉曼青輕蔑地冷笑一聲，不屑地轉過頭去，卻仍然緊緊守護在王素素身側！王素素呆呆地愕了半晌，幽幽嘆息了一聲，又自唸道：「余已決意將數十年來，與余寸步未離之『葉上秋露』，以及護守神棺之責，交付平兒，直至棺毀人亡。」

她柳眉一皺，像是不懂其中的含義，沉吟半晌，重覆了句：「直至棺毀人亡！」

王素素又唸道：「余生平還有三件未了心願，亦令平兒爲我一一了卻，這三件事余已轉告葉曼青姑娘。」她不禁又頓住語聲，抬頭望了葉曼青一眼。

郭玉霞哭聲未住，石沉目光閃動，王素素又唸道：「余數十年江湖闖蕩，雖亦不免染下雙手血腥，但捫心自問，卻從未做過一件傷天害理之事，而今而後，余自不能再問人間事，余白手創起之『止郊山莊』，今後全部交托於——」她語聲突又一頓，深深地吸了口氣，面上忍不住泛出驚詫之色，葉曼青柳眉微揚，側首道：「交托給什麼人？」

王素素目光一轉，輕輕問道：「這張紙你還沒有看過？」

葉曼青柳眉又自一揚，朗聲道：「丹鳳門下，豈有這般卑鄙之徒？會做出這等卑鄙之事！」

王素素幽幽長嘆一聲，緩緩道：「我還以爲你先看了看，是與你有利的，你才交給我們，是與你不利的，你就根本不會給我們看了！」她語氣之中，充滿了欽佩之意，也充滿了動人愛憐的柔順和婉，她一言一行，俱是出乎自然，真情流露，直教任何人都不忍傷害於她。

郭玉霞哭聲漸弱，此刻突地抬頭問道：「這張紙上的筆跡，可是師傅的麼？」

王素素輕輕點了點頭，郭玉霞伸手一拭面上淚痕，又道：「你認不認得師傅的筆跡？」

王素素幽幽嘆道：「他老人家近年來常在『晚晴軒』習字，我……我總是旁邊磨墨的！」語聲未了，眼簾一闔，兩滴晶瑩的淚珠，突地奪眶而出，她瞑目半晌，方待伸手拭去，只覺肩頭被人輕輕拍了一下，葉曼青竟爲她送來了一方柔絹手帕！

郭玉霞默然半晌，透了口長氣，沉聲道：「他老人家究竟是將『止郊山莊』交托給誰？」

王素素輕拭淚痕，又將那方柔帕，還到葉曼青手上，感激地微笑一下，伸手一整掌中紙箋，一字一字地接口唸道：「今後全部交托於飛子與玉霞夫婦！」

郭玉霞霍然站直了身軀，目光凝注著雲隙間一片青碧的天色，呆呆地愣了半晌，滿面俱是羞慚之色，龍飛乾「咳」一聲，輕輕道：「妹子，師傅他老人家還是沒有忘了你！」

郭玉霞茫然喚了一聲：「師傅……」突又轉身撲到龍飛懷裡，放聲痛哭了起來！

葉曼青再次輕蔑地冷笑一聲，緩緩道：「直到此刻，你方才想起師傅，才會爲師傅悲哀！」

郭玉霞哭聲更慟，龍飛默然垂下頭去！

只聽王素素接著唸道：「止郊山莊乃是余一生之事業，若無那飛子之忠誠豪爽，不足以號召天下群豪，若無玉霞之聰明機變，以補飛子之不足，『止郊山莊』亦不能成爲百年事業。」

南宮平嘆息一聲，似乎對他師傅的調配，十分欽服敬佩！

轉目望去，只見王素素呆呆地瞧著掌中紙箋，下面的話，她竟是唸不下去，石沉探目過去，望了一眼，面上突地現出喜色，道：「四妹，你怎地不唸了！」

王素素道：「我……我……」忽地垂下頭去，面上生出紅霞，目中卻流下淚珠。

石沉道：「師傅的遺命，你怎能不唸！」他目光直視著那方紙箋，王素素又是羞慚，又是失望的神色，他竟沒有看見。

王素素偷偷用手背輕抹淚痕，抬頭唸道：「金龍密命，乃吾門至寶，今後交與沉兒……沉兒與素素共同執掌，以沉兒之正直，與素素之仁厚，想必不會濫用此令，以『龍門雙劍』，雙劍合璧之武功，亦不致使此令失卻了威信！莊中大事，俱有安排，平兒可毋庸操心，回莊略爲料理，三月之後，可與葉曼青姑娘會於華山之麓，共同爲余了卻三件未了心願，但亦不可遠離余之神棺，切記！」

王素素越唸越快，一口氣唸到了這裡，面上的失望之色，越發濃重，郭玉霞此刻哭聲又漸漸平息，輕嘆一聲，附在龍飛耳畔道：「師傅他老人家什麼都知道，就是不知道四妹的心意！」

龍飛愕了一愕，道：「什麼心意？」

郭玉霞道：「她寧願和五弟去浪遊江湖，卻不願和三弟共掌密令！」

龍飛恍然「噢」了一聲，輕嘆道：「你什麼都知道！」

郭玉霞面上一陣黯然，緩緩垂下頭去，長嘆道：「我什麼都知道麼？……」

只聽王素素語聲一頓之後，又自接口唸道：「余一生上無怍於天，下無愧於人，朋友知心，弟子成器，余即死於九泉之下，亦含笑瞑目矣。」她唸到這裡，語聲又不禁哽咽起來，輕輕摺起了紙箋，卻見葉曼青已將那柄「金龍匕首」，交到她手上，輕輕道：「好生保管！」

王素素眨了眨眼睛，道：「謝謝你！」

葉曼青微微一笑，王素素忽又輕輕道：「希望你以後也能好生看顧著他！」眼圈一紅，走了開去。

葉曼青不禁一愕，動也不動地木立半晌，轉身走到南宮平面前，一言不發的將掌中的「葉上秋露」，插在他面前地上，冷冷道：「劍柄上還另有一封密函，你可取去自看！」纖腰微擰，轉身而去！

王素素還未將「不死神龍」的「遺言」唸完時，南宮平已俯首落入深思中，此刻他反手拔起了地上的長劍，劍眉微皺，仍在沉思不已！直到葉曼青的身形已去得很遠，他突地輕叱一聲：「葉姑娘慢走！」肩頭微晃，刷地掠到葉曼青身後。

葉曼青回首冷冷道：「什麼事？難道你還想殺死我，爲你師傅復仇麼？」

南宮平平靜的面容上，此刻微現激動，沉聲道：「家師是否並未死去？他老人家此刻在哪裡？」

葉曼青身軀似乎微微一震，但瞬即恢復了鎮定，緩緩道：「不死神龍若還未死，他爲什麼不回到這裡來？」

南宮平冷冷道：「這個便要問你了！」

葉曼青語聲更冷：「這個你先該問問自己才是。」頭也不回地走到那邊四個青衫婦人面前，道：「走！」五條身影齊展，閃電般一齊掠下南峰！

龍飛、郭玉霞、石沉、王素素，一齊走到南宮平身旁，齊聲道：「你怎……」

三人頓住話聲，郭玉霞道：「你怎會看出師傅可能並未死去？」

南宮平雙目深皺，緩緩道：「師傅若是已死，那麼在他老人家所留下的話裡，又怎會有『若敗而死』，『即使死了』這字句，何況……師傅若真的因戰敗而死，以他老人家那樣激烈的性情，又怎會有冷靜的頭腦寫下這樣詳細而又周全的遺言？」

立在最遠的王素素插口道：「那紙箋上的字跡，也端正得很，就和他老人家平日練字時寫的最慢的字跡一樣！」

南宮平目光一亮，道：「是了，在那種情況下，師傅即使沒有當場被人刺傷，也絕不會如此從容地寫下這份遺言，這其中必定別有隱情……」他語聲微頓，目光突又一陣黯然，長嘆道：「可是……他老人家若未死，又怎會不回來這裡呢？」

眾人面面相望，盡皆默然，便連那兩個抬棺大漢，也在凝神靜聽！

本自立在古松邊，忽而自語忽而冷笑的高髻碧袍道人，此時此刻，在眾人俱是這般紊亂的心情下，自然不會受到注意！

南宮平身形方自離開那具紫檀棺木，他身形便緩緩向棺木移動，「呼」地一陣山風吹過，又自吹得他身上的道袍獵獵飛舞，他枯瘦頎長的身軀，突地隨風掠起，閃電般掠到那兩個抬棺大漢身前，雙掌齊飛，向他們後腦拍去。

山風方起，他身形已至，身形方至，他雙掌已出，那兩個抬棺大漢只覺眼前一花，根本還未辨出他的身形，後腦正中，便已各著了一掌，兩人目光一呆，癡癡地望了他一眼，彪壯的身軀「噗」地一聲，筆直地暈倒在地上，便再也無法站起！

高髻道人卻連眼角也未向他們睨上一眼，正是早已知道他們中掌之後必定暈倒，腳跟微旋，竟突地雙手抄起那具紫檀棺木，掌心一反，托在頂上，如飛向峰下掠去！

南宮平思潮紊亂滿腹疑團，方自俯首沉思，突聽「噗」地兩聲，接著一聲嬌喚，王素素驚呼道：「你……你幹什麼？」她天性仁厚畏羞，本無應變之能，再加以做夢也不會想到有人竟冒著萬險來搶一具紫檀棺木，是以此刻竟被驚得愣在當場。

但是她這一聲嬌喚，卻驚散了南宮平的思潮，他霍然轉身，目光動處，已只能瞥見那高髻道人的一點淡淡的背影。他這一驚之下，當真非同小可，口中暴喝一聲，翻身錯步，掌勢一穿，身隨掌走，霎眼間便已掠出三丈，斜掛在他腰畔的長劍「啪」地在他膝蓋上撞了一下，他左掌拔出長劍，右掌摘下劍鞘，腳尖輕點，身形不停，有如輕煙般隨著那點淡淡的人影掠去！

王素素玉容失色，驚喚道：「大哥，三哥……」

龍飛喝道：「快追！」

郭玉霞道：「快追麼？……」

龍飛濃眉一軒，怒道：「自然快追！」

郭玉霞道：「一具棺木，縱是紫檀所製，又能值幾何呢？」

龍飛大怒道：「但是我等怎能置五弟的性命於不顧？」

郭玉霞冷笑一聲道：「可是師傅呢？難道我們就不管師傅了？」

龍飛身形方展，霍然轉過身來，沉聲道：「你在說什麼？」

郭玉霞輕輕一嘆，道：「老五方才所說的話，我想來想去，都覺得極有道理，不管師傅他老人家此刻死或未死，我們都應該循著他老人家走的方向去查看一下，若是他老人家真的未死，豈非天幸！」

龍飛緩緩轉過身來，皺眉道：「可是五弟呢？」

郭玉霞道：「你看五弟方才所使的那一式『龍穿雲』，比你怎樣？」

龍飛呆了一呆，道：「這個……」

郭玉霞微微一笑，道：「這個……就憑五弟這身功力，要想制勝，已非難事，若僅保身，那還不容易麼？」

龍飛皺眉沉吟道：「這話麼……也有道理！」

王素素滿面惶急，道：「可是那高髻道人既肯冒險來搶這具棺木，可見棺中必定有什麼秘密……」

郭玉霞輕輕一拍她肩頭，柔聲嘆道：「四妹你到底年紀還輕，有些事還不大懂，那綠袍道人之所以肯冒險來搶這具棺木，不過是想藉此在武林中揚名立萬而已。」

王素素道：「棺中若是沒有秘密，師傅他老人家爲什麼要叫他拚死護棺呢？」

郭玉霞面色一沉，道：「棺中即使有秘密，難道這秘密比師傅的性命還重要麼？」

王素素一雙纖手，反覆互扭，她心中雖覺郭玉霞的言語甚是不妥，卻不知該用什麼話來加以辯駁。

龍飛皺眉頷首道：「四妹，你大嫂的話確有些道理，我看那道人的武功並不甚高，老五必定不會吃虧的，還是師傅要緊！」

石沉目光深沉，似乎想說什麼，但望了王素素一眼，劍眉微皺，便自默然。

郭玉霞展顏一笑，又自輕拍王素素一下，道：「你聽大嫂的話，不會錯的，五弟若是出了差錯，包在你大嫂的身上，你在著急什麼？」

石沉目光轉向他處，郭玉霞道：「三弟，四妹，走，我們去找師傅去！」

王素素緩緩點了點頭，腳步隨著郭玉霞移動，秋波卻仍凝注在南宮平身形消失的方向。

石沉道：「四妹若是不願去尋師傅，有我們三人也足夠了！」

郭玉霞含笑道：「三弟你怎能說這樣的話，四妹一向最孝順師傅，師傅也一向最喜歡四妹，她怎會不願意去尋找師傅呢？」

龍飛道：「正是正是，四妹萬無不願去尋找師傅的道理！」

一隻山鳥，破雲飛去，「唳」地發出一聲長鳴，餘音嫋嫋傳來，一如人類輕蔑而譏嘲地訕笑，似乎在訕笑著龍飛的愚魯，郭玉霞的心機，石沉的忌妒，與王素素的柔弱，只是牠鳴聲方止，自己也在濃霧中撞向一片山壁！

龍飛腳下如飛，當先而行，望見這隻山鳥下墜的屍身，回首道：「這隻鳥真呆得可以！」

石沉道：「孤鳥失偶，難耐寂寞，撞壁而死，反倒痛快些！」

王素素幽幽一嘆，道：「若換了是我，則寧願被人打死！」

郭玉霞微微一笑，道：「你們都錯了，這隻鳥既不呆笨，也不寂寞，牠會撞死，只不過是因為飛得太高，一時大意而已！」

龍飛長嘆道：「飛得高會撞死，飛得低會被獵人捉住打死，想不到做人困難，做鳥也不容易！」

說話之間，四人身形便已去遠，方才人語夾雜的山地上，此刻也只剩下那株蒼虯的古松，猶自挺立在彌勁的山風與縹緲的雲霧裡。

本自急墜而下的山鳥，被自西北吹向東南的秋風，吹得斜斜飄開……

南宮平身形如飛，片刻之間，便已掠過「韓文公投書碑」，他滿心惶急，此刻卻已施展了全身功力。但那高髻道人手中雖托了一具棺木，身法卻極爲迅速，南宮平只覺前面淡淡的人影，漸漸清晰，但一時之間，卻仍追趕不上！他實在也想不通這高髻道人爲何要冒著大險來搶一具紫檀棺木，也想不通自己的師傅爲何要自己拚死守護它！

一些故老相傳的武林秘聞，使得他心裡閃電般升起許多種想法！

難道這具棺木中，會隱藏著一件秘密，而這秘密，卻與一件湮沒已久的巨大寶藏，一柄妙用無方的利器神兵，或是一本記載著武學上乘心法的武林秘笈有關？

這念頭在他心中電閃而過，然而就在這刹那之間，前面那高髻碧袍道人的身形，竟突地遲緩起來，他下意識回首望了一眼，蒼龍嶺一線插天，渺無人跡，他猜不透他的同門師兄們爲何不趕來接應於他，難道是出了什麼變故不成？

但此時此刻，他已無法再去推究這些，猛提一口真氣，倏然幾個起落，他與那高髻道人之間的距離，已變得更近了，突地隨風吹來一團黑影，打向他右臂，山風甚劇，這黑影來勢也很急，他心中微微一驚，右掌一翻，反手抄去，閃電般將這團黑影抄在手裡，卻將掌中的綠鯊劍鞘，跌落在蒼龍嶺旁，深陷萬丈的絕壑之下。

黑影觸手，冰冷而潮濕，他眼角微睨，竟是一隻死鳥！他自嘲地微笑一下，天地如是之大，小小的一隻死鳥，竟會跌入自己手裡，總算有緣，順手放入懷中，抬眼望處，蒼龍嶺已將走盡，而自己與那高髻道人，距離已不及兩丈！

高髻道人右掌在前，左掌在後，斜托著那具紫檀棺木，他功力縱深，但手托如此沉重的物件，在如此險峻的山路上奔走，氣力終是不繼！只聽後面一聲輕叱：「停住！」他微一偏首，側目望去，一柄森寒如水的青碧長劍，距離他咽喉要害，已不及一丈！

風，更急，雲，漸厚，山風吹得他們衣衫，獵獵飛舞，高髻道人腳下不停，身形卻已逐漸扭轉。

高髻道人目光中殺機漸露，突地大喝一聲，舉起手中棺木，向南宮平當頭壓下！

這一具本極沉重的紫檀棺木，再加以高髻道人的滿身真力，此番壓將下去，力度何止千鈞？只見他目光如凜，雙臂高舉，一雙寬大的袍袖，齊地落到肩上，露出一雙枯瘦如柴，但卻堅硬如鋼的手臂，臂上筋結虬露，若非漫天濃霧，你甚至可以看見到他臂上肌肉的跳動。

南宮平身形急剎，卻已不及，一片黑影，一片勁風，已向他當頭壓了下來，在這一脊懸天，兩旁陡絕的「蒼龍嶺」上，他避無可避，閃無可閃，劍眉軒處，口中亦自大喝一聲，揮起手中長劍，劍尖一陣顫動，向當頭壓下的紫檀棺木迎去。

剎那之間，但見他長劍劍尖，幻起數朵劍花，只聽「咚，咚，咚」數聲輕響，他長劍已在這具棺木上連點七次！而每一次則將棺木壓下的力度，削減幾分，正是以巧而勝強，以四兩而撥千鈞的上乘內家劍法，南宮平這隨手揮出的一劍，也的確將這種內家劍法中的「巧」字發揮得淋漓盡致！

高髻道人面泛鐵青，雙臂骨骼，一陣「格格」山響，紫檀棺木，仍然原勢壓下！

南宮平面色凝重，目射精光，腳下不七不八，屹立如樁，右臂斜舉，左掌輕托右肘，掌中長劍，有如擎天之柱，抵著紫檀棺木的下壓之勢！

兩人此刻，心中俱都不敢有絲毫大意，因為他們深知只要自己稍一大意，便得失足落在兩旁的萬丈深淵之下！

棺木長達一丈，劍尖卻僅有一點！棺木之力由上而下，長劍卻以下承上，以一點之力，迎住一丈之物，以承上之力，迎拒下壓之勢，其中難易，自是不言可知，南宮平只覺劍尖承受之力，愈來愈見沉重，這柄百煉精鋼所製的長劍，劍身也起了一種雖是常人目力難見，卻是內家高手入目便知的彎曲。

衣衫飛舞，鬚髮飄絲，他兩個人的身軀，卻木立有如石像！

但是，南宮平的雙足，卻漸漸開始移動，輕微的移動……

他雙足再不移動，便會深陷入石，但是這種輕微的移動，此刻在他說來，又是何等的艱難與困苦！最艱難與困苦的，卻是他不敢讓自己掌中長劍鋒銳的劍尖，刺入棺木！因爲劍尖若是入棺，棺木必將下壓，換而言之，則是他力度一懈，對方的力度自就乘勢下擊，此消彼長，他便將落於下風。

山風一陣接著一陣，自他耳畔呼嘯而過，他只覺自己掌中的長劍，漸漸由冰冷變爲熾熱！

他目光漸漸模糊，因爲他已幾乎耗盡了每一分真力！

高髻道人目光愈發醜惡，面色越發鐵青，隨著南宮平氣力的衰微，他嘴角又自開始泛出一絲猙獰的微笑，雙眉軒處，突地大喝一聲：「還不下去！」

南宮平胸膛一挺，大喝道：「只怕未必！」

此刻他兩人說話，誰也不敢用丹田之力，只是在喉間迫出的聲音，是以雖是大喝，喝聲亦不高朗，高髻道人冷冷道：「只怕未必……嘿嘿，只怕已爲時不遠了！」

南宮平牙關緊咬，不聲不響！

高髻道人冷冷道：「你年紀輕輕，如此死了，連個收屍的人都沒有，我實在替你可憐！」

南宮平一字一字地緩緩道：「死的只怕是你！」心中卻不禁暗嘆一聲，忖道：「連個收屍的人都沒有……」他恨不得自己能回頭看上一眼，看看他的同門有沒有趕來！

「爲什麼他們都不來？」

他目光瞬也不瞬地凝注著他恩師留下給他的碧綠長劍，心中興起了一陣被人遺忘的孤寂之感！

「爲什麼他們還不來，難道……」突覺棺木下壓之勢，又加重了幾分，他心中一驚，收攝心神：「原來這道人是想以言語亂我心神，我怎地會著了他的道兒！」

他心念一轉，目光閃動，突地自棺木的陰影下，瞥見高髻道人額上的汗珠，他心中立刻閃過一個念頭，忖道：「他爲何要用言語來亂我心神，原來他自己的力度也到了強弩之末，我只要再能支持片刻，定必立刻便能轉敗爲勝！」

高手相爭，不但看功力之深淺，毅力、恆心更是莫大因素，勝負生死，每每判於一念之間，誰能堅持到最後一刻，便能取得最後勝利，誰如半途喪失鬥志，自然必敗無疑！

南宮平一念至此，當下凝神定氣，抱元守一，口中卻緩緩說道：「你拚盡全力，妄想孤注一擲，難道以爲我不知道麼！」

高髻道人本已鐵青了的面色，突又一變，掌中的棺木，力度不覺一弱，南宮平深深吸進一口長氣，長劍一挑，藉勢挑起三分，口中又道：「你功力或許較我稍深，但你惶急驚慌之下，手抬如此沉重之物，狂奔而行，功力之消耗，卻遠較我多，此刻我縱然已是強弩之末，你卻已將近油盡燈枯了！」

紫檀棺木，又起了一陣輕微的顫動，南宮平掌中的長劍，又自乘勢挑起兩分，高髻道人蒼白枯瘦的手臂，已漸漸由白而紅，由紅而紫。

南宮平暗中鬆了一口氣，雙眉舒展，緩緩又道：「你我再如此拚將下去，我雖危險，還倒不妨，你卻難逃一死！」

他故意將「死」之一字，拖得極長，然後接口又道：「爲了一具既無靈性，亦無用處的紫檀棺木，命喪異鄉，豈非大是不值，你武功不弱，修爲至此定必不易，我念在武林一脈，只要你此刻撒手，我必定不咎既往，讓你回去！」

他這番言語，雖仍存有削弱對方鬥志，擾亂對方心神之意，但有些話，卻是真的發自肺腑。

哪知他語聲方落，高髻道人突地陰惻惻地冷笑起來，口中喝道：「你要我一個人死，只怕還沒有這麼容易！」雙掌一緊，拚盡最後一點餘力，將棺木壓下。

南宮平心中方自一凜，卻見高髻道人腰身微擰，下面竟又刷地踢出一腿！

他功力雖已大半貫注於雙臂之上，是以這一腿之力並不甚大，但所踢之處，卻是南宮平臍下的「鼠蹊」大穴。

南宮平若是閃身避開他這一腳，下盤鬆動，上面必定被他將棺木壓下，若不閃避，又怎能承受？他驚怒之下，大喝一聲，左掌倏然切下，向他右腿足踝處切去！

這一掌時間部位，俱都拿捏得恰到好處，哪知高髻道人雙掌緊抓棺沿，身軀竟騰空而起，右足回收，左足又自閃電般踢出！

南宮平掌勢一轉，抓向他左足，心頭卻不禁大駭，這高髻道人如此做法，顯見得竟是要與自己同歸於盡。

只見他左足回收，右足又自踢出，他身軀凌空，雙足自然運用自如，但他全身力量，俱都附在那具棺木之上，南宮平若被他踢下深淵，他自己也要隨之落下！

這一切發生，當真俱都在剎那之間，南宮平右掌獨自支著長劍，左掌正反揮出。

在這剎那之間，雖已架開那高髻道人連環三腿，但右腕漸覺脫力，棺木已將壓下，左掌也已擋不住對方快如閃電的腿勢！

此刻他若是奮力拋卻掌中之劍，後掠身形，還能保全性命，但在這生死已繫於一線的剎那間，又記起師傅遺言：「……余已決意將數十年來，寸步未離之『葉上秋露』，以及護守神棺之責，交付平兒，直到棺毀人亡……棺毀人亡……」

他不禁暗嘆一聲，再也想不出這具神棺倒底有何異處，值得以身相殉，但是他寧願身死，也不願違背師傅的遺命，也不願嘗受失敗的屈辱！

「棺毀人亡……同歸於盡……」他再次暗嘆一聲，喃喃自語：「如此值得麼……」劍尖一送，左掌箕張，方待不再攔架那高髻道人的腿勢，劈胸向之抓去，他此刻但覺心中熱血上湧，早已將生死置之度外！而古往今來，許多拋頭顱，灑熱血的千秋偉業，也俱都在此種心情下發生！

高髻道人面色一變，突地縱聲狂笑起來，狂笑著道：「好好，且讓你我三人，一齊同歸於盡！」南宮平心頭一震，脫口道：「三人！」硬生生頓住手掌，再次詫聲喝道：「哪裡來的三人？」

他雖已大起疑雲，一心想能住手問出此中究竟，但此刻情勢，卻已勢成騎虎，欲罷不能，高髻道人冷喝一聲：「這裡便是三人！」雙足齊出，齊地向南宮平當胸踢去！

南宮平眼簾微闔，暗道一聲：「罷了！」方待撒手拋劍棄棺，與這幾近瘋狂，不惜以自己性命來毀一具棺木的高髻道人同歸於盡！

哪知——一個近乎奇蹟般的變化，卻突地在這一瞬間發生——「罷了」兩字，方自他心頭閃過，他掌中長劍，竟突地一輕，原本重逾千鈞的紫檀棺木，此刻竟變得輕如鴻毛。

棺木一輕，情況立刻大變，高髻道人只覺棺中似有一種奇妙力道，將他臂上真力引去，他雖全身功力注於雙臂，此刻亦突地覺得棺木的依附之力全失，下身何從使力？雙腿方自踢將出去，全身重心已自下墜，變起突然，他根本無法思索判斷，但覺心頭一驚，雙掌齊撤，提氣縱身，曲腿彎肘，身形一縮，後退三尺！

南宮平亦覺心頭一驚，撤劍收掌，擰身錯步，後掠三尺！

兩人一齊後退，對面而立，高髻道人雙拳緊握，面容鐵青，雙目之中瞳仁瞬也不瞬，眼白竟已紅如焰火，望著那具紫檀棺木，雙腿膝蓋，都在不住顫抖！

南宮平右掌握劍，左掌捏拳，滿面驚詫之容，滿心驚詫之意，亦在瞬也不瞬地望著那具神奇的紫檀棺木！

只見這具神秘而奇怪的紫檀棺木，在兩人身形齊地撤退以後，竟還在空中停了一停，然後開始緩緩下降，彷彿有著一個隱身之人，在下面托著似的，輕飄飄地落在地上，這般沉重的紫檀棺木，落地時幾乎沒有一絲聲音！

南宮平凝目望處，只覺一陣寒意，自腳底升起，立刻遍佈全身，他出身世家，又得明師，所見所聞，自不在少，卻從未見過今日這般異事，若非光天化日，他真疑此身已入夢境！

高髻碧袍道人，面上雖無詫異之容，卻充滿驚懼之色，目光炯炯，仍在凝注著那具表面看來，一無異狀的紫檀棺木，山風怒號，他衣袂的飛舞，雖然掩飾了他雙腿膝蓋的劇急顫抖，卻掩飾不住他失血的面色與顫抖的嘴唇！

南宮平木立當地，暗中吸了一口真氣，方待舉步朝這紫檀棺木行去，突聽那高髻道人一聲乾笑，斷續著道：「好……好，你果真……沒有……死！」笑聲悽厲難聞，語聲中卻充滿了驚怖、惶恐，以及欣慰、慶幸之意！這幾種絕不相同的情感，竟會同時混雜在一句話裡，使得這句原來並無什麼特別奇怪之處的話，也充滿了神秘恐怖之意！

語聲方落，南宮平心頭一震，目光轉處，只見高髻道人突地一縱身形，高舉雙掌，向那又自恢復平凡的紫檀棺木撲去！

南宮平又是一驚，來不及再加思索，口中輕叱一聲：「你幹什麼？」長劍一揮，迎面撲去，但見劍花錯落，滿天飛舞！

他畢竟年輕力壯，體力恢復甚速，大大地彌補了功力之不足，此刻這一劍揮將出來，正是他一身武功之精萃，高髻道人但覺一陣寒意貶人肌骨，一片碧光，飛舞而來，一眼看去，竟沒有半分破綻空隙。

此刻那高髻道人身形已撲到棺前，雙掌已觸及棺蓋，但他若不及時撤掌後退，立時便有殺身之禍，南宮平沉聲低叱一聲：「退下！」高髻道人果然仰身回掌，後退七尺，南宮平腳尖輕點，掠過棺木，擋在他身前，長劍當胸橫持，高髻道人雙臂一伸，長袖垂落，目光一如南宮平掌中的長劍，森寒而碧綠。

兩人目光相對，身形木立，南宮平只覺自己的雙腿腿肚，正已觸及了那具平凡而又神奇的紫檀棺木，他不禁自內心泛出一種痙攣和悚慄，正如他幼時手掌觸及冰涼而醜惡的蜥蜴時的感覺一樣！

但是他身形卻仍不敢移動半步，只聽高髻道人突地長嘆一聲，緩緩道：「我與你有何冤仇，你要如此對待於我！」此時此刻，他竟會發出一聲如此沉重的嘆息，當真使南宮平大感意外。

他愕了一愕，不知這聲長嘆是埋怨，抑或是懇求，沉吟半晌，方自緩緩道：「我與你素不相識，有何冤仇？」

高髻道人道：「你與我既無冤仇，為何要這般攔阻於我！」

南宮平劍眉微軒，卻聽高髻道人又道：「你只要將這具紫檀棺木交付於我，從此你便是我最大的恩人，我有生之日，必定會設法報你的大恩大德！」

南宮平目光一瞬，望了他半晌，突地冷笑一聲，緩緩道：「你是否強搶不得，便來軟求？」

高髻道人胸膛一挺，厲聲道：「我生平從不求人！」

南宮平道：「你即便求我，我也不能讓你走近這具棺木一步！」

高髻道人又自長嘆一聲，緩緩道：「何苦……何苦……」突地身形一弓，自地面彈起，右掌下削，左掌橫切，雙腿連環踢出，一招四式，同時向南宮平頭頂、咽喉、膝彎、下腹四處要害擊去！

南宮平哂然一笑，雙足不動，右掌輕揮，掌中長劍，自上而下，輕輕揮動一遍，便有如自平地湧起一道光牆，這一招看來亦是平平淡淡，其實卻是寓攻於守，天衣無縫的無上妙著！

要知「不死神龍」龍布詩一生大小爭戰，出生入死，功力好且不說，單論交手經驗，已是天下武林之冠，晚來稍自收斂，隱於「止郊山莊」，卻將半生交手的經驗，與一生所見所聞所習的武功，淬練成一套看似招招平凡，其實卻著著精妙的劍法，因爲根據著那豐富的經驗，他深知花巧的劍法，雖是眩目，但若真遇上絕頂高手，卻大是不切實用！是以他所創之劍法，外表看來甚是平凡，出手看來也極輕易，讓對方先就自己鬆懈自己的戒心，等發覺時每每已嫌太遲！

南宮平看來雖無防備，其實卻早存戒心，知道這高髻道人軟求不成，必定又要強搶，是以他早已在劍上滿注真力，此刻一劍揮出，便將高髻道人那般凌厲地一招四式全都擋住！

高髻道人單足點地，後退，復進，南宮平劍勢稍衰，他雙掌又復攻出，左掌直擊南宮平胸側「將台」，右掌斜斜一劃，突地自左側搶出，閃電般扣向南宮平脈門，南宮平手腕一抖，劍尖斜挑，連點他雙臂脅下，兩處大穴，高髻道人擰身退步，再度退了七尺，木立半晌，突又長嘆道：「好劍！好劍法！」

南宮平緩緩垂下劍尖，道：「劍若不好，也是一樣！」

高髻道人冷笑一聲，道：「劍若不好，我已捏斷你的劍身，擊穿你的前胸！」

南宮平面色木然，道：「劍若不好，方才我一劍點你脅下兩處穴時，你右掌雖可乘勢捏住我的劍身，但你又焉知我沒有厲害的後招？」

高髻道人冷笑道：「你不妨試上一試！」

南宮平面上仍無任何表情，既不動怒，亦不激憤，緩緩道：「我此刻若是與你交手比試，莫說不該用如此好劍，根本就不該以兵刃與你空手過招。」他語聲微頓，冷笑一聲，又道：「但此刻我只是遵師命，護此棺木，你如再苦苦糾纏，我甚至連暗器都會使出！」

高髻道人冷笑聲頓，雙眉立皺，眉峰間聚起一陣失望之色，他強搶、軟求、激將之計，都已使出，卻仍無法打動對面這少年鐵石般的心腸！

他無法想出自己該用什麼方法來打動這有著鋼鐵般意志，玉石般堅強的少年，他也自知自己此刻的功力，亦不足戰勝對方，一時之間，他只覺一種由失望引起的難言恐懼，已將漸漸將他埋葬。

南宮平目光如炬，亦在明銳地打量著對方，他不但看到這道人寬廣的顴骨，如鷹的雙睛，他甚至也看出這道人內心的顫抖。

只聽高髻道人突地正色道：「你師傅令你拚死護此棺木，你可知道為了什麼？」

南宮平道：「不知！」

高髻道人道：「值得麼？」

南宮平道：「不知！」

高髻道人目中重現希望的光芒，道：「你既連原因都不知道，就不惜拚卻性命，自然是不值得！」

南宮平冷冷瞧了他一眼，緩緩道：「挑撥也沒有用！」

高髻道人道：「你如此與我站著，我功力已在一分分恢復，等我功力完全恢復時，你便不是我的對手，那麼你便真的要白送一條性命了。」

南宮平哂然一笑，道：「真的麼？」

高髻道人正色道：「自然！」

南宮平緩緩笑道：「若是真的，你怎會此刻告訴我？等你功力恢復後將我殺了，豈不更好？」

高髻道人雙眉一軒，厲聲道：「我有意憐才，想不到你竟不知好歹！」

南宮平緩緩道：「在下心領了。」

高髻道人變色道：「你難道不信我能恢復功力？」

南宮平道：「信與不信，俱是一樣！」

高髻道人道：「此話怎講？」

南宮平緩緩道：「我早已將生死置之度外，你縱能恢復功力，你縱要將我殺死，我也不能離開此棺一步。」

高髻道人道：「既然如此，你爲何不乘我功力尚未恢復之際，先下手來將我除去？」

南宮平緩緩一笑道：「我功力僅能保身，又不足將你除去！」

高髻道人冷「哼」一聲道：「你倒坦白得很！」

南宮平面容一正，沉聲說道：「我與你素無仇怨，你若不來動手搶此棺木，而僅是站在那裡，我縱有能力，戰勝於你，卻也不能將你殺死！」

高髻道人眼簾一闔，再次木立半晌，張開眼來，長嘆一聲，緩緩說道：「我真想不通，你爲何要如此苦心守護這具棺木！」

南宮平冷冷道：「我也真想不通，你爲何要如此苦心來搶這具棺木！」

高髻道人雙拳緊握，牙關緊咬，突地跨前一步，目光直視著南宮平。

南宮平神色不動，心平氣和，回望著他！

良久良久，高髻道人又自長嘆一聲，仰面向天，目注穹蒼，緩緩道：「難道你真的要我說出此中真相，才肯放手？」

南宮平道：「你縱然說出此中真相，我也絕對不會放手的！」

高髻道人目光仍然仰視著天上，生像是根本沒有聽到他的話似的，接口緩緩說道：「有些人一生之中，兢兢業業，行事處世，如臨深淵，如履薄冰，努力向善，從不敢出半分差錯，但只要偶一失足，在人們眼中便成了十惡不赦的罪人，而另一些人平生無所不為，無惡不做，卻偏偏在一個適當的機會中，恰巧做了一件好事，便使得人們對他以往的過錯，都寬恕諒解了……」

他語聲緩慢沉重，既似喃喃自語，又似在對蒼天訴說！

南宮平呆了一呆，他猜不透這神秘而奇怪的高髻道人，為何會在此時此刻，說出這種與方才發生之事，毫無關連的話來。

說到這裡，他霍然垂下目光，大笑道：「你說蒼天待人，可是公平的麼？」

抬目望去，霧氣之中，只見這高髻道人面上的失望愁苦之態，已換作悲憤激怒之容，伸出枯瘦的手掌，顫抖著指向南宮平，厲聲道：「你如此守護著這具棺木，你可知道此刻躺在這具棺木中的人，究竟是誰麼？」

方才這具平凡的棺木，竟生出了那般奇蹟，南宮平已隱隱猜到棺木之中必有秘密，也隱隱猜到，棺木之中，可能藏著一人！

但令他不能相信的是，他師傅一生行事，光明磊落，怎會有不可告人之事？怎會將一件不可告人的秘密，隱藏一生！

是以此刻這高髻道人，大聲喝出此話，南宮平心頭仍不禁一震，脫口道：「這具棺木之中，難道會有人在？」

高髻道人冷笑一聲，道：「武林之中，第一勇士『不死神龍』，抬棺求敗，已成了數十年來，江湖中最膾炙人口的佳話，如今『不死神龍』一死，這段佳話甚至會流傳百世，亦未可知，但是……」他突地仰天狂笑數聲，又道：「這其中的真相，莽莽武林之中，又有誰知道呢！」

他笑聲之中，滿是輕蔑譏嘲之意，南宮平劍眉微軒，朗聲道：「什麼真相？」

高髻道人冷笑一頓，大聲道：「你當『不死神龍』抬棺而行，真的是求敗求死麼？他只不過是爲了這具棺木中藏著一個人而已！」

南宮平面色一變，道：「什麼人？」

高髻道人緩緩道：「什麼人……」突又仰天狂笑起來，狂笑著道：「一個女人！一個無惡不作，淫蕩成性，但卻美若天仙的女人！」

南宮平但覺心頭一震，有如當胸被人擊了一掌，軒眉怒目，厲聲喝道：「你說什麼？」

高髻道人狂笑著道：「我說你師傅『不死神龍』龍布詩，在江湖中雖然博得了『第一高手，抬棺求敗』的佳話，其實卻不過只是爲了一個淫蕩邪惡的女人！」他笑聲越來越高，語聲也越來越響，一時之間，漫山都響起了迴音，似乎四面群山，都在輕蔑而譏嘲地狂笑著大喝：「他也不過是爲了一個淫蕩邪惡的女人……女人……」

這一聲聲刺耳的迴聲，傳到南宮平耳中，直如一柄柄鋒銳的匕首，毫不留情地刺入他心裡，因爲這聲音傷害的是他最尊敬的人！他雖在暗中抑止，但熱血卻仍衝上了他的頭顱，使得他蒼白的面色，變得赤紅！高髻道人笑聲漸衰，南宮平大喝一聲，厲聲說道：「你言語之中，若再辱及家師一句……」

高髻道人接口道：「辱及家師……哼哼，我方才所說，句句俱是千真萬確之事，你若是不信，不妨將那口棺木掀開看上一看，你便可知道，棺中所藏的人，究竟是誰！」

南宮平道：「是誰！」

高髻道人道：「你雖然年紀還輕，但你或者也曾聽過……」他語聲微頓，喉結上下一陣移動，一字一字地沉聲接道：「孔雀妃子梅吟雪這個名字！」

有風吹過，南宮平機伶伶打了個寒戰，只聽高髻道人突地語聲一變，銳聲吟道：「世間萬物誰最毒，孔雀妃子孔雀膽……」吟聲漸漸消逝，他面上卻漸漸泛起一陣難言的扭曲。

南宮平沉聲道：「孔雀妃子與冷血妃子可是一人？」

高髻道人冷冷一笑，望也不望他一眼，自管接口吟道：「百鳥俱往朝丹鳳，孔雀獨自開彩屏……」

南宮平雙眉微軒，怒道：「我問你的話，你難道沒有聽見麼？」

高髻道人仰面望天，仍自吟道：「雪地吟梅彩屏開，孔雀妃子血已冷，妃子冷血人不知，神龍一怒下凡塵，九華山頭開惡戰，只見劍光不見人，劍光輝煌人影亂，觀者唯有松、石、雲，武林群豪齊焦急，不知勝者為何人？」他吟聲愈唸愈加尖銳激昂，面上的神色也愈見怨恚悲憤。

南宮平緊握長劍，凝神傾聽，只聽他微微一頓，接口又自吟道：「神龍既有不死名，百戰百勝傲群倫，孔雀彩屏難再展，神龍彈劍作長吟，武林巨毒從此去，益振神龍不敗名！」

吟聲至此，戛然而止。

南宮平道：「如此說來，『孔雀妃子』便是『冷血妃子』？」

高髻道人目光森冷地掃向南宮平臉上，冷冷道：「不錯，梅吟雪與梅冷血便是同一人。」

突又仰天冷笑數聲，一面說道：「吟雪！冷血！嘿嘿，好名字呀好名字，好綽號呀好綽號，我公……我真該爲此浮一大白！」

南宮平心中一動，脫口問道：「公什麼？」

高髻道人面色一變，道：「與你何關！」

南宮平冷笑一聲，道：「你既然藏頭露尾，不願說出自己的姓名，我也不屑再來問你！」

高髻道人目光再次望向天上，南宮平厲聲道：「但我卻要你將方才所說的話，與我再說一遍。」

高髻道人冷冷道：「什麼話？」

南宮平面寒如水，緩緩道：「這具紫檀棺木中，藏著一個活人，便是『孔雀妃子』梅吟雪，此話可是出自你口？」

高髻道人道：「不錯！怎地？」

南宮平突也仰天冷笑起來，一面厲聲說道：「你方才既將那首在江湖中流傳至今的歌謠，一字不漏地唸出來，難道你就不知道這首歌謠中，說的是什麼故事？」

高髻道人冷冷道：「焉有不知之理！」

南宮平手腕一震，劍光閃動，厲聲道：「你既然知道，爲何還要說出這些侮及家師的言語，昔年『孔雀妃子』梅吟雪橫行天下，她仗著她的武功、機智與美貌，不知使得多少武林人身敗名裂，家毀人亡，卻偏偏還有不知多少人爲她美色所迷，拜倒在她裙下。」

高髻道人冷笑道：「你居然也知道她的往事！」

南宮平橫目瞪他一眼，仍自接道：「武林中雖然對她懷恨，卻又爲她美色所迷，爲她武功所驚，無人敢向之出手，家師一怒之下，才出頭干預此事，九華山頭，三日惡鬥，家師卒以無上劍法，將之除去，那時候守在九華山下，等聽消息的武林群豪，見到家師獨自挾劍下山，莫不歡聲雷動，當時那震天歡呼鼓掌聲，據聞在十里之外的人都曾經聽到！」

他語聲微頓，面上不禁露出欽服敬慕之色，長長嘆息了一聲，道：「只可惜我那時還未投入師門，不得參加那種偉大的場面，我也常以此爲憾！」他目光一凜，厲聲又道：「但此事武林中，人盡皆知，家師雖然未曾對我談及，我也曾從別人口裡聽到此事，而且說及此事的人，莫不對家師那時的英風豪舉折服，你此刻卻要說，『孔雀妃子』仍未死，還要說她此刻藏在這具棺木之內，你究竟是何居心，若不好生對我說出，莫怪要你立時命喪劍下。」

高髻道人垂手而聽，滿面俱是輕蔑不屑之色。南宮平語聲一了，他突又仰天狂笑起來，狂笑著道：「好個英風豪舉，好個盡人皆服……龍布詩呀龍布詩，你雖死了，也該覺得慚愧吧！」

南宮平劍眉怒軒，大喝一聲：「你說什麼？」掌中長劍，劍光點點，灑向高髻道人胸前。

高髻道人笑聲一頓，目光凜然，南宮平掌中長劍的劍光，雖在他胸前不及三寸處閃動，他卻身形未後退半步，沉聲道：「你對你師傅這般信仰敬服，我縱然再說千百句話，你也不會相信！」

南宮平肅然道：「正是！」

高髻道人道：「但我只要舉手之勞，便可教你對你師傅失望！」

南宮平厲聲道：「你如此胡言亂語，實令我……」

高髻道人截口道：「你雖不相信我的言語，但你不妨將棺木打開看一看，看看那裡面藏的可是梅吟雪，可是那武林中人人唾棄的蕩婦『冷血妃子』？」他話聲越說越高，說到最後一句，已是聲嘶力竭。

南宮平心中一動，暗暗忖道：「如此說話的人怎會說出謊話！」心念一轉，又自忖道：「他說的若非謊話，豈非就表示師傅真的是將『孔雀妃子』藏在棺中，而瞞盡天下人的耳目，師傅他老人家一生行俠，光明磊落，卻又怎會做出這種事來？」

一念至此，他雖不禁在暗中責備自己對師傅的不敬，卻又有些疑惑矛盾。

只聽那高髻道人長嘆一聲，又道：「你只要將那具棺木掀開讓我看上一眼，棺中若非『冷血妃子』其人，我便立時橫劍自刎，而且死得心甘情願，卻不會埋怨於你！」

南宮平雙眉深皺，垂首沉思，滿臉俱是矛盾痛苦之色，他若是依言打開棺木，豈非就變得像是他連自己平日最敬服的師傅都不信任？他若不打開棺木，又怎能消除心頭的疑念？抬目望處，華山山巔，仍是雲蒸霧湧，南宮平心中的思潮，也正如瀰漫在山巔處的雲霧一般迷亂。

高髻道人目光凝注，見到他面上沉鬱痛苦之色，突地冷笑一聲，道：「你若是不敢打開棺木，便是說你對你師傅的人格，也不敢完全信任！」

南宮平怒喝一聲：「住口！」

高髻道人只作未聞，緩緩說道：「否則這棺木既是空的，你師傅又未曾令你不准開棺，那麼你此刻掀開看上一看，又有何妨！」

南宮平心中暗嘆一聲，口中卻厲聲喝道：「棺中若無其人，你是否真的……」

高髻道人斬釘斷鐵地截口說道：「我立時便自盡在你面前……」

南宮平沉聲道：「君子之言！」

高髻道人道：「如白染皂！」

南宮平大喝一聲：「好！」霍然轉過身去，面對那直到此刻仍一無動靜的紫檀棺木。

高髻道人一步掠來，亦自掠至棺側，冷冷道：「是你動手還是我來動手？」

南宮平呆望著面前的棺木，暗中忖道：「這棺木中若是真有人，必定會聽到我們方才的對話，那麼焉有直到此刻仍無動靜之理！」他心中信心立增，朗聲道：「先師遺物，怎能容你所瀆，自然是我來動手的。」

目光抬處，只見高髻道人面容雖然緊張，目光卻也充滿了信心，瞬也不瞬地凝注著這具紫檀棺木，口中冷冷道：「毋庸多言，快請開棺。」他語意目光之中，生像是只要棺蓋一掀，就必定會看到那傳說中早已死去的「冷血妃子」活生生臥在棺中似的。

南宮平方自增強的信心，此刻卻又不禁起了動搖，他右臂微曲，想將掌中長劍插入鞘中，才想起劍鞘已被自己拋卻，目光動處，卻又看見劍柄之上，還縛有一條淡黃的柔絹，他又自想起，這條絲絹，必定就是師傅交由那葉姑娘轉給自己的「遺言」。

要知南宮平並非記憶欠佳，頭腦糊塗之人，而是這半日之中，所發生的事令他思潮大亂，他暗罵自己一聲，匆匆將這條絲絹解下，收入懷裡。

高髻道人冷笑道：「你不妨將這柄長劍交來給我──」

南宮平面容一變，卻聽高髻道人接口又道：「那麼你開棺方便一些，我自刎也方便得多。」

南宮平冷「哼」一聲，望也不望他一眼，右掌持劍，左手抓向棺蓋，心中卻不禁暗忖：「這道人如此自信，難道這具棺木之中，真的藏著那『孔雀妃子』？」

他手掌微微一顫，暗中長嘆一聲，力貫五指，將棺蓋向上一掀──

高髻道人雙拳緊握，目光盡赤，口中喃喃道：「梅吟雪呀梅吟雪，今日畢竟要讓我再見著你……」

只見南宮平左掌一掀之下，棺首竟應手而起，離地約摸三尺，但棺蓋卻仍好生生地蓋在棺木上。

南宮平呆了一呆，將棺木輕輕放下，口中緩緩道：「這棺木已上釘，誰也不能開棺！」

高髻道人冷冷笑道：「若是空棺，怎會上釘？」

南宮平心頭一震，只見高髻道人腰身半曲，目光凝注著棺蓋，沿著棺木四側，緩緩走動，南宮平雙目微皺，一步一隨地跟在他身後，沉聲道：「你要做什麼？」

話聲未了，忽見高髻道人疾伸右掌，向棺首拍去！

南宮平厲叱一聲：「住手！」

長劍微揮，閃電般點向高髻道人項頸之下，他若不及時擰身撤手，這一劍便是殺身之禍。

劍風颼然，高髻道人足跟半旋，回肘擰腰，只見一道碧光，堪堪自他脅下穿過，再偏三分，便要觸及他身上的慘碧道袍，他驚怒之下，定了定神，大喝道：「背後傷人，算做什麼？」

南宮平冷冷一笑，垂下長劍，道：「家師神棺，豈容你的手掌冒瀆！」

高髻道人面上陣青陣白，強忍著胸中怒氣，狠狠瞪了南宮平幾眼。突地轉身，「呸」地一聲，重重吐了口濃痰，頭也不回，冷冷道：「棺首所雕兩條雲龍之間的龍珠，便是開棺的樞鈕！」

他身軀雖然枯瘦，形貌亦不驚人，但說話語氣，卻是截釘斷鐵，充滿自信，南宮平雖然懷疑，卻仍不禁大步自他身側走到棺首，俯首而望，只見棺首蓋上，果然雕有兩條栩栩如生的雲龍，雙龍之間，果然雕有一粒龍珠，這棺木雖是極其貴重的紫檀所製，但常被日炙風蝕，看來也已有些陳舊，只有這粒龍珠，卻仍是光澤滑潤，顯見是久經摩擦！南宮平暗嘆一聲，只覺自己的觀察之力，果然不如別人精細，一面緩緩伸出左掌，在這龍珠之上輕輕轉動了兩下！

只聽「咯」地一聲輕響，高髻道人道：「你再掀上一掀！」

南宮平手掌一反，抓起棺蓋，高髻道人霍然轉過身來，瞬也不瞬地望著他的手掌，只見他手掌抓著棺蓋，卻久久不見向上托起！

一時之間，兩人彼此都能聽到對方的心跳之聲，怦怦作響，兩人彼此都能看到對方的一雙手掌，微微顫抖，兩人甚至還能看到對方的額角，已隱隱泛出汗珠！

突地，南宮平大喝一聲，手掌往上一揚，棺蓋應手掀開！

濃雲狂風之下，絕嶺孤脊之上，一具黝黯沉重的棺木，棺蓋半開，兩條衣袂飛舞的人影，木立如死，這景象正是充滿了陰森恐怖之意！

高髻道人額上汗珠，涔涔而落，面上神色，陣青陣白，口中喃喃道：「這……這……她……她……」語聲顫抖，再也說不下去，山風吹入棺木，陣陣呼嘯作響，而——棺木空空的，哪有一物？

南宮平目光冰涼，面色鐵青，手掌緊握劍柄，突地暴喝一聲：「你這欺人的狂徒！」反手一劍，向高髻道人刺去！

高髻道人失魂落魄地望著這具空棺，這一劍刺來，他竟然不知閃避全如未見，嘴唇動了兩動，似乎要說什麼，但只說了「棺中必……」三字，南宮平盛怒之下刺出的一劍，已將他咽喉之下，左肋之上的要害之處刺穿，鮮血泉湧，激射而出，刹那之間，便已將他慘碧的道袍，染紅一片。

鮮紅加上慘碧，道袍變為醜惡的深紫，高髻道人牙關一緊，口中慘嗥一聲，翻手反抓住長劍鋒刃，自骨節間拔出，身形搖了兩搖，指縫間鮮血滴滴落下，目中光芒盡失，黯然望了南宮平一眼，喉結上下動了兩動，斷續著嘶聲說道：「你……你終有一日……要……要後悔的……」

語聲嘶啞、悲切、沉痛而又滿含怨毒之意，雖是三峽猿啼，杜鵑哀鳴，亦不足以形容其萬一。

南宮平面容蒼白，全無血色，身形僵木，全不動彈，目光呆滯地望著高髻道人，只見他語氣漸漸衰微，雙睛卻漸漸突出，眼珠漸灰漸白，眼白卻漸紅漸紫，最後望了南宮平一眼，手掌漸鬆，嘴唇一張，身軀微微向左轉了半圈，噗地，倒在地上！

接著，又是「噗」地一聲，南宮平手掌一軟，棺蓋落下，他失神地望著地上的屍身又失神地望著掌中的長劍，最後一滴鮮血，自劍尖滴落，長劍仍然碧如秋水！

他只覺心頭一軟，幾乎忍不住有一種衝動，要將掌中這柄利器，拋落萬丈深淵之下，然而，他卻始終忍住，只是呆呆地站在那裡，心中反反覆覆地在低唸著一句話：「我終於殺了人了……我終於殺了……人了！」一生平第一次，他體驗到殺人後的感覺，也體會出殺人的感覺原來竟是這般難受！

望著地上鮮血淋漓的屍身，他只覺頭腦一陣暈眩，胃腹一陣翻騰，此人與他僅是一次見面，他們甚至連彼此間的姓名都不知道，而這條陌生的性命，此刻卻已死在他的劍下。

他茫然向前走了兩步，然後又轉回頭，茫然托起地上的棺木，迎著撲面而來的山風，也不知走了多久，他蹣跚來到蒼龍嶺盡頭，卻又茫然頓住腳步，口中喃喃道：「我該將他的屍骨埋葬的……」突地放足狂奔，奔回原處，地上的血漬仍在，但是──那神秘、奇詭，而又可憐的高髻道人的屍身，此刻竟然不知去向。

山風在耳畔呼嘯，白雲在眼前飄舞，南宮平茫然立在這山風呼嘯，白雲飛舞的孤脊上，耳中卻什麼也聽不見，眼中什麼都看不見，良久良久，他目光方自投落到那冥冥寞寞，深不見底的萬丈絕壑中去，然後便將胸中的痛苦與懺悔，都化作了一聲悠長沉重的嘆息。

他口中雖無言，心中卻在暗自祈禱，希望那被山風吹下絕壑的幽魂，能夠得到安息，又不知過了許久，他只覺高處風寒，身上竟有些寒意，於是他手托棺木，回轉身，走下蒼龍嶺，山腰處，風聲漸息，寂寞的華山，便更加寂寞。

他紊亂的心情，卻更加紊亂，除了那份對死者的懺悔與痛苦之外，他心中還有著許多無法解釋的疑團！令他最思疑和迷惑的是，他直至此刻，還猜不透這具看來平凡的紫檀棺木內，究竟隱藏著什麼秘密？多少秘密？

尋了處幽靜的山林，他將掌中所托的棺木，輕輕放到雖已漸呈枯萎，卻仍柔軟如茵的草地上，掀開棺蓋，看了一眼，棺中的確空無一物，他仔細地再看了兩眼，只覺這棺外觀雖大，棺內卻顯得甚為淺窄，在那深紫色的木板上，似乎還有幾點似乎是油漬般的污痕，不經細看，絕難察覺。

然而，縱是如此，他仍然看不出，這棺木有絲毫特異之處。

他以手支額，坐在樹下，樹上的秋葉，已自蕭蕭凋落，使得這寂寞深山中的初秋天氣，更平添了幾分肅殺之意，也使得這初秋天氣中的寂寞少年，平添了幾分淒涼心境！

他苦苦思索著這些他無法解釋的疑團，竟忘去了探究他的同門兄妹為何直到此刻還未下山的原因，伸手入懷，他取出了那條淡黃的絲絹，也觸及了那隻不知是太多的愚笨，抑或是太多的智慧方自使得牠自撞山石而死的山鳥那冰涼的羽毛。

於是他悲哀地，自嘲地微笑了一下，握緊絲絹，取出死鳥，展開絲絹，那蒼勁而熟悉的字跡，立刻又在他心底引起一股沖激地悲哀浪潮，他闔上眼簾，嘆息一聲，再張開，只見上面寫的是：

「余一生雖殺人無數，然所殺者無不可殺之人，是以余生平雖然可曰無憾……」

南宮平為之長嘆一聲，他仔細地體會這「無憾」兩字其中的滋味，暗中不禁長嘆自語：「這兩字看來雖平凡，其實卻不知要花多少精力，忍耐多少痛苦才能做到，而我呢……」

他想起方才死在他劍下的道人：「我傷了此人，心中能否無憾？」他也想起那道人方才的言語，「師傅他老人家一生無憾，怎會做出他口中所說那樣的事！」

於是他信心恢復，寬然一笑，接著下看：「然余無憾之中，亦有一事，可稱遺憾……」

南宮平心頭一冷，立即下看：「十餘年前，武林中盛傳一人劣跡昭彰，余心久已深恨之，適逢其人又傷余一友，是以余仗劍而出，將之斃於劍下，然事後余卻知此事實乃余友之錯，而那平素惡行極多之人，於此事中，反是清白無辜，是以余……」

下面的字跡，突地爲一片鳥血所染，再也看不清楚！

南宮平方自看到緊要之處，此刻自是急怒交集，但鳥血已乾，縱然洗去，字跡亦將模糊不清，他劍眉雙軒，雙拳緊握絲絹，呆呆地愕了半晌，心中突又一顫：「難道這片血跡，是自師傅他老人家身上流出的！」

一念至此，胸中熱血倏然上湧，倏然長身而起，只覺滿懷悲激，無可宣洩，方待仰天長嘯一聲，目光突地瞥見那隻鮮血淋漓的死鳥屍體！

一時之間，他不知是該大笑三聲，抑或是該大哭三聲，頹然坐回地上，目光凝注死鳥，發出一聲無可奈何的嘆息，只得跳過那片血漬，往下接看，鳥血的下面，寫的是——

「是以余將此人交托於汝，望汝好生看待於她……」

南宮平雙眉一皺，詫聲自語：「她……？她……她是誰？」

愕了半晌，再往下看：

「臨行匆匆，余亦不能將此事盡告於汝，然汝日後必有一日，能盡知其中真相，余往日不能善於待汝，亦是余生平一憾，唯望汝日後戒言戒惡，奮發圖強，勿負余對汝之期望！」

這寥寥數十字，南宮平反來覆去，竟不知看了多久，只覺這淡黃絲絹上的字跡，越看越見模糊，吹在他身上的山風，寒意也越來越重！

「臨行匆匆……」他口中喃喃自語：「難道……難道師傅他老人家真的死了麼？……」

於是，兩行熱淚，終於奪眶而出。

悲哀，加上懷疑，這滋味的確令他無法忍受，「日後必有一日，能盡知此事真相……」但這一日，何時方至？「余往日不能善於待汝，亦是余生平一憾……」他伸手一拭面上淚痕，仰天呼道：「師傅，你老人家一直對我是極好的，我也一直感激你老人家，你老人家難道不知道麼？」

他茫然地用自己的手掌，在淺淺的草地上掘了個淺淺的土坑！

然後，便將那隻死鳥，仔細地埋葬在這淺淺的土坑裡。

他纖長而蒼白的手掌，都已沾滿了褐黃色的泥土，土坑拍平，一聲嘆息，他任憑泥土留在手掌上，口中卻又不禁喃喃自語：「我與你終是有緣，是麼？否則世界如此之大，你怎會偏偏落入我的手掌裡？這土坑雖淺，但已可爲你聊蔽風雨……」

一聲沉重的嘆息，他倏然頓住語聲，因爲他心中突地想起了那被他一劍刺死的道人，那一具碧綠的屍身，今後豈非將長久暴露於無底的絕壑中，永恆的風露下！於是他以纖長的手掌，劃開面前那一片青青的山草，正如他冀望以他無形的利劍，劃開他心中的積鬱。

青草雖分，積鬱仍在，他黯然闔上眼簾，冀求這份黑暗的寧靜，能使他心中雜亂的思潮澄清，於是一層沉重的疲倦，便也隨著眼簾的落下，而佈滿到他全身，爲著今晨的決戰，「止郊山莊」的門人弟子，昨宵已徹夜未眠，何況南宮平剛才與那高髻道人一番苦鬥，更耗盡了他體內所有的真力！

生理的疲倦，使得他心理的緊張漸漸鬆弛，也使得他身心進入一種恬適的虛無境界，也不知過了多久……

西山日薄，晚霞滿林，黃昏漸至，樹林中突地發出「咯」地一聲輕響，那平凡而神秘的紫檀棺木，棺蓋竟緩緩向上掀了開來──

寧靜的山林中，這聲響雖然輕微，卻已足夠震動了南宮平的心弦，他霍然張開眼睛，正巧看到這一幅駭人的景象──無人的棺木中，竟有一雙瑩白如玉的纖纖玉手，緩緩將棺蓋托開！

南宮平這一驚之下，睡意立刻全被驚散，只見那棺蓋越升越高……

接著出現的，是一絡如雲的秀髮，然後是一張蒼白的面龐。

滿天夕陽，其紅如血，映在這張蒼白的面龐上，竟不能爲她增加半分血色，南宮平縱然膽大，此刻卻也不禁自心底升起一陣寒意，沉聲道：「你……你是……誰？」他雖然鼓足勇氣，但語聲仍在微微顫抖。

棺中的絕色麗人，此刻已自棺中緩緩長身而起，她那纖弱而動人的美麗身軀，被裹在一件正如她面容一樣純白的長袍裡，山風吹動，白袍飛舞，她身軀竟似也要隨風飛去，然而她一雙明媚的眼睛，卻有如南宮平座下的華山一般堅定！

她輕抬蓮足，自棺中緩緩跨出，袍袖之下，掩住她一雙玉掌，一步一步地向南宮平走了過來，她面上既無半分笑容，更沒有半分血色，甚至連她那小巧的櫻唇，都是蒼白的，空山寂寂，驟然看見了她，誰都會無法判斷她來自人間，抑或是來自幽冥！

南宮平雙拳緊握，只覺自己掌心俱已冰冷，氣納丹田，大喝一聲：「你是誰？」方待自地上一躍而起，哪知這棺中的絕色麗人，突然地輕輕一笑，柔聲說道：「你怕什麼？難道你以爲我是……」再次輕笑一聲，倏然住口不語。

她語聲竟有如三月春風中的柳絮那麼輕柔，那般令人沉醉，她那溫柔的一笑，更能令鐵石心腸的人見了都爲之動心，她所有自棺中帶出的那種令人悚慄的寒意，刹那之間，便在她這溫柔的笑語中化去。

南宮平目光愕然，只覺她這一笑，竟比葉曼青的笑容還要動人，葉曼青笑起來雖有如百合初放，牡丹盛開，但只是眼在笑，眉在笑，口在笑，面龐的笑而已，而這棺中麗人的笑，卻是全身、全心全意的笑，就連她的靈魂，都似已全部浸浴在漣漪中，讓你的呼吸，也要隨著她笑的呼吸而呼吸，讓你的脈搏，也要隨著她笑的跳動而跳動。

但笑聲一止，南宮平卻又立刻感受到她身上散發出的寒意，他再也想不透這具平凡的棺木中，怎會走出一個如此不平凡的人來？

他腳下移動，終於霍然長身而起，現在，他已與她對面而立，已毋須仰起頭來，便能清楚地望見她的面容，於是，他立刻恢復了那種與生俱來的自信與自尊，再次低喝一聲：「你是誰？」喝聲已變得極爲鎮定而堅強！

棺中人秋波如水，上下瞧了他兩眼，忽地「噗哧」一笑，柔聲道：「你年紀雖輕，但有些地方，的確和常人不同，難怪龍……龍老爺子肯放心將我交托給你！」

南宮平一愕，暗暗忖道：「將她交托給我……」他立刻連想到那幅淡黃柔絹上的言語：「……是以余將此人交托於汝，望汝好生看待於她……」他方才所驚異的問題：「她是誰？」此刻已有了答案：「她」便是此刻站在他身前的這面容蒼白，衣衫蒼白，一身蒼白的絕色麗人！

然而，對於其他的疑竇，他仍然是茫無頭緒，他暗中長嘆一聲，突地發覺天地雖大，有許多卻偏偏是如此湊巧，那淡黃柔絹上最重要的一段字跡，竟偏偏會被鳥血所污，這難道是蒼天在故意捉弄於他？

只見這出自棺中的白衣麗人眼波帶笑，柳腰輕折，緩緩在他身邊坐了下來，輕輕伸了個懶腰，仰首望天，自語著道：「日子過得真快，又是一天將要過去了，……唉，其實人生百年，又何嘗不是彈指便過……唉，古往今來，誰又能留得住這似水般的年華呢？」

她語氣之中，充滿了自怨自艾之意，根本不是一個如此艷絕天人的年輕女子所應說出的話，而像是一個年華既去的閨中怨婦，在嘆息著自己青春的虛度，與生命的短暫！

夕陽，映著她秀麗絕倫的嬌靨，南宮平側目望去，只見她眉目間竟真的凝聚著許多幽怨，顯見她方才的感慨，的確是發自真心，他心中大為奇怪，不禁脫口道：「姑娘……夫人……」

棺中麗人忽又一笑，回眸道：「你連我是姑娘，抑或是夫人都分不清楚麼？這倒奇怪得很！」

南宮平乾咳兩聲，吶吶道：「我與……閣下素不相識……」

棺中麗人道：「龍老爺子既然將我交托給你，難道沒有對你提起過我？」

南宮平雙眉微皺，腦海又自閃電般泛起那幅淡黃柔絹上的字跡——

「十餘年前，武林中盛傳一人劣跡昭彰……」他心頭一凜，暗暗忖道：「難道她真的便是那高髻道人口中所說的『冷血妃子』？」心念一轉：「但那『孔雀妃子』十餘年前已享盛名，於今最少也該三十餘歲了！她……」目光抬處，只見這棺中麗人，猶在望著自己，眼波晶瑩明亮，面靨瑩白如玉，看來看去，最多也不過只有雙十年華而已！

他趕緊避開自己的目光，只聽棺中麗人又自輕輕笑道：「我問你的話，你怎麼不回答我呀？」一伸手一撫她那長長披了下來，幾乎可達腰際的如雲秀髮，又道：「你心裡一定在想著一些心事，是不是在猜我的年紀？」

三　柔腸俠骨

南宮平面靨微紅，垂首斂眉，但口中卻正色說道：「不錯，我此刻正在想著你的年紀！」

棺中麗人幽幽長嘆了一聲，道：「我的年紀，不猜也罷！」

南宮平微微一愕，卻聽她接口又道：「像我這樣年紀的人，實在已不願別人談起我的年紀了！」

兩人相距，不及三尺，南宮平垂首斂眉，目光不敢斜視，心中卻不禁大奇：「這女子年紀輕輕，為何口氣卻這般蒼老？」口中亦不禁脫口說道：「你正值青春盛年，為何……」話聲方了，這棺中麗人突地自地上長身站起，伸手一撫自己面靨，道：「青春盛年？……」她話中竟充滿了驚詫之意。

南宮平皺眉道：「雙十年華，正值人生一生中最最美麗的時日，你便已這般懊惱灰心，莫非是心中有著什麼難以消解的怨哀憂鬱？」

他一直低眉斂目，是以看不到這棺中麗人的面容，正隨著他的言語而發出種種不同的變化。

他只是語聲微頓，然後便又正色接口說道：「家師既然令我好生照顧姑娘，但望姑娘能將心中的憂鬱悲哀之事，告訴於我，讓我也好爲姑娘效勞一二。」他心中坦坦蕩蕩，雖然無法明瞭自己的師傅爲何將一個少女交托給自己，但師傅既已有令，他便是赴湯蹈火，也不會違背！是以他此刻方會對一個素昧平生的少女，說出如此關切的話！

那知他語聲方了，棺中麗人口中低語一聲：「真的麼？……」突地柳腰一折，轉身狂奔而去。

南宮平呆了一呆，大喝道：「你要到哪裡去？」

棺中麗人頭也不回，竟似沒有聽到他的話似的，依然如飛向前飛掠，只見她長衫飄飄，長髮向後飛揚而起，窈窕動人的身形，霎眼間便掠出林去，輕功之曼妙驚人，竟是無與倫比！

南宮平心中雖是驚疑交集，卻也來不及再去思考別的，甚至連那具棺木也沒有管它，便跟蹤向林外掠去，口中呼道：「家師已將你交托給我，有什麼事……」放眼四望，棺中麗人卻已走得不知去向，他只得頓住呼聲，四下追蹤，心中不住連連暗嘆，忖道：「她若走得不知去向，我怎樣對得起師傅！」

空山寂寂，夜色將臨，要在這寂寞的空山中尋找一個孤單的少女，即使比之大海撈針，也未見容易得多少。

南宮平只有漫無目的地漫山狂奔，他根本連這棺中麗人的名字都不知道，是以他也無法出聲呼喚，風聲之中，突地似乎有潺潺的流水聲傳來，他也實在渴了，腳步微頓，身形一轉，便向水聲傳來的方向奔去。

一道山溪，蜿蜒流下，在星光與月光交映中，正如一條銀白色的帶子，南宮平穿過密林，山溪已然在望，於是他便似渴得更難受，腳下一緊，刷地掠到溪畔，方自俯身喝了兩口清澈而冷冽的溪水，忽聽水源上頭竟然隱隱傳來一陣陣女子的笑聲！

他精神一振，沿溪上奔，倏然三五個起落，他已瞥見一條白衣人影，正俯身溪畔，似乎在望著溪中的流水，又似乎在望著流水中的影子，他毫不猶疑地掠了過去，只見這白衣人影動也不動地伏在那裡，口中時而「咯咯」嬌笑，時而喃喃自語：「這究竟是真？抑或是夢？……」直到南宮平掠到她身側，她仍在呆呆地望著流水，竟似已望出了神。

南宮平也想不到這神秘的女子方才那般瘋狂地奔掠，竟是奔到這裡望著流水出神，站在旁邊，愣了半晌，忍不住俯身望去，只見那清澈、銀白的流水中，映著她艷絕人寰的倩影，流水波動，人面含笑，水聲細碎，笑聲輕盈，這詩一般、畫一般的情景，南宮平幾乎也看得癡了。

水中的人影，由一而二，由單而雙，棺中麗人卻也沒有覺察到，此刻她眼中除了自己映在水中的影子外，便什麼都再也看不到。

她不斷地以她纖細而美麗的手掌，一遍又一遍地撫摸著自己的面靨，口中又喃喃自語：「這竟是真的，我真的還這麼年輕……」然後，她突地縱聲狂笑起來，狂笑著道：「塞翁失馬，焉知非福，想不到我竟在無意之中，得到普天之下，所有女子夢寐以求的駐顏秘術。」

她霍然長身而起，揮動著她長長的衣袖，與滿頭的秀髮，在月光下高歌狂舞。

「從此，還有誰再認得我，還有誰能猜得出我便是孔雀妃子……」

南宮平心頭一凜，反身一躍，大喝道：「什麼，你竟真的是梅吟雪？」

出自棺中的白衫、長髮、絕色的麗人，狂歡的舞步，倏然而頓，兩道冰冷的目光，閃電般凝注在南宮平面上，緩緩道：「不錯！」

南宮平愕了半晌，黯然長嘆一聲，緩緩嘆道：「想不到，那道人的話竟是真的！我……我……真是該死！」他此刻不知有多麼懊惱，懊悔自己將那高髻道人傷在劍下！於是他心中內疚的痛苦，自然比方才更勝十分。

棺中麗人——「孔雀妃子」梅吟雪蒼白而冰冷的面靨，突又泛起一絲嬌笑，緩緩走到南宮平身前，緩緩伸出她那瑩白而纖柔的手掌，搭在南宮平肩上，柔聲道：「你居然也曾聽過我的名字？」

南宮平心中一片紊亂，茫然道：「是的，我也曾聽過你的名字！」

梅吟雪道：「那麼，你是否也知道我是怎麼樣的人？」

南宮平道：「是的，我也知道你是怎麼樣的人！」

梅吟雪柔聲一笑，搭在南宮平肩上的纖掌，突地由瑩白變得鐵青，鐵青的手掌，掌心漸向外，但她口中卻柔聲笑道：「那麼，你此刻要對我怎麼樣呢？」

南宮平深深吸了口氣，沉聲道：「師傅既然令我好生照顧你，我便要好生照顧你，無論是誰，若要傷害到你，便是我南宮平的敵人！」

梅吟雪道：「真的麼！為什麼？」

南宮平想也不想，朗聲說道：「因爲我相信師傅，他老人家無論做什麼事，都不會錯的！」心中卻不禁暗嘆忖道：「即使他老人家錯了，我也不會違背他老人家最後的吩咐的！」

梅吟雪愕了半晌，突地幽幽長嘆一聲，緩緩道：「龍老爺子對我真的太好了！」她鐵青的手掌，又漸漸轉爲瑩白，緩緩滑下南宮平的肩頭，南宮平卻再也不會想到，就在方才那幾句話的功夫，他實已險死還生！

他只是茫然回過頭來，茫然瞧了她兩眼，面上又已恢復了他平日木然的神色，梅吟雪秋波一轉，柔聲道：「你此刻心裡定有許多許多自己無法解釋的事，想要問我，是麼？」

南宮平緩緩點了點頭，梅吟雪又道：「只是你心中的疑團太多，你自己也不知從何問起，是麼？」

南宮平又自點了點頭，梅吟雪道：「可是我也有一件事想要問你，你能不能先回答我？」

南宮平木然道：「只要是我所知道的。」

梅吟雪柔聲笑道：「自然是你知道的。」笑容一斂，沉聲道：「你師傅一定是極爲放心你，才會將那具紫檀棺木交托給你，讓你保護我，那麼，你怎會不知道有關我和你師傅的故事？」

南宮平緩緩道：「他老人家……」突地又取出那幅淡黃柔絹道：「你且自己拿去看看！」

梅吟雪柳眉微皺，伸手接過，仔細瞧了一遍，面上方又露出笑容，輕輕道：「誰的血跡？」

南宮平道：「死鳥！」

梅吟雪微微一愣，道：「什麼死鳥？」

南宮平劍眉微軒，沉聲道：「你管的事未免也太多了些……」突又一聲長嘆，改口道：「我無意間拾來的死鳥！」

梅吟雪輕輕笑道：「原來如此，起先我還以爲是你師傅的血跡呢！」

南宮平木然的面容，突又現出激動的神色，劈手一把奪回那淡黃柔絹，厲聲道：「我也有句話，想要問問你！」

梅吟雪柔聲笑道：「只要是我知道的！」

南宮平咬了咬牙，厲聲道：「我且問你，家師對你，可謂仁至義盡，直到臨死時，還不曾忘記你的安危，是以念念不忘，將你交托給我，而你呢？既已知道家師的噩耗，居然竟絲毫不爲他老人家悲哀，你……你簡直……」以拳擊掌，「啪」地一聲，倏然住口。

梅吟雪上下瞧了他幾眼，突又縱聲狂笑了起來，仰首狂笑道：「悲哀，什麼叫做悲哀？我一生之中，從未爲任何人，任何事悲哀，你難道希望我裝作悲哀來騙你？」

她嬌軀後仰，長髮垂下，一陣風過，吹得她長髮如亂雲般飛起。

南宮平目光盡赤，凜然望著她，心中但覺一股怒氣上湧，不可抑止，恨不得一掌將她斃於當地，但他手掌方自舉起，便又落下，因爲他突然想起了她的名字——

「冷血妃子」！

「冷血妃子……梅冷血……」南宮平暗中長嘆一聲：「她竟連悲哀都不知道，難怪江湖中人人稱她冷血！」這一聲長嘆所包含的意味，亦不知是悲憤抑或是惋惜，想到今後一連串漫長的歲月，他都將與這美艷而冷血的女人相處，他心頭又不禁泛起一陣寒意，腳步一縮，後退三尺！

只聽梅吟雪笑聲突地一頓，隨著南宮平後退的身形，前行一步，仍然逼在他面前，冷冷道：「你可知道，即使我生性多愁善感，我也毋庸爲你師傅悲哀……」

南宮平軒眉怒道：「似你這般冷血的人，家師也根本毋庸你來爲他老人家悲哀！」

梅吟雪目光轉向穹蒼第一顆昇起的明星，似是根本沒有聽到他尖酸憤怒的言語，口中緩緩接道：「我非但根本毋庸爲他悲哀，他死了，我原該高興才是！」雖是如此冷削的話，但她此刻說來，卻又似乎帶著幾分傷感！

南宮平怒喝道：「若非家師令我好生照顧於你，就憑你這幾句話，我就要將你……」

梅吟雪目光一垂，截口冷冷道：「你可知道，你師傅如此對我，爲的是什麼？」

南宮平冷笑一聲，道：「只可惜家師錯認了人，他老人家若是養隻貓犬……哼！哼！有些人生性卻連貓犬都不如！」

梅吟雪目光冰冷，筆直地望著南宮平，直似要將自己的目光化作兩柄劍，刺入南宮平心裡。

南宮平挺胸握拳，目中直欲要噴出火來，瞬也不瞬地望著梅吟雪，彷彿要將這具美麗、動人的胴體中所流著的冰冷的血液燃起。

兩人目光相對，梅吟雪突地冷笑一聲，道：「你可知道，你師傅對我如此，爲的只不過是要贖罪、報恩，但饒是如此，他還是對我不起，所以他才要令他的徒弟，來贖他未完的罪，報他未報的恩。」

南宮平愕了一愕，突也冷笑起來，道：「贖罪！報恩！贖什麼罪？報什麼恩？難道我的師傅還會——」突又想起那淡黃柔絹上的字句：「此事實乃余之錯……」他心頭一凜，頓住話聲，暗中忖道：「難道師傅他老人家真的做了什麼事對不起她！」

梅吟雪冷冷道：「你怎麼不說話了！」南宮平暗嘆一聲，梅吟雪冷笑道：「你怎麼不說話了？是不是你也知道你師傅鑄下的大錯？」

南宮平垂下頭去，又抬起頭來，沉聲道：「任何人若要對家師說不敬的言語，便是我不共戴天之仇！」他再次冷笑數聲。

梅吟雪緩緩道：「若是我說，又當怎地？」

南宮平嘿嘿冷笑數聲，梅吟雪道：「莫說在你面前，便是在『不死神龍』面前，我也一樣會說這些話的，因爲我有這權力！」

南宮平忍不住大喝一聲：「什麼權力？師傅雖然令我好生看待你，你卻無權在我面前如此說話！」

梅吟雪冷冷道：「我有權！」

南宮平大喝道：「你再說一遍試試！」雙拳猛握，跨前一步，與梅吟雪相距，幾乎不及一尺！

梅吟雪凝望著他，冷冷道：「我有權，因爲我無辜地被他損害了我的名譽，擊傷了我的身體！我有權，因爲我苦心練得的武功，曾被他一掌毀去！我有權，因爲我爲了他的剛愎與愚蠢，我浪費了我的青春，我浪費了我生命中最美好的十年歲月，日日夜夜，時時刻刻，僵臥在那具不見天日的棺材裡，過著比囚犯還要痛苦千萬倍的生活！」她越說越是悲憤激烈，本是冰冰冷冷的語聲，此刻卻已變作聲嘶力竭般的大喝！

南宮平越聽越覺心寒，本是挺得筆直的身軀，此刻已不自覺地有了彎曲。

只聽她語聲一頓，突地一把抓起南宮平的手掌，轉身狂奔。

南宮平武功不弱，輕功猶強，但此刻卻覺手上似有一股大力吸引，兩旁林木如飛倒下，飛掠的速度，竟比平日快了數倍！

他暗中運行一口真氣，大喝道：「你要怎地！」手腕一反，方待掙脫她的手掌，卻見她身形已漸漸放緩，奔入那片停放棺木的山林。

林中幾乎沒有天光，那具平凡而神秘的紫檀棺木，仍然陰森地放在地上，她一掠而前，猛然掀開棺蓋，大聲道：「就是這具棺木，就在這裡，我度過了十年，除了夜間，你師傅將我扶出，解決一些生活中必須的問題外，我便沒有走動的機會！」她語聲又一頓，但根本不容南宮平插口，便又接口道：「你不妨閉起眼睛想上一想，這是一段怎樣的日子，我只要你在這裡面度過十天，只怕你便已不能忍受，何況是十年……十年……」

南宮平呆呆地望著那具窄小而陰黯的棺木，夢囈般地低語：「十年……十年……」忍不住機伶伶打了個寒噤！

樹梢有初昇的星光漏下，細碎地映在梅吟雪面上。她深長地吸了口氣，又幽幽地嘆了口氣，緩緩道：「我在棺中時時刻刻心中希望著的，便是每天晚上那一段自由的時間快些到來，縱然，這段時間你師傅也不過只讓我在他那間沒有燈光，沒有窗戶的房間裡，耽上片刻，但我已心滿意足！」

南宮平心中一動，凜然忖道：「難怪師傅他老人家將臥室設在莊中最後一進房中最偏僻的一個角落！難怪他老人家夜晚不喜掌燈，房中不設窗戶！難怪他老人家每晚將棺木抬進臥房，放在床側……」他長長嘆息一聲，不敢再想下去！

梅吟雪目光不住移動，似乎在捕捉林木間漏下的那些細碎光影，又似乎在捕捉腦海中那一段黑暗、痛苦、而悲慘的回憶。

她口中緩緩嘆道：「幸好我每天都有這一個希望，否則我真寧願死於千刀萬刃，也不願死於這極痛苦的絕望，但是……這種希望和期待，其本身又是多麼痛苦，有一天，你師傅無意間打開房門，那天大概是滿月，從門隙射入的月光極為明亮，我那時真高興得要死，但月光下，我看到你師傅的樣子日漸蒼老，我心裡又不禁難受，日子一天一天地過去，我想我也該老了！」她語聲又變得無比的幽怨和溫柔，就像是有一個聰明而多情的詩人，在晚風中、山林內，用七弦的琴，奏起美麗而哀傷的調子。

美麗而哀傷的琴韻在晚風中飄舞，於是，南宮平心底似乎也不自覺地升起一陣藍色的憂鬱。

南宮平不覺忘記了她的冷血和孤僻，因爲他此刻已開始同情起她悲慘的遭遇。不由長嘆一聲，緩緩地道：「往事已矣，過去的事，你也不必……」

梅吟雪截口接了句：「往事……」突又放聲大笑了起來：「不死神龍已死，我又奇蹟般留住了我原該早已逝去的青春，我再也不必像死人似的被困在這具棺木裡，因爲世上再也無人知道我真實的身分……除了你！」

「除了你！」她的目光竟又變得異樣的冰冷，冰冷地望在南宮平面上，這美麗的女子，情感竟是如此複雜而多變，無論是誰都無法在一個言語和行動上，推測出她下一個言語和行動的變化，在這剎那之間，她的變化的確是驚人的。

南宮平愕了一愕，沉聲道：「你奇蹟地留住了你本該逝去的青春，你又奇蹟般恢復了你自由的生命，那麼你此刻心中的情感，本該是感激，而不該是仇恨，我雖然……」

梅吟雪尖刻地冷笑一聲，道：「我感激什麼？」

南宮平沉聲道：「你至少應該感激蒼天！」

梅吟雪道：「蒼天……哼哼！」長袖一拂，轉身走了開去，再也不望南宮平一眼！

但南宮平卻在呆呆地望著她瀟灑的身影，望著她飄動的衣袂！

只見她腳步雖然緩慢，但轉瞬間已自走出林外，南宮平目光漸漸呆滯，顯見已落入沉思，因為人們在思索著一個難以解決的問題，他的目光便定然會變得異樣地呆滯與空洞。

她淡白的身影，已將在夜色中消失，南宮平突地一步掠出林外，輕靈地起落兩次，落在她身畔，沉聲道：「梅姑娘，你要到哪裡去？」

梅吟雪緩緩停下腳步，霍然轉過身來，冷冷瞧了兩眼，冷冷說道：「你可知道，世上笨人雖多，卻再無一人比你笨的！」

南宮平愕了一愕，變色道：「是極，是極……」牙關一咬，倏然住口。

梅吟雪冰冷的目光，突地泛起一絲溫柔的光采，但口中卻仍然冰冷地說道：「你若是不笨，方才我說『除了你』三字的時候，你便該轉身逃去！」

南宮平冷笑道：「但我卻這般愚笨，你高抬貴手放過了我，我還要趕來追你！」

梅吟雪道：「不錯不錯，你當真是笨到極點了！」逐漸溫柔的眼波中，竟又逐漸有了笑意，只是南宮平低眉垂目，未曾看到！

她語聲一頓，南宮平立刻正色道：「家師已將你交付給我，你若是如此走了，叫我如何去向他老人家交代？」

梅吟雪道：「交代什麼？反正『不死神龍』已經死了！」

南宮平面色一沉，凜然道：「不管他老人家是否已然仙去……」他暗中嘆了口氣，忍住心中悲痛：「我都不能違背他老人家慎重留下的命令！」

梅吟雪道：「那麼你要怎麼樣來照顧我呢？」

南宮平嘴唇動了兩動，卻又說不出話來。

梅吟雪伸手一拂，將飄落到胸前的幾縷秀髮，拂到身後，冷冷道：「你既然不走，又要『好生照顧』我，那麼你今後是不是要一直跟著我？」

南宮平道：「家師之命，正是如此！」

梅吟雪突地微微一笑，道：「真的麼？」

南宮平耳中聽得她這動人的笑聲，卻不敢抬頭面對她的笑容，誠意正心，收攝心神，緩緩道：「家師臨去前，已曾令我不得離開那具棺木一步，他老人家的意思，自是要我時時刻刻地保護著你！」口中雖如此說，心中卻大惑不解：「她武功比我高得多多，師傅他老人家爲何還要我保護於她？她武功如此之高，原可隨時隨地破棺自走，爲何她又不做？」

他想了千百種理由，卻無一種理由完全合情合理，只聽她突又一笑道：「既然如此，你就跟著我好了，我走到哪裡，你就走到哪裡！」一面說話，一面已向前走去，走了兩步，回首道：「來嘛！」

南宮平只覺心中怦怦跳動，亦不知是什麼滋味，心中暗忖：「難道我真的要跟著她，她走到哪裡，我便跟到哪裡？」乾咳兩聲，沉聲道：「爲了師傅之遺命，你便是走到天涯海角，我也只好跟著你。」

梅吟雪輕輕一笑，道：「天涯海角……」又往前走了幾步，南宮平不覺面頰一紅，卻又不得不跟了過去。

這時他兩人的心思，當真是誰也無法猜測，他兩人之間關係的微妙，又當真是誰也無法形容，梅吟雪在前，南宮平在後，只見她不住抬起手掌，撫弄著鬢邊的柔髮，似乎心中也有許多心事。

夜色更深，黝黯的樹林中，一個最黝黯的角落裡，突地漫無聲息地掠出一條黑衣人影，手中橫抱著一人，似乎已受重傷。

黑暗中看不清他的面貌，更看不清他手中橫抱著的人是誰，只聽他附在傷者的耳畔，輕輕道：「你可覺得好了些？」

他懷中的傷者立刻點了點頭，道：「好得多了，若非閣下，我……」他語聲之中，極為明顯地是在強忍著痛苦。

黑衣人影打斷了他的話頭，截口道：「我實在無法將你送下華山，你重傷之下，也勢必無法留在這荒山上，但你只要強忍住痛苦，不發聲音，按時將我放在你懷中的丹藥吃完，數日內你必可復原，那時你定已在山下，便可伺機逃走！」

傷者咬牙忍住了一聲呻吟，微聲道：「大恩大德，在下……」

黑衣人影截口道：「多言無益，他們此刻絕對也不會再重啓此棺，梅吟雪也絕不會重入棺中，只要你能忍住轉側時的痛苦，必能安全下山。」他一面說話，已一面將那紫檀棺蓋掀開，將傷者輕輕放了進去，又道：「我的丹藥不但能夠療傷，還能療饑，你放心好了。」

已入棺中的傷者，掙扎著道：「千祈恩兄將大名告訴在下……」

黑衣人影微一揮手，道：「我的姓名，日後自知！」緩緩闔上棺蓋，目光四掃一眼，身形忽轉，閃電般向蒼龍嶺那邊掠去！

此刻梅吟雪與南宮平仍然漫步在如夢如幻般的星空之下……

梅吟雪垂首走了許久，突地緩緩道：「你身出名門，『止郊山莊』在江湖中素稱戒律精嚴，你孤身與我同行，難道不怕武林中人的閒言閒語！」她頭也不回，面上亦不知是何神色！

南宮平腳步微頓，沉聲道：「只要你我無愧於心，又是家師之命，一些無聊小人的風言閒語，又算得了什麼，何況……」他乾咳兩聲，便將「何況」兩字下面的話掩飾了過去。

梅吟雪道：「何況我年齡比你起碼大了十餘歲，根本毋庸避什麼嫌疑！」

南宮平未走兩步，又自停止，望著自己的腳尖。

梅吟雪突地轉過身來，道：「你的意思是不是如此？」

南宮平愕了半晌，道：「正是如此！」依舊沒有抬頭望她一眼。

梅吟雪垂手而立，全身都靜靜浸淫在星光下，緩緩道：「既然如此，你還要答應我一個條件！」

南宮平道：「條件？……」

梅吟雪道：「無論在誰面前，你都不能透露我的真實姓名！」

南宮平道：「爲什麼？」

梅吟雪冷冷一笑，道：「若是透露了我的姓名，武林中人知道我仍然未死，便是你師傅也無法再保護我，何況你！」

南宮平「哦」了一聲，暗中忖道：「她仇家必定很多，若是知道她仍未死，定會向她尋仇。」他耳畔似乎又響起了那高髻道人尖銳的聲音：「……淫蕩、邪惡，人人唾棄的蕩婦……」一念至此，他心中突地升起一種難以形容的感覺，憤然忖道：「她既是這種女人，我豈能再替她隱藏掩護……」轉念又忖道：「但師傅他老人家卻已如此做了，又令我也如此做，我豈能違抗師命！」一時之間，他思潮反來覆去，矛盾難安。

只聽梅吟雪道：「你答應麼？」

他深深吸了口氣，道：「答應！」

梅吟雪道：「無論什麼人？」

南宮平道：「無論什麼人！」

梅吟雪上下瞧了他兩眼，突地柔聲一笑，道：「你口中雖答應，心裡卻有些不願，是不是？」

南宮平目光一抬，浸淫於夜色中的梅吟雪，竟有一種出塵的美，美如仙子！

他心中不禁暗嘆忖道：「她爲什麼竟會是個淫蕩邪惡的女人！」

梅吟雪道：「是不是？」輕撫秀髮，緩緩走了過來。

南宮平再次垂下目光，道：「我口中所言，便是我心中所思！」只覺一種淡淡的幽香飄來，他縱未抬頭，亦知梅吟雪已走到他身畔！

只聽她忽又柔聲一笑，緩緩道：「你既然已答應了我，我知道你就永遠不會更改的，可是我要告訴你，我脾氣怪得很，有時會令你無法忍受，到了那時候，你又該怎麼辦呢？」

南宮平劍眉微剔，道：「只要你不再做害人的事，別的我都可忍受！」他忽然發覺自己如此跟隨著她，除了遵守師令，看顧於她之外，還可以隨時阻止她做出傷天害理，不齒於人之事！莫非師傅他老人家令我看顧於她，亦是爲了這個原因？一念至此，他心中忽覺一片坦蕩：「若我能使一個惡名遠播的人改過向善，那麼我縱然受些屈辱委曲，又有何妨！」於是他抬起頭，坦然望著她，她柔聲一笑，道：「現在天已很晚了，我們總不能夜宿空山吧！」

南宮平道：「自然要下山的！」

梅吟雪輕笑道：「走！」

她身形似乎因她心情的輕盈而變得更輕盈了，寬大的白色長袍，飛揚在如夢的星空下，再襯著她滿頭飛揚著的長髮，彷彿只要一陣清風，便可將她吹送到夢境的盡頭。

南宮平仍然遲疑了半晌，方自展動身形，他無法追及她輕盈的身形，三兩個起落後，他輕呼一聲：「梅姑娘，慢走！」

梅吟雪長袖一拂，回顧道：「什麼事？」

南宮平身形飛掠，直到掠至她身前，方自停下腳步道：「我此刻還不能下山！」

梅吟雪微微變色，道：「方才說過的話，難道你此刻便已忘了？你不是說我走到哪裡，你便跟到哪裡麼！」

南宮平道：「我只希望姑娘能等我一下，因爲我還有些事未曾……」

梅吟雪展顏一笑，截口道：「你是不是還要回去將那具棺木取來？」

南宮平道：「正是！除此之外，我還有一些同門兄妹留在山上，不知下山了沒有，我好歹要等他們一等！」

梅吟雪道：「同門兄妹，他們若見了你身邊突然多了個我，又該怎麼想呢？」

南宮平怔了一怔，半晌說不出話來。

梅吟雪緩緩道：「他們若要尋你，方才便該已經跟來，只怕他們早已下山了！」

南宮平心中暗暗嘆息了一聲，不知道本來情感極爲濃厚的同門，現在爲何對他如此淡漠？

梅吟雪又道：「至於那具棺木，此刻早已沒用了，帶不帶下山去，都沒有什麼關係，我們又何必在這空山裡受苦，還是早些下山去的好，尋個幽靜的地方，我可以將你直到此刻還沒有十分清楚的故事，源源本本地告訴你。」

南宮平微一沉吟，霍然抬起頭來，朗聲道：「無論如何，那具棺木是家師的遺物，我定要將之帶下山去！……」他語聲微微一頓，又道：「還有我的同門兄妹，無論他們怎樣，我也定必要等上一等，也算盡了我的心意！」

梅吟雪道：「我說的話，你難道一點也不聽？」她溫柔地望著南宮平，似乎要以自己如水般的秋波，融化南宮平鐵石般的心腸。

兩人目光再次相對，良久良久，都未曾霎動一下，這兩人之間，誰也不知道彼此究竟誰是強者。

此刻星光更亮，夜卻深了。

同樣的星光下，同樣的夜色中，龍飛目光所對的，亦是同樣溫柔的如水秋波。

他此刻正奔行在華山的山陰後，嵯峨的山石，濃密的林木，以及漸深的夜色，和夜色中的荆棘，使得他的步履雖然迅快，卻異常艱難。

郭玉霞纖柔的手掌，溫柔地牽著他粗壯的手臂，她嬌小的身軀，也溫柔地依附在他身上，雖然她輕功較她夫婿爲高，武功也未見比他弱，但她此刻的神態，卻似乎如果沒有他的力量與保護，更無法在這荒山之間，移動半步！

她巧妙地給了他一種自尊和自信之心，讓他確信兩人之間，他是強者，但畢竟誰是強者，那只有她心裡清楚！

跟在他倆身後的，是楚楚動人的王素素，她卻不要石沉的扶助，雖然她臉上已有淋漓的香汗，於是石沉只得慇懃地跟在她身後！他們一行四人，幾乎已將這片山嶺搜索了一遍，卻仍未發現有任何異狀，更未發現有任何他們師傅留下的跡象！

沒有任何言語，他們都在無言地沉默著，終於郭玉霞輕輕道：「找不到了！」

龍飛道：「找不到了！」

回望一眼，王素素輕輕點了點頭，石沉長長嘆息了一聲，道：「找不到了！」

隨著這聲長長的嘆息，郭玉霞亦自幽幽長嘆了一聲，接口道：「回去吧！」

龍飛道：「回去吧！」

石沉應聲道：「是該回去了！」

王素素接著她方才還未說完的話，緩緩道：「他或者還在等著我們！」

石沉面色微微一變，半晌說不出話來，龍飛、郭玉霞齊地停下腳步，轉回頭來，望向王素素，四人彼此相望。

石沉突地說道：「前面還有一段山路……」語音一頓，目光望向郭玉霞。

郭玉霞與他目光一錯，輕輕點了點頭，道：「山高九仞，切不可功虧一簣，我們既然已經找了這麼多地方，索性再到前面去看看吧！」

石沉連忙接口道：「正是，正是，山高九仞，切切不可功虧一簣！」

王素素無言地垂下頭去，龍飛卻有些惑然不解！

越往前行，他們的步履越見緩慢，山勢也越發險峻，要知南峰亦名落雁，高出華山群峰之上，平日人跡罕至，本已十分荒涼，在這寂寞的深夜裡，全山更瀰漫著一種難以描摹的森寒之意，郭玉霞、龍飛，依偎得更緊，王素素卻隔開石沉更遠！

柔弱的她，此刻又何嘗不要一雙強健而有力的臂膀的扶持與保護，但她卻只是將這份需要深深地隱藏在心底，除了「他」，除了他，她心裡再也不願接受任何一個人的情感，於是她頭垂得更低，腳下是灰黯的山石泥土。淚流滿面，她不敢伸手去抹擦一下，因爲她不願讓她身後的石沉發覺她心中的哀痛，於是淚珠便無助地落到地上！

突地！她霍然停下腳步，一聲驚呼，龍飛、郭玉霞閃電般轉過身來，石沉一掠而前，低喝一聲：「什麼事？」夜色之中，只見王素素一雙驚愕、清澈、充滿了淚珠的眼睛，正驚愕地望著地上！

地是灰黯的，看來似乎沒有什麼值得她驚異的地方！

郭玉霞、龍飛、石沉，一齊隨著她的目光望去，只見山地上，竟赫然印著一隻入石幾達三寸的足印！於是，又是三聲驚呼！

這片山石地面，本是異常堅硬而完整的，武功平凡的人，即使用一柄百練精鋼製成的利刃，也難在上面鑿成這麼深的腳印，而此人卻只是在上面隨意一踏，便已留下如此深邃的痕跡！

足跡並不端正，而是斜斜偏左，足尖便恰巧指向左邊的一條岔道！

王素素目光凝注，驚愕半晌，期艾著道：「這……這足跡……像不像是師傅……他老人家的……」

龍飛、郭玉霞、石沉、王素素，一齊交換了個目光，這種目光的含義，的確是不可形容的，它是懷疑和相信，驚訝和興奮，這四種極端不同，絕對矛盾的情感的混合！

然後，郭玉霞失望地嘆息了一聲，道：「這不是師傅的！」語聲雖輕微，但語氣卻是肯定的！她不等別人開口，便又接著道：「這腳印看來雖是師傅的……」

王素素忍不住輕輕接口道：「不但大小一樣，就連鞋子的形式也是一樣的！」

石沉道：「此刻武林中人，穿這種厚底官靴的人，已經不太多了！」要知武林中人，行走江湖，總以輕快方便爲要，自然不要穿著這種笨重的官靴！尤其不要穿著行走在這種險峻的山地上！

郭玉霞輕輕點了點頭，道：「當今江湖上，除了師傅他老人家外，的確很少有人會常日穿著這種笨重的厚底官靴了！」她語氣微微一頓，王素素又自接口道：「當今江湖上，除了師傅外，只怕也很少有人會有如此深厚的功力……」

龍飛道：「是極，是極，他老人家在此地留下一個腳印，必定就是在指示他老人家的去向！」

王素素道：「在我想來，亦是如此！」

石沉道：「是極，是……」

郭玉霞突地冷笑一聲，道：「是極，是極，可是你們都忘了一件事了！」

石沉詫聲道：「什麼事？」

郭玉霞道：「這腳印雖和師傅相似，而且以此腳印的深度看來，似乎也只有師傅有此功力，可是這腳印卻絕不是師傅留下的，因爲……」她故意放緩了語聲，然後一字一字地接著說道：「師傅他老人家，此刻已經沒有如此深厚的功力了！」

龍飛、石沉、王素素一齊愕了一愕，然後一齊恍然脫口道：「對了！」

龍飛撫頷道：「師傅他老人家已自己將功力削弱了七成，他老人家此刻的功力，不過和我相等，怎能在這種山石地上，留下如此深邃的足印呢！」他目光讚佩地望向郭玉霞，喃喃著道：「這事我們都知道，可是，爲什麼此刻只有你一個人想得起來呢？」

郭玉霞柔聲一笑，道：「你們又累、又餓、心情又緊張，無論是誰，在這種情況下，都常常會將許多事忘記的！」

垂首而立的王素素，突又抬起頭來，輕輕道：「這腳印如果不是他老人家的，卻又是誰的呢？」她秋波在郭玉霞、龍飛、石沉面上掃了一眼，接口又道：「你們想不想得出，當今江湖上，除了師傅他老人家外，還有誰會深夜穿著厚底官靴在這險絕天下的華山落雁峰後行走？還有誰有如此深厚的功力？」

自從昔年黃山一會，使天下武林精英同歸於盡後，武林之中的確從未聞說有人與「丹鳳神龍」一般功力，是以王素素這句話，的確問到了龍飛、石沉、郭玉霞三人的心底！

三人面面相覷，誰也說不出一句話來，山風吹起幾粒砂石，落入那深達三寸，神秘的足印中去，龍飛皺眉道：「莫非武林之中，新近又出了個武功絕頂的高手！」

石沉道：「莫非是師傅在……」他語聲突地沉吟起來，似乎話中有著難言之處，是以說不下去！

龍飛伸一捋虬鬚，沉聲道：「在什麼？」

石沉長嘆一聲，緩緩搖了搖頭，龍飛濃眉微軒，滿面現出焦急之容，連連道：「你話說到一半，怎地就不說了！」

郭玉霞微微一笑，王素素道：「他不願說，就讓他一個人悶在心裡好了。」垂下頭去，又自望著地上的足印，呆呆地出起神來！

石沉側目瞧了她兩眼，期艾著道：「我怎會不願說呢！」

郭玉霞「噗哧」一笑，道：「那麼，你就快些說出來呀！」

石沉乾咳兩聲，道：「我只怕……那腳印……」又自乾咳兩聲，王素素柳眉輕顰，抬起頭來，石沉咳聲立止，道：「我只怕這腳印是師傅臨……臨……」

郭玉霞道：「你是不是怕這腳印是師傅他老人家與人動手，身受重傷，臨死散功時最後留下的？」

石沉垂首，緩緩道：「我只怕如此！」

王素素口中驚喚一聲，嬌軀突地起了一陣顫抖，龍飛手捋虬鬚，雙目圓睜，口中喃喃道：「臨死散功時……臨死散功時……」突地大喝一聲：「師傅，你……你老人家難道真的死了麼？」手掌一緊，一把烏黑的髯鬚，隨手而落！

要知凡是內功已有根基之人，臨死之前，拚盡全力，發出的一招，必定是他畢生功力所聚，而內功深湛之人，臨死散功時，或由指掌，或由拳足留下的痕跡，更是非同小可！昔日有些武林高人隱於古洞荒刹，臨死前每每會以金剛指力一類的功夫在洞壁上留下遺言，於是這些人留下的指力遺言，總要比他平日的功力深上三分，後人憑弔時自也會加深三分敬重之心，也就是這同一道理！

龍飛自幼從名師，自然深明其理，此時悲憤交集，熱淚已又將奪眶而出！

石沉目光一掃，囁嚅著道：「我的話不過是胡亂說的，大哥你……」

郭玉霞輕輕一笑，道：「不錯，你的話的確是胡亂說的！」

石沉雙目一張，道：「不過……」

郭玉霞道：「不過什麼，難道你的話真有什麼根據？」

龍飛伸手一抹淚痕，詫聲道：「他的話難道沒有根據麼？」

王素素抬起模糊的淚眼，郭玉霞緩緩道：「這腳印若真的是師傅他老人家臨死散功時所留，那麼這四周為什麼沒有動手的跡象！」

石沉、龍飛、王素素齊地呆了一呆，卻聽郭玉霞又道：「還有，師傅留下的那些遺言，又豈是在此地能夠寫得出的！」

龍飛愕了半晌，濃眉一揚，大聲道：「正是正是，他老人家散功之後，又豈能寫得出那些話來！」

王素素幽幽一嘆，道：「那麼，這腳印到底是誰留下的呢？大嫂，你能告訴我麼？」

郭玉霞道：「我不過就事論事，來推測而已，並不是故意反對你的見解！」

王素素惶聲道：「大嫂，我……我沒有這個意思呀……」眼睛眨了兩眨：「難道我說的話裡有這個意思麼？」眼簾一闔，幾乎又要流下淚來。

郭玉霞秋波凝注，瞧了她兩眼，展顏一笑，道：「既然沒有這個意思，那麼就算我錯怪了你！」她溫柔地一撫王素素的肩頭，以無比溫柔的聲音又說了句：「小妹妹，對不起，大嫂向你陪禮好不好！」

王素素道：「大嫂……」她哽咽著頓住話聲，轉身撲到郭玉霞懷裡。

郭玉霞輕輕一嘆，一手扶著她肩頭，一手撫著她秀髮，道：「小妹妹，你心裡有什麼話，儘管在大嫂面前說出來。」

王素素緩緩抬起頭來，緩緩道：「大嫂，我想……」突地改口道：「我年紀小，不懂事，說錯了話，大嫂你千萬不要怪我！」

郭玉霞瞭解地一笑，附在她耳畔，輕輕道：「你又想起了平弟弟，是麼？」

王素素呆了一呆，終於無言地垂下頭去！

郭玉霞微笑著注視著她，突地昂首朗聲道：「這腳印到底是誰留下的，此刻誰也不知道，但留下這足印的人，必定與師傅他老人家有關……」

龍飛道：「何以見得？」

郭玉霞白了他一眼，自顧接口道：「而且必定暗示著一件秘密！」

龍飛乾咳了兩聲，吶吶道：「爲什麼你說留下這腳印的人，必定與師傅有關呢？這個……我……我實在想不明白！」

郭玉霞輕輕搖了搖頭，學著他的語聲，道：「爲什麼你說留下這腳印的人必定與師傅有關呢！」她輕嘆了一聲，方又接道：「因爲若非衝著『丹鳳神龍』，又怎會有如此武林高手，在這深山之中，跑到如此荒涼的華山後山來！」

龍飛濃眉一皺，俯首沉吟半晌，又自吶吶地說道：「這個……這個也未必一定！」

郭玉霞道：「當然未必一定，天下就沒有絕對一定的事，但這腳印總不會是那人無故留下的！」她語氣中微有不愉之意。

龍飛連忙接口道：「當然，當然，這腳印必定暗示著一件秘密！」

王素素垂首莞爾一笑，郭玉霞又白了他一眼，終於也忍不住笑出聲來，龍飛濃眉揚處，精神一振，大聲道：「這腳印既然暗示著一件秘密，我們不如就等在這裡，看看它到底是怎麼回事！」他得意地挺了挺自己的胸膛，眼角望向郭玉霞道：「你說這個法子使得使不得？」

他雖然生相甚是魁偉，其實卻生於南方，正是南人北相，此刻得意之下，竟不自覺地說出了鄉音，郭玉霞忍著笑，又自學著他的口音道：「使得，使得，我們就等在這裡好了，再過一會，這腳印中就會將秘密顯露出來的！」

龍飛微一皺眉，期艾著道：「這腳印難道自行會將秘密顯出麼？這個……這個我又想不通是爲著什麼原因了！」

郭玉霞板住面孔，一本正經地說道：「這腳印看似平平，其實卻靈異已極，等一會……」說到這裡，她面上忍不住露出笑容。

直腸直性的龍飛，卻仍然不懂，截口道：「這樣一個腳印，怎會有靈異之處，這種事我是從來不相信的！」

素素頭垂得更低，因爲她已忍不住要笑出聲來，連素性不苟言笑的石沉，面上也忍不住露出笑容。

郭玉霞微笑著道：「這腳印既然沒有靈異之處，那麼我們又何必等在這裡呢？」

龍飛愕了半晌，道：「原來……原來你方才的話，是故意騙騙我的！」他目光呆滯，凝注著左方，一字一字地緩緩說道：「我知道你比我聰明，我也一向都承認的，那麼……」他面上神色一陣黯然：「你又何苦要這樣捉弄我呢？」

郭玉霞神色一變，便又笑道：「我哪裡會捉弄你，你怎麼多起心來了，我……我不過是覺得此時此刻，大家的心情太過緊張，是以才說笑說笑，讓大家輕鬆一下罷了！」

龍飛濃眉深皺，霍然抬起頭來，目光閃灼，逼視著郭玉霞，這目光既是愛憐，又是懷恨，當真是愛恨糾纏，不能自已！郭玉霞目光轉處輕伸玉手，將他悄悄拉到一旁，低語著道：「你心裡還在怪我，既是我要說笑，也不該將你作爲對象，是麼？」

龍飛默然半晌，竟又長嘆著垂下頭去！

郭玉霞柔聲一笑，又自低語道：「但是，我若不如此，又能如何？你總是我最親近的人！

我想世上的事，只有你能諒解我，原諒我，哪知……」她笑容漸漸消逝，語氣漸漸哽咽，似乎心中滿是委曲。

龍飛抬起頭來，伸出寬大的手掌，緊緊握起她的纖手！此刻他面上埋怨懷恨之色，俱已消失無影，反而在歉然的低聲道：「我……我怪錯了你，你……不要再生我的氣了！」

石沉遠遠旁觀，心中不覺暗暗好笑，暗自忖道：「大嫂當真是聰明得很，但大哥……」

他忍不住暗嘆一聲：「大哥的確太老實了！」口中乾咳一聲，道：「大嫂說得是，我們留在這裡也無用處，但是我們卻該怎麼辦呢？」

王素素目光一亮，道：「我們……不如回去吧！」她一字一字費了許多力氣，才將這句話說完。

郭玉霞「噗哧」一笑，她那柔美而細長的纖纖玉指，在龍飛寬大而粗劣的掌心上輕輕搔動了兩下，然後笑道：「四妹心裡怎地那麼急著回去，難道……」又自一笑，倏然住口。

王素素面頰一紅，垂下頭去，龍飛寬慰地笑了兩聲，似乎想說什麼，卻聽郭玉霞突地正色說道：「其實我又何嘗不想回去，但是我們好不容易發現了這個有關師傅的線索，又怎能輕易放棄呢？」

她語聲一頓，目光掃過眾人面上，緩緩說道：「這足印到底有著什麼意思？含示著什麼秘密，此刻我雖然還不知道，但我卻可以斷言一句，它腳尖所指的路，一定就是師傅的去向！」

龍飛忍不住道：「但你……」

郭玉霞輕輕擺了擺手，截口道：「你不要問我是什麼原因？憑著什麼理由而如此推測，我只不過是憑著我的靈感而已，也說不出是什麼理由來！」她輕輕一笑，又道：「但我的靈感常常都是很準確的，你相信麼？」

石沉道：「那麼我們就去試上一試！」

龍飛道：「正該如此！」

郭玉霞再次一笑，龍飛已邁開大步，向左邊那條山道走去！

華山山陰，本已甚是荒涼，這條山路，更是險峻難行，若不是他們都具有一身輕功，此刻哪裡還能行走半步！

王素素黛眉輕顰，柳腰欲折，步履之間，若不勝行，石沉抬頭望了望天色，天上星光閃爍，他仍然沉聲嘆道：「若是有個火摺子便好了！」

郭玉霞回首笑道：「其實一些江湖中人人必備的東西，我們也原該帶上一些的；若不是你大哥心煩，我早已帶在身邊了！」

龍飛乾咳數聲，石沉道：「不過憑我們的目力，沒有火摺子也沒有關係。」忽見王素素身軀一側，他連忙伸手去扶，王素素卻又往前掠去！

荒山之間，他們默然急行，星光映著他們的人影，直如猿猴一般矯健！

王素素暗咬住牙，提起一口真氣，如飛而行，雲鬢飛揚，衣袂飄舞，反而掠到龍飛前面。

郭玉霞輕笑道：「四妹真是要強，你看她……」

話聲未了，忽聽王素素又是一聲驚呼！

這一聲驚呼過後，龍飛、石沉、郭玉霞竟也齊齊發出了驚呼……

無邊夜色下的險峻山路上，距離王素素身形約摸二十丈前，竟突地騰躍起一片火光，這片火光在他們久經黑暗的眼中看來，自是分外明亮，王素素一驚之下，頓住腳步。

在這無人的荒山中，怎會突地閃耀起這一片顯然是人爲的火光？

龍飛、石沉、郭玉霞、王素素四人心中，不禁齊地大驚，火光映影中，只見一片山壁，插雲而立，恰巧擋著他們的去路，在他們眼中看來，這片山壁，生像是隨著火光的閃耀而出現的！

而這片火光的出現，卻又是如此突然，於是便顯得這片山壁的出現，也變得有如奇蹟般神妙。

他們木立當地，仰視著這片山壁，目力所及處，俱是平滑得沒有落足處，甚至連附生在山壁上的藤蘿都沒有！再上去，便是一片黑暗，虛無縹緲的黑暗，讓人再也無法推測這山壁的高度。

山風呼嘯，火光飛舞，於是在這黑暗中而顯得虛無縹緲的山峰，便使得他們無法不生出一種高山仰止的感覺！他們甚至忘卻了心中的驚駭與疑惑，良久良久，王素素輕喟一聲，緩緩向火光處走去！

龍飛、石沉、郭玉霞也不自覺地移動著他們的腳步，隨著王素素緩步而行，這一段山路雖然短暫，但他們卻似走了許久，然後，他們終於走近了那片火光，那是四枝松枝紮成的火把！

石沉心頭一凜，脫口道：「火把！竟是火把！」方才他說的，「若是有個火摺子便好了！」這句話言猶在耳，此刻火把竟真的出現了！

龍飛、郭玉霞對望一眼，兩人目光之中，又有驚凜之色，龍飛道：「難道……難道我們的行動，都被人在暗中看到了！」

郭玉霞默然半晌，緩緩道：「這件事的確奇怪，是誰有此武功在暗中隨著我們，竟未被我們發覺，此人行事之奇，姑且不去說他，但此人的來意對我們究竟是敵是友？卻端的費人猜疑，是友麼，固是極好，是敵麼……」突地頓住語聲，飛揚而轉動著的秋波，突地呆住！

她目光凝注著的，便是那片山壁，因爲她突地在這片平滑的山壁上，發現一行驚人的字跡！眾人隨之望去，心頭也不覺爲之一凜，只見上面寫的赫然竟是：

「龍布詩！你來了麼！山壁上十丈處，有你希望看到的字跡！你敢上去看一看麼？」

挑釁的語氣，剛勁的字跡！誰敢向名震天下的「不死神龍」挑戰？是誰有此內力能在如此堅硬的石壁上留下如此剛勁的字跡？

龍飛倒抽一口涼氣，道：「是誰？……是誰？」霍然一步衝到山壁前，只見這些剛勁的字跡，字字均入石三分，即使是以刀劍所劃，但能將刀劍在石壁上運用得如此自如的內力，已足以驚世駭俗！

郭玉霞的目光，卻凝注在山壁的另一個地方，那是一處遠較這山壁其他之處潔淨的地方，她呆呆地瞧了半晌，輕輕嘆道：「五弟你說的話真的對了，師傅……他老人家還沒有死！」

她語氣之中的含義，竟是失望多於高興，她失望的是什麼？為了嫉忌南宮平的才智，抑或是為了其他的事？無論她失望的是為了什麼，此時此刻，此情此景，哪裡會有人注意到她話中的含義！

龍飛濃眉一揚，脫口道：「五弟的話真的對了？師傅當真沒有死？」他雖仍在詢問，但語氣卻是興奮而高興的。

郭玉霞緩緩點了點頭，道：「不錯！」她纖指指向那一片較為潔淨的山石，又道：「師傅沒有死，他老人家走到了這裡，看到了這行字跡，於是他老人家便施展『隨雲浮』輕功，從這處山壁上去了。」

她娓娓道來，有如目睹。龍飛皺眉道：「可是……」

郭玉霞截口道：「這處字跡既是為師傅而留的，留字之人，自然算準了師傅必定會來到此處，而由這處山壁看來，上山的人，使用的絕非『壁虎游牆』一類的功力，因為這種功力是背壁而上，而由此處可以看到的掌印看來，上山之人，乃是面壁而上，你們都該知道，普天之下，只有『神龍門』的『隨雲浮』是面壁而上的輕功絕技，那麼，上山的人除了師傅他老人家還會有誰！」

龍飛濃眉揚處，大喝道：「師傅沒有死……他老人家沒有死……」喝聲之中，滿含欣喜。

石沉面上亦大為激動，歡喜的激動。

王素素輕輕道：「他老人家沒有……」她喜極之下，竟然以袖掩面，低低啜泣起來。

郭玉霞目光轉動，卻突地沉重嘆息了一聲。

龍飛道：「師傅他老人家既然未死，你還嘆氣作甚？」

郭玉霞緩緩嘆道：「你知道什麼？」她目光移動到那行字跡上，又自嘆道：「師傅到了這裡時，雖還未死，但他老人家上了這片山壁，卻是危險已極，你難道沒有看出，這根本就是一個圈套！」

龍飛顫聲道：「一個圈套？」

郭玉霞道：「正是一個圈套！」她屈起手指，數著說道：「先以言語激動，再削弱師傅的功力，再將他老人家誘至此處！這三件事一件接著一件，安排得可謂天衣無縫……」她長長嘆息一聲：「莫怪師傅會中了這個圈套！」

剎那之間王素素、龍飛、石沉三人面上的喜色，又化作了愁容！

石沉面色凝重，緩緩道：「如此說來，那姓葉的女子所說『丹鳳』已死，莫非也是假的！」

郭玉霞頷首道：「可能！極有可能！她藉此削弱師傅的功力，又藉此削弱了師傅的勢力，使得他老人家人單勢孤，然後再將他老人家誘至這裡，唉——他老人家到了這裡之後，以他老人家的脾氣，前面縱是刀山油鍋，也要闖上一闖的，於是……於是……唉，便著了別人的道兒！」

她嘆息之聲，還未結束，王素素突地擰腰，騰身而起，掠到山壁下，雙掌微接，雙足微分，全身緊緊依附著山石，向上騰起。

由下望去，只見她衣袂飄飄，冉冉升起，當真直如隨雲而浮，石沉輕呼一聲：「四妹，讓我上去！」一步掠至山腳，王素素卻已離地數丈，郭玉霞一把拉住石沉的臂膀，輕輕道：「十丈高下，憑四妹的輕功諒無問題，你且放心，就讓四妹去看看上面的字跡，看看上面寫的究竟是什麼！」

石沉頓下腳步，點了點頭，他的眉幾乎已皺到一處，仍在翹首而望，滿面俱是焦急關切之色。

越到上面，光線越暗，王素素身形動作，也漸漸遲緩，郭玉霞仰首道：「看到了麼？」

王素素身形一頓，道：「在這裡！」

郭玉霞道：「看得見麼？」

王素素道：「看得很清楚！」她聲音自上而下，嫋嫋傳來，顯得更是嬌柔動人。

石沉放聲道：「四妹，你可要小心些！」

王素素卻沒有回應。

郭玉霞道：「看完了快些下來！」言猶未了，卻見王素素的身形，竟又向上緩緩升起。

龍飛皺眉大呼道：「四妹，你還要上去做什麼？」語聲一頓，突地大喝：「呀！不好！」

只見王素素的身形方自上升少許，內功卻已支持不住，飄飄落了下來！

石沉面色一變，搶步而出，雙臂環抱，龍飛、郭玉霞一齊驚呼：「四妹，小心了！」霎眼之間，王素素的身形已自落下，她雖提住一口真氣，但從這麼高的地方落下來，情勢仍是危殆已極！

石沉兩腿微彎，身形半曲，拚盡全身真力，托住王素素的嬌軀，向後連退三步，方自穩住身形，那知王素素腳方沾地，立刻隨手一推，將他又推出三步，呆呆地立在地上，火光中只見他面上陣青陣白，顯見得心裡難受已極！

王素素秋波一轉，輕輕瞧了他一眼，突地長嘆一聲，垂下頭去，輕輕道：「對不起，謝謝你！」她心地善良，從來不願傷別人的心，更何況石沉如此做法，全都是為了她，她心裡不覺也有些難受！

郭玉霞望了望他，又望了望她，龍飛卻似根本沒有注意到這些微妙的兒女之情，只是大聲問道：「四妹，上面究竟寫的是什麼?你可看清楚了?」

王素素抬起頭來，低聲道：「看清楚了！」語聲之中，似乎甚是煩惱。

龍飛急問：「寫的是什麼?」

王素素輕嘆一聲，道：「龍……」她終於沒有唸出她師傅的名字，便又唸道：「你上來了麼?那麼你武功還沒有荒廢，筆直落下後，向左走十七步，山腳處有一片山籐，撥開山籐，有一處僅可容身的裂隙，你再筆直向裡走，走到盡頭，便可看到我！」

她語聲微微一頓，龍飛已開始往左行去，口中數道：「一、二……」

王素素又自輕嘆一聲，道：「大哥，你慢點走，下面還有！」

龍飛腳步一頓，回首道：「還有什麼?難道你還沒有唸完?」

王素素點了點頭，接著唸道：「下面還有一行，寫的是：『你若還有餘力，再上五丈，還有字跡，你要不要看?』」

她唸完了，龍飛轉身之間，郭玉霞長長嘆息一聲，緩緩道：「以他老人家的脾氣，便是拚命，也要上去的！」

王素素垂首道：「可是我卻上不去了！」她說來似乎甚是幽怨失意。

龍飛呆了半晌，道：「四妹的輕功一向比我好，她上不去，我更上不去了！」

石沉道：「我來試試！」

龍飛道：「大嫂的輕功比你好，還是讓她上去看看好了！」

王素素道：「不用試了，大嫂也上不去的，我上到十丈後，再上一尺，便似比先前升上一丈還要困難，若要再上五丈，我即便再練十年也無法做到！」

郭玉霞頷首道：「這種情形你不用說我也知道。」

要知「壁虎游牆」，以及「隨雲浮」一類的輕功，全憑一口真氣，起初幾丈，較為輕易，越到後來，便越為困難，若已力盡，便是還有一寸便可達到目的，卻也無法再上去了，這道理正和方才郭玉霞劍刺山石的道理一樣，劍若力竭，便是再深一分，也是無法刺進。

龍飛石沉對望一眼，心中又何嘗不知道，默然良久，龍飛沉重地嘆息一聲，道：「那怎麼辦呢？」

石沉道：「若是沒有辦法，我好歹也要上去試一試！」

龍飛道：「正是！正是！」

郭玉霞道：「若是沒有辦法，上去試也是白試，我們還是先從左邊那條裂隙中走進去看看。」

龍飛道：「正是，正是，我們應該先去看看，看看那留字的人，究竟是誰？」

郭玉霞微微一笑，道：「不要去看，我也知道是誰了！」

龍飛道：「誰？」

郭玉霞道：「除了『丹鳳』葉秋白之外，難道還會有別的人麼！」

王素素輕輕道：「也許是……」

郭玉霞道：「除了葉秋白之外，還有誰會對師傅如此說話？」

龍飛怔了半晌，道：「但是……『丹鳳』葉秋白不是已經死了麼？」

郭玉霞嘆道：「我早就對你說過，這不過是個圈套，只是這圈套的繩頭與活結究竟在哪裡，我此刻還不知道，除非……唉！除非我能看到上面的那些字，寫的究竟是什麼？」

她語聲方了，高聳雲際虛無縹緲間的山峰上，突然垂下一條長繩！

石沉、王素素、龍飛、郭玉霞四人目光動處，不禁齊地驚呼一聲，怔怔地望著這條已自垂到地面的長索，許久說不出話來！

四人對望一眼，心裡各各泛起一陣悚慄、寒意。這目力難見的高峰上，竟有人跡！

石沉皺眉沉聲道：「拋下這條長索的，不知是否便是點起這些火把的人？」他不等別人答覆，便又接口道：「想必必定是的！」

郭玉霞點了點頭，龍飛道：「必定是的，必定是的！」

石沉眉峰皺得更緊，沉聲又道：「但此人究竟是敵是友，此刻卻教人越發難以猜測，如果此人來意不惡，我們自然可以沿繩而上，否則的話……我們此刻的處境，卻當真危險得很！」

郭玉霞嘆道：「此事至此，無論此人是友是敵，我們也只得上去看看了！」

石沉道：「但是此人若是蓄意要來暗算我們，我們沿著繩索上去，豈非又墜入他的圈套！」

郭玉霞微微一笑，搖頭道：「若以此人的武功來看，他若要加害我等，又何苦費這麼多力氣……」

王素素截口道：「那麼還是由我上去看看好了！」

石沉立刻道：「我與你一齊上去，若有不測，也可互相照應。」他此刻似乎已忘記了危險。

王素素垂首道：「我一人上去已足夠了！」

石沉道：「我陪你去！」

王素素道：「你不是生怕會有危險麼？」她語聲一頓，似乎又後悔自己的言語太過尖刻，便又接著道：「若有危險，一個人上去反而好些！」

石沉無言地垂下頭去，面上不禁露出慚愧之色，郭玉霞微笑道：「四妹已經上去過一次，這次還是由我上去好了。」

龍飛道：「正是，正是，這次原該我們上去的！」

石沉忽地抬起頭來，大聲道：「我陪大嫂去！」他爲了要在自己思慕的人面前表示勇敢，此刻前面便是刀山劍林，他也會毫不遲疑地闖上一闖。

郭玉霞道：「四弟陪我去也好。」縱身一躍，躍起幾達三丈，輕伸纖掌，抄起繩索忽地回首笑道：「大哥，我若跌下來，你可要接著我！」

龍飛雙臂一張，骨節「格格」山響，昂然朗聲道：「你只管跌下來好了，我……」忽覺自己說話不妥，垂首不住咳嗽！

石沉已自掠了上去，王素素嘴皮動了兩動，終於昂首道：「小心些！」她聲音雖然說得甚是輕微，但石沉卻已聽得清清楚楚！他精神立刻爲之一振，朗聲道：「我會小心的，你放心好了！」

夜色之中，只見他身形越升越快，經過王素素先前已看過的那片字跡時，身形微微一停，便又上升，漸漸看不清楚。

王素素久久都未垂下頭去，口中輕輕說道：「我想他們此番上去，也不會有什麼危險的！」

龍飛道：「怎會沒有危險？」

王素素道：「大嫂不是說過了麼！那人武功不知比我們高出多少倍，他要害我們，又何苦花費這麼多力氣？」

龍飛沉思良久，方自點了點頭，仰首大呼道：「上面可是沒有什麼變故麼？」語聲高亢，隨風而上，但虛無縹緲的山峰頭，卻寂無應聲，龍飛濃眉一皺，側目道：「他們難道聽不見麼？」

王素素呆了一呆，龍飛又自仰首大呼道：「喂，你們聽到了我的話麼？」

他這次呼聲喊得更高，站在他身畔的王素素，只覺耳畔嗡然作響，不禁後退一步，但黑暗的山峰上，仍然沒有一絲回應，只有呼嘯的山風，將龍飛呼喊的迴音，播送到四方！

王素素柳眉輕顰，心中大是疑惑：這山峰縱然高絕，但空插雲際，四面俱無阻聲之物，如此高亢的呼喊之聲，他們怎會聽聞不到？

她不禁也開始爲他們擔心，卻又不敢說出口來，橫目瞧了龍飛一眼，火光閃動之中，只見霎眼之間，他面上已變了幾種顏色，亦不知是因爲火光的閃動，抑或是因爲心緒的變化，直到四面迴聲，完全消逝，龍飛黝黑的面色，已變得一片鐵青，顫聲道：「你看，你看，你說大嫂他們不會有任何危險，但……但是，他們爲什麼不回答我的呼聲呢？」

王素素嘆息一聲，的確不知該如何回答他的話，良久良久，方自輕嘆道：「若有危險，他們也該出聲讓我們知道呀，但直到此刻，上面仍然一點動靜都沒有，這真是太奇怪了！」

龍飛沉聲道：「這真是太奇怪了……」一把抄起那條長索，回首道：「無論如何，我也得上去看看……」話未說完，話聲又突地頓住，王素素只見他手掌不住顫抖，卻不知爲了什麼？

龍飛寬大而有力的手掌，緊緊握著長索的一端，他手掌不住顫抖，這長索也隨著顫抖起來！

王素素奇道：「大哥，你……這是爲了什麼？」她伸手一指龍飛顫抖的手掌，心中大是驚駭，因爲她深知這已被江湖中人公認爲鐵漢之一的大哥，他的勇敢與公正，已與他沉實的功力，猛烈的劍法，以及力可開山的鐵拳同樣聞名於天下，而此刻他手掌爲何竟會起了如此劇烈的顫抖？

龍飛霍然回過頭來，面上滿是驚怖之色，顫聲道：「你看！」

他手掌一動，那條筆直垂下的長索，便遠遠蕩了開去！

王素素心頭一沉，劈手奪過長索，搖了兩搖，長索又隨之蕩了兩蕩，上面竟似空無一物，她垂下手，驚慌地後退一步，仰首望向山峰，顫聲道：「這條長索怎竟是空蕩蕩的，他……他們到哪裡去了！」

龍飛目光呆滯地望著她，突然大喝道：「你不是說他們沒有危險麼？」

王素素面色不由一變，再次後退一步，瞧了瞧這條長索，突地一咬銀牙，刷地騰空掠起——

石沉雙手交替，援索而升，他頎長而強健的身軀，此刻竟似比猿猴還要矯健敏捷。

升得越高，山風越勁，火光也越黯，但他心中，卻是一片溫暖，暗暗忖道：「她畢竟還是關切我的。」想到王素素方才那短短的一句話，短短的三個字「小心些」，他心靈與軀體，便似乎已置身雲端，是那麼輕鬆，柔軟，而舒適！

於是他身形越發輕靈，就在這心念一轉之間，便已升上十丈，只聽郭玉霞輕輕道：「這些字跡，就是四妹看過的，唉——她記憶力很好，方才唸的時候，居然一個字也沒有漏，一個字也沒有錯。」

石沉應聲道：「她記性一向好的！」

目光匆匆瞥過那片字跡，又復上升，心中卻仍在暗暗思忖：「她畢竟還是關心我的，有時她那般待我，只不過是為了少女應有的羞澀和尊嚴罷了，無論如何，我已有約摸五年的時光和她相處在一起，她怎會對我沒有一絲情感呢？」他嘴角不禁泛起一絲微笑！

他心念方自沉浸在無邊的幸福中，額角忽地觸著一物，一驚之下，抬目望去，竟是郭玉霞的一雙纖足——一雙淡青色，淡淡地繡著一些細碎、但卻艷麗的紫色小花的軟緞繡鞋，巧妙而合適地包裹著她纖柔的雙足，尖而帶翹的鞋尖上，還綴著一粒明亮的珍珠。

此刻這兩粒明珠，便恰巧微微盪動在石沉的眼前。

一陣陣無法形容的淡淡幽香，也隨風飄入了石沉的鼻端！

再上去，便是她覆在腳面，也繡著細碎紫花的褲管，石沉身形一頓，目光便似不再會得轉動，他才忽然明白，他這位艷色傳播江湖的大嫂，爲什麼永遠不肯穿著江湖女子穿的薄底蠻靴，或暗藏利刃的劍靴，這正如他們的師傅無論在任何情況下，卻不肯變換穿著官靴的習慣一樣——或者是因爲厚底官靴可以象徵他的尊嚴和正大，而明顯地區分出他和普通武林人物的不同！

而只有這種輕便的軟緞繡鞋，才能將女子「足」的俏美完全表露出來！

石沉凝視著這雙繡鞋，心中不覺生出一些遐思，卻聽郭玉霞輕輕一笑道：「你在看什麼呀？」

石沉面頰一紅，郭玉霞又道：「你快上來看看這些字才是真的，盡看著我的腳做什麼？」

她語聲極爲輕微，彷彿就在石沉耳畔說話似的，卻使石沉面上的羞紅，一直紅到心裡，他尷尬地乾咳一聲吶吶道：「我……我我……」忽覺一隻柔軟的手掌，輕輕撫弄他的頭髮。

郭玉霞一手拉著繩索，俯下身去，輕撫著他的頭頂，柔聲笑道：「害臊了麼，快上來，在大嫂面前，沒有什麼可害臊的！」

這溫柔的笑語，使得石沉忍不住抬頭一望，只見那艷麗的笑靨，正面對著自己，朦朧的光線中，他似乎聽得到自己的心房在「怦怦」跳動，不禁又乾咳兩聲，道：「上面寫的是什麼？」

郭玉霞半擰纖腰，將自己的身軀平貼到山壁上，輕輕道：「你自己上來看好了！」

四 危崖！危情！

郭玉霞身軀側開後，石沉便有足夠的地方升上來，他左掌一按石壁，輕輕掠了上去，目光再也不敢向她看上一眼，只是正視著石壁上的字跡，只見上面寫著：

「龍布詩，你到這裡來了，很好，很好，你武功的確沒有荒廢，此刻你上去，向右走十五步也有一處山隙，這條路比較近些，但卻難走些，不過你若仍有餘力再向上升七丈，你便可以找到一條更近的路，只是你切切不可逞強，千萬要走你能走的路，不要勉強，即使你武功差些，也一樣可以見到我！」

光線雖暗，但以石沉的目力，已足夠將這片刻在山石上的字跡看得清清楚楚！

他甚至兩眼便將字跡看完，只是他目光卻仍未轉動，因爲此刻那一陣陣無法形容的香氣，已遠比方才濃郁，他十歲就在「神龍」門中，那時郭玉霞也不過還只有十二、三歲。

那時，他們還都是黃金般的童年，雖然在嚴師的督導上，他們卻也有過任何一個人在童年中都有過的遊戲。

青梅竹馬，耳鬢廝磨，他自然也會偷偷地愛上過這比他大上兩歲，也比他聰明得多，事事都照顧著他一些的「二師姐」，但那不過只是兒童純真的愛情，姐弟間的愛情，純潔得有如一張白紙，直到他長大了許多，他還是沒有將這段感情說出來！

到了他十五歲那年，王素素也入了「神龍」門中，那天是個晴朗的日子，直到五年後的今天，石沉還記得那天晚上的星光是如何明亮！

就在那星光明亮的晚上，「不死神龍」龍布詩在大廳上擺了幾桌酒筵，宣佈了兩件喜事，第一件是又收了一個聰明的女弟子，第二件宣佈的卻是，他的首徒龍飛，與次徒郭玉霞的婚事。

就在那天晚上，就在他那間冷清清的小屋中，石沉雖然也曾偷偷啜泣了一夜，以朦朧的淚眼，數天上的明星，直到破曉，但自此以來，他卻極力使自己將那份純真的愛情忘去，因爲她已嫁給他最敬畏的大師兄了，從此，她已是他的「大嫂」，已不再是他童年的遊伴「小師姐」了，他只能將這份感情忘卻，永遠的忘卻，忘得乾乾淨淨！

從此，他便漸漸和她疏遠，他們之間的談話，也漸漸變得嚴肅而莊重，僅僅有一天，清晨，在練武場中，他單獨遇見了她，他想避開，她卻將他喚住，對他說：「這些日子你爲什麼總是避開我，難道我已不再是你的小師姐了麼？」石沉心裡在說：「是的！你已不再是『小師姐』了。」口中卻沒有說話。

沒有說話，以後他們就連單獨見面的時候都沒有了，直到此刻……

此刻，這些多年來的往事，在一霎眼間便從石沉心中閃過，而此刻，郭玉霞又彷彿多年前一樣地依偎在他身畔，在這一陣陣如蘭如馨的香氣中，他似乎又忘卻了她是自己的「大嫂」。

於是他緩緩側過頭——郭玉霞的眼波竟是如此深邃，就彷彿那湛藍的海洋，又彷彿是他春夜的夢。

四目相交，他不禁輕嘆一聲，呻吟般緩緩道：「小師姐……」

這三字語聲雖然輕微，但卻似一方千鈞巨石，投入海洋，使得郭玉霞湛藍的海，也不禁爲之蕩起了一圈圈漣漪。她眼波輕輕在石沉面上一轉，一圈圈蕩漾的漣漪，緩緩消失，代之以一陣陣閃動的光芒！她心裡在想著什麼？

又有誰知道她心裡在想著什麼，她只是輕輕伸出手掌，在石沉面上輕輕撫摸一下，輕輕說道：「你瘦了！」

石沉沒有動彈，安靜得有如一尊石塑的神像，而他的心，卻遠不如外表的沉靜——他心裡又在想著什麼呢？不管他在心裡想著什麼，但他口中只是說道：「師傅必定上去了！」他不敢再回對她的眼波，微一提氣，沿索而上！

這十丈距離，霎眼便至，上面果然便是盡頭，此刻他根本已無法再顧及自身的安危，毫不遲疑地一躍而上，放眼望去，這奇特的山峰，有如被一柄五丁神斧攔腰斬斷似的，峰頭竟是一片平坦的山地。

「這山峰真是奇怪得很，難怪從下面望上來，望不見峰頂，原來峰頭已被截斷了！」他心念方轉，身後已響起郭玉霞的語聲！

輕輕的語聲，只因她此刻已附在石沉耳畔，根本毋庸大聲。

石沉哪敢回轉頭去──雖然他心中實在有著這種慾望，他筆直地望著前方──而實在他此刻眼中什麼也看不到！

風，比峰下更大，將她鬢邊的髮絲，吹到他的耳畔，腮下，嘴角……

她輕輕嘆息一聲，道：「我知道自從我跟了你大哥之後，你就時時刻刻地逃避我，那天在練武場中我單獨遇見你時，你甚至連話都不敢對我說，你爲什麼不能對我像以前一樣……」

山下突地傳上一聲大喝道：「上面可是沒有什麼變故麼？」

石沉霍然一驚，回轉身，唇邊突地觸著了郭玉霞溫暖而甜美的嘴角──

兩人誰也沒有出聲，誰也沒有動彈，誰也沒有回答龍飛的喝問，誰也聽不到從四面傳來的迴聲：「沒有什麼變故麼……什麼變故麼……變故麼……」他們只聽得到彼此心房跳動的聲音……

郭玉霞輕輕吐出一口如蘭如馨的香氣，道：「你記不記得有一次，在莊子後面的榆樹下……」

石沉深深吸了口氣，道：「我……抱住你，要你陪我做新郎新娘的遊戲……」

郭玉霞輕輕移動了一下目光的方向，道：「你要我做你的新娘子，陪你入洞房，我不肯……」

石沉只覺鼻端也觸及一片溫暖，夢囈著道：「你說你年紀比我大，只能做我的姐姐，不能做我的新娘……」

郭玉霞道：「於是你就抱著我，你迫我，那時……我……」

山下突地又傳上一聲大喝：「喂，你們聽到了我的話麼？」

石沉心頭又自一凜，突覺兩片溫暖的紅唇，觸到了他的嘴唇……

只聽郭玉霞輕輕又道：「那時，我就和現在一樣，被你親了……」

石沉道：「可是……後來你卻嫁給了大哥，你已是我的大嫂……」他身形並沒有轉動，也沒有後退，因爲青年心中熱火，正火熱地在他心中燃燒著。

郭玉霞道：「我雖然嫁給了你的大哥，但是……你難道不知道我的心麼？」

石沉道：「你的心……你的心……」

郭玉霞道：「我哪件事不在幫著你，有時，你即使是被四妹碰了釘子的時候，我也是幫著你說話的，你知道那是爲了什麼？」

「被四妹碰了釘子！」石沉只覺心頭一陣哀痛，但瞬即被眼前的甜蜜淹沒，夢囈著：「爲什麼？」

郭玉霞道：「因爲我心裡一直還是想著你，一直還是對你好的，只是你一直不知道罷了！」

石沉愣了半晌，緩緩道：「那麼你爲什麼卻要嫁給大哥？」

郭玉霞秋波一轉，輕嘆道：「我年紀比你大，又是師姐，即使我要嫁給你，師傅也不會答應的！」

石沉嘆道：「起先我還以爲你只是爲了想做『神龍門』長門弟子的妻子，爲了將來想要接管『止郊山莊』才嫁給大哥的，因爲……因爲你和大哥的個性和脾氣，都沒有一絲可以投合的。」

郭玉霞面色微微一變，似乎是爲了被人猜中了心事，又似乎是爲了被人冤枉了，長長一嘆，道：「你起先真的是這樣想麼？」

石沉點了一點頭，道：「可是我現在已知道我那時想錯了！」

郭玉霞微微一笑，突地眤聲道：「我雖然不能嫁給你，但是……我們以後假如能時時刻刻相會，還不是一樣麼？」

石沉只覺心頭一蕩，癡癡地望著她，許久許久，甚至連呼吸都呼吸不出……

此時此刻，清輝遍地，繁星滿天，他忽然想到自己與星群竟是如此接近——要遠比世上其他的人都接近得多，他忽然又想到，若是天上的繁星，都是世人的眼睛，看著他與自己師兄妻子，如此親近，親近得甚至沒有一絲距離，那麼他又將如何？……

突地，山下傳來一陣語聲，龍飛沉聲道：「四妹，上面或者有險，你原該讓我先上的！」

剎那之間，石沉只覺心頭一驚，有如耳畔突地響起一個霹靂，身軀一仰，左腳腳尖向前一蹭，右腳腳跟向後一蹴，全身凌空拔起，嗖地，向後掠出兩丈有餘，筆直地落到一方一丈高下的山石之前！

幾乎就在這同一刹那之間，王素素窈窕的人影，也已掠上危崖，接著，嗖地一響，龍飛魁梧的身軀，隨之躍上！

星光下，四人的目光，閃電般交換了一眼，彼此之間，都是目光中俱是驚奇之色——當然，石沉目光中還有慚愧與害怕！

龍飛、王素素，齊地驚咦了一聲，龍飛道：「原來你們在上面！」

郭玉霞微微一笑，手撫雲鬢，緩緩道：「當然在上面，難道還該在下面麼？」

龍飛目光一掃，只見石沉滿面驚恐地立在一方山石之前，背脊緊緊貼著山石，彷彿是生怕自己會跌倒地上似的，胸膛不住劇急地起伏著，張口結舌，說不出一句話來，而郭玉霞的微笑與言語，也遠不如平時自然。他雖然生性誠厚，但見了石沉與郭玉霞如此大失常態，心中也不禁起了疑惑，沉聲道：「你們在做什麼？」

郭玉霞面色一沉，道：「你這話怎地問得如此奇怪？你說我們在做什麼！」

龍飛怔了一怔，道：「方才我在山下的呼聲，你們聽到了麼？」

郭玉霞道：「聽到了！」

龍飛嘆道：「既然聽到了，你們爲什麼不回答我呢？教我在山下好生著急！」

郭玉霞的語音愈是生冷，龍飛的語聲便愈是和緩，此刻他長嘆而言，話中已再無一絲一毫責備之意，只不過是在訴苦而已！

郭玉霞「嘿嘿」冷笑數聲，道：「你糊塗，我卻不能與你一樣糊塗！」

龍飛道：「我糊塗什麼？」

郭玉霞冷笑道：「你可知道我們是在何等危險的情況下？敵暗我明，敵眾我寡，你還要如此大呼大叫，難道生怕別人不知道我們在哪裡麼！我豈能再和你一樣，你卻不分青紅皂白，便來責問我！」

龍飛怔了一怔，緩緩垂下了頭。

王素素輕嘆道：「還是大嫂想得周到！」

石沉驚惶的心情，已漸漸平定下來，但是他的面色，卻變得更加難看，對於郭玉霞，他既是佩服，又是害怕，他再也想不到一個做了虧心事的人，還能如此義正詞嚴地去責罵別人。

對於龍飛，他卻有些憐憫，又有些慚愧，只見龍飛垂首呆了半晌，突地向石沉大步走去，伸出大手，拍了拍他肩頭，沉聲道：「我對不起你！」

石沉心頭一跳，吶吶道：「大哥……你……你怎麼對不起我……」

龍飛長嘆道：「我方才錯怪了你。」

石沉垂首道：「我……沒有……」他畢竟不如郭玉霞，此刻只覺心頭跳動，哪裡說得出話來！

龍飛嘆道：「我口裡雖然沒有說，心裡卻有些對你疑心，唉！我真該死，居然會對你疑心起來。」

石沉呆了一呆，只覺一陣熱血，湧上心頭，而對著這樣一個熱誠、正直，胸懷磊落的大丈夫，男子漢，他直覺自己突地變得如此渺小，如此可恥，吶吶道：「大哥……我對……」

「對不起你」四字還未說出，郭玉霞突地一步掠來，大聲道：「兄弟之間，有些誤會，只要說開了，也就算了，你們還說什麼！」

龍飛道：「是極，是極，我不說了，我不說了。」捏了捏石沉的肩頭，突又驚呼道：「這是什麼？」目光凝注石沉身後的山石，再也沒有移動。

石沉又自一驚，霍然轉過身來，目光動處，只見這一方山石之上，竟刻著一個道裝女子的畫像，烏簪高髻，全身肅立，左臂垂下，手捏劍訣，食、中二指，微微向上翹起，右掌斜抬，掌中的長劍，劍尖卻微微垂下，面目栩栩如生，衣褶飄舞生動，夜色之中，驟眼望去，當真有如一個女子，活生生地立在你面前！

刻像旁邊，還有數行字跡，定睛一望，上面寫的是——

「龍布詩，你功力又精進了，可是，你攻得破我這一招麼？前走，不能，回去！」

龍飛仔仔細細地看了許久，突地冷笑一聲，道：「這一招我都能攻的破，何況師傅！」

石沉道：「這上面的口氣如此托大，但這一招驟眼看來，卻平平無奇，難道其中又有什麼奧妙？」

王素素目光還未移開，口中緩緩道：「這一招看來雖然平平無奇，但其中必定蘊藏著許多厲害的後招，只是我們一時看不出來就是了！」

郭玉霞頷首道：「正是如此，越是這種看來平凡的招式，其實卻越是厲害！」她語聲微微一頓，側首笑道：「你們看了半天，可看出這畫像有何特異之處？」

龍飛已又瞧了幾眼，此刻接口道：「持劍而立，腳下定要踩著方位，但這女道士的雙足，卻是腳尖併攏，腳腿分開，成了個『內八字』，這算什麼步法。」

郭玉霞道：「不錯，這是一個特異之處！」

龍飛道：「如左臂貼在身上，只有食、中兩指向上翹起，這也不是捏劍訣的方法。」

郭玉霞道：「不錯！」

龍飛胸膛一挺，面上大是得意，立刻接口道：「她身上穿著道裝，腳下穿的卻像是男人的靴子，這也荒謬得很。」

郭玉霞輕輕一笑，道：「衣著和劍法無關，這不能算是……」

龍飛正色道：「這怎地不能算是特異之處，衣冠不正，心術不正，劍法也必定不正，不堂不正的劍法，怎能攻敵制勝！」

郭玉霞笑道：「好好，就算你……」

龍飛道：「自然要算的。」

王素素不住頷首，道：「不堂不正的劍法，縱能稱雄一時，卻不能留之萬世，大哥的話，的確很有道理！」

石沉道：「正是如此，自古至今，就不知有多少這種例子，你看，少林、武當這些門派的劍法，代代相傳，至今已不知傳了多少代，但昔年一些也曾名震武林的劍法，例如專走偏鋒的

『海南劍法』，以毒辣著稱的『追魂奪命劍』，到了今日除了名字還有人知道，豈非都早已湮沒，由此可見那些昔年能仗著這種劍法稱雄武林的人物，只不過是因爲他們的才智過人，功力深湛而已，絕不是因爲劍法的高妙，四妹的話，當真……」

郭玉霞柳眉輕顰，截口道：「你說夠了麼？」

石沉一怔，郭玉霞又道：「此時此刻，我真不懂你們怎會還有心情來說這閒話！」石沉垂下頭去，郭玉霞突又笑道：「要聊天的機會，以後還多得很，你們兩個又何必急在這一時呢？」

王素素面頰一紅，不禁也垂下了頭。

郭玉霞橫波瞧了她一眼，含笑又道：「除了大哥所說的這兩點……」

龍飛道：「三點！」

郭玉霞一笑接口道：「這三點外，你們還看出了什麼？」

石沉抬起頭來，目光雖然望著畫像，其實眼中茫然，什麼也沒有看到，王素素輕輕道：「我看最奇怪的一點，就是這畫像上女子的眼睛，是閉著的，與人交鋒，那有閉著眼睛的道理？」

她根本沒有抬起頭，想必是早已將此點看出，只是一直沒有說出而已！

龍飛嘆息一聲，道：「還是四妹心細！」

郭玉霞道：「不錯，我先前也認爲這點最是奇怪，甚至奇怪得沒有道理，但仔細一看，她

將眼睛閉起，不但大有道理，而且還是她這手劍法最厲害的一點！」

石沉、龍飛，齊地詫聲問道：「爲什麼？」

郭玉霞道：「她這一招劍法，靜如山嶽，含蘊不致，正是以靜制動，寓攻於守的內家劍法，而武林中誰都知道師傅的『天龍十七式』，是自古至今，普天以下，攻勢最爲激厲難當的劍法，尤其是最後四式，更是矢矯變化，飛揚靈幻，當真有如天際神龍般眩人目光，有些人便連一招也難以抵擋！」

石沉恍然道：「如今她閉起眼睛，根本不看那眩目的劍光，心情自然更靜——」

郭玉霞頷首道：「不錯，但這也因她內力已至爐火純青之境，對『聽風辨位』有了極深的把握！」

龍飛擊掌道：「正是，正是，我本想先以一招『風虎雲龍』，作爲誘招誘得她出手攻我，或是移動劍位，那麼我便可以一招『破雲升』破她這一招守勢，但她如閉起眼睛，沉得往氣，那招『風虎雲龍』又有何用？」

石沉道：「但即使不用誘招，『天龍十七式』中，也有破此一招的招術！」

郭玉霞道：「你說的可是，『破雲四式』，第一式『破雲升』中的那一招變化『直上九霄』？」

石沉道：「正是！她這一招橫劍斜飛，雖然左可護胸腹，右可封敵路，但劍光微微下垂，左臂緊貼身軀，左頸到肋骨一帶便會空門大露，只要用『破雲升』中第六、第七兩個變化，便不難將此招攻破。」

郭玉霞微微一笑，道：「四弟在外闖盪還未兩年，武功想不到已如此精進了。」

龍飛接口道：「再過兩年，必定比你大哥還要強勝幾分！」

石沉垂首謙謝，郭玉霞又道：「你用『直上九霄』、『震月飛星』這兩招，雖然聲威驚人，無堅不摧，但卻顯得太過霸道，而且假如對方功力和你一樣，只要將劍勢稍爲變化，便可封住你的劍路，那麼立刻就變成以功力相拚，而不是以招式取勝了，也就失去了本意！」

石沉俯下頭去，沉思半晌，面上不禁又自露出欽服之色！

龍飛皺眉道：「那麼依你說來，該用什麼招式才對呢？」

郭玉霞微微一笑，道：「若要攻敵制勝，先要知道對方這一招中藏有多少厲害的後招，而愈是看來平凡的招式，其中含蘊的變化便可能愈多，這本是劍法中的至理，只可惜大多人都將它忽略了！」她語聲緩慢，因爲她言語中的道理，正是要叫人一字一字地去慢慢思索，方能領悟。

她語聲一頓，見到王素素亦已抬起頭來，凝視傾聽，一笑又道：「這道理極爲明顯，天下萬物，莫不皆是此理，舉一個最簡單的例子，譬如說文人寫字，他如只寫了一橫，那麼他將要寫什麼字，便誰也無法猜到，因爲由一橫可演變的字極多，真是多得數也數不清，但他若是已寫了一個『寶蓋』，或是已寫了一個『草頭』，那麼他可能寫的字便較少，別人也容易猜些，等到他已將一個字的大半都寫好了，那麼他便再也無法改寫別的字，別人自然一猜就猜中了！」

她語聲微微一頓，龍飛、石沉、王素素已不禁俱都頷首稱是。只聽她接口又道：「是以與人交手，招式最忌用得太老，力量也不可用得太滿，也就是這個道理！」

龍飛長嘆一聲，道：「這道理我原先雖然知道，但總不能說個明白，此刻聽你一說，才明白得清清楚楚，你這寫字的比喻，確是用得好極了！」

郭玉霞微微一笑，道：「這山石上所刻的一招，正如寫字的人只寫了一橫，後面含蘊的後招，還不知有多少，你若不知道它的後招，又怎麼能破她的招式呢！」

王素素突地接口道：「不是一橫，是個『草頭』！」

郭玉霞頷首笑道：「不錯，我說錯了，是個『草頭』，若是一橫，也就不成招式了！」

龍飛、石沉，對望一眼，龍飛笑道：「到底是她們女子較我們男子聰明些！」

石沉道：「正是！」兩人不禁相視一笑。

郭玉霞道：「四妹的確比你們聰明得多。」

王素素垂首道：「還是大嫂……」

郭玉霞一笑道：「你別捧我，我且問你，你有沒有看出，這一招到底有多少後招呢？」

王素素垂首沉吟半晌，道：「我雖然知道的不多，但據我所知道的，已有七種變化！」

她目光一掃，龍飛、石沉，面色鄭重，正自凝神傾聽，只聽郭玉霞微笑道：「哪七種？」

王素素道：「她這一招雖然看不出是屬於何派的劍法，但卻可變爲武當派九宮連環劍中的一招『雁落平沙』……」

郭玉霞道：「不錯，只要劍尖向左一轉，便是『雁落平沙』了。」

龍飛雙眉深皺，點了點頭。

王素素接口道：「她劍勢若是向左上一挑，便是點蒼派迴風舞柳劍中的『柳絮迎風』，她手腕向內一擰，便是峨嵋派朝鳳劍中最厲害，可攻可守的一招『孔雀開屏』！」一口氣說到這裡，她語聲漸漸激動！

郭玉霞微笑道：「你慢些說不要緊的。」

王素素喘了口氣，接道：「除此之外，這一招還……還……可以變……變做……」

龍飛皺眉道：「還可變做什麼？」

星光之下，只見王素素嬌美的面容，突地起了一陣扭曲，痛苦而矛盾的扭曲。

石沉大驚道：「四妹，你……你……怎地了？」

王素素胸膛起伏，又喘了幾口氣，面容方自漸漸平靜，緩緩道：「我沒有什麼，只是……只是胸口有點發疼就是了，現在已經好了！」

石沉伸手一抹額上汗珠，原來他方才情急關心，竟不禁流下了冷汗。

郭玉霞秋波一轉，笑問：「還有四招呢？」

王素素緩緩道：「這一招還可以變作天山派三分神劍中的『快分亂麻』，崑崙派抱玉劍法中的『玉杖分波』、少林派伏魔神劍中的『立轉陰陽』，以及昔年三花劍客留下的三花劍中的一招『桃李爭春』！」

她面容雖已平復，但目光卻仍帶著痛苦之色，生像是極爲不願說出這些話，卻又不得不說似的！

龍飛長嘆一聲，道：「四妹，我真看不出你，武功竟如此淵博，大概是你在沒有投入師傅門下之前，就已學了不少武功！」

王素素面色一變，期艾著道：「沒……沒有……」

龍飛濃眉微皺，道：「沒有！我不信，若是沒有，我怎地就看不出這一招有這些變化！」

他目光詢問地望向郭玉霞：「你看出沒有？」

郭玉霞含笑搖頭道：「我也沒有，我只看出了這一招可變爲武當派九宮連環劍的『平沙落雁』、少林派伏魔劍法中的『立轉陰陽』，其餘的五招變化，我都沒有看出來。」

她語聲微頓，補充著又道：「我雖然看出這一招裡，含蘊的變化絕對不止兩種，但『三花劍』，『抱玉劍』這些劍法，我連看都沒有看過，『三分神劍』，『迴風舞柳』這些劍法，我雖然看過，但裡面的招式，卻是不甚熟悉，如何變化，我自然也看不出來了。」

龍飛面色一沉，目光凜凜，望向王素素，一字一字地沉聲問道：「這些劍法，你從哪裡學來的？」

郭玉霞笑道：「我也有些奇怪！」

石沉雙眉緊皺，眉峰間憂慮重重，關切地望著王素素，只見她面容蒼白，目光閃縮，顯然在心中隱藏著一些秘密！

郭玉霞秋波轉處，含笑又道：「四妹在拜師的時候，我就有些奇怪——大哥，你可記得四妹是誰引進來的麼？」

龍飛面容一正，皺眉沉聲道：「北六省『紅旗鏢局』的總鏢頭『鐵戟紅旗震中州』司馬中天！」

郭玉霞道：「不錯，可是司馬老鏢頭卻也沒有說出她的來歷，只說她是一位故友之女，師傅他老人家生性直爽，也沒有盤問她的來歷。」她面上雖然帶著笑容，卻是惡意的笑容，她目光不時望著石沉，又不時瞟向王素素。

王素素面容越發蒼白，目光越發閃縮，甚至連手指也輕微的顫抖。

郭玉霞含笑又道：「這些年來我們大家相處，都和親兄弟姐妹一樣，可是，四妹在今天這樣的情況下，我卻不能不……」

王素素突地截口道：「我雖然不能嫁給你，但以後只要能時時相會，還不是一樣麼！」

郭玉霞、石沉突地面色一變，心頭大震，石沉腳步踉蹌，向後退了一步。

龍飛皺眉沉聲問道：「四妹你說些什麼？」

王素素輕輕一笑，道：「沒有，我只不過在無意間……」

郭玉霞嬌笑一聲，道：「她沒有說什麼！」緩步走到王素素身邊，王素素卻輕輕向後退了兩步。

龍飛滿心詫異，道：「你們到底在搞些什麼？」

郭玉霞突然輕輕一笑道：「你看，我真是糊塗，放著正事不做，卻在這裡說起閒話來了，四妹的身世來歷，師傅都沒有問，師傅也放心得很，我們還有什麼放不下心的，『神龍門』又沒有禁止帶藝投師的人，即使她以前學過武功，又有什麼關係？」

龍飛瞠目道：「我又沒有說有關係，但是……」

郭玉霞皺眉道：「你還說什麼，四妹若是身世不正，就憑人家『鐵戟紅旗震中州』那種身分，還會帶她來引見師傅麼？」

龍飛道：「但是……」

郭玉霞道：「但是什麼？快去找師傅吧！」一手拉著王素素，繞過山石，大步走去！

石沉暗中嘆息了一聲，心中思緒，紊亂如麻，他此刻已知道方才他與郭玉霞在此地所說的話，已被王素素聽去，此刻他望著王素素的背影，心頭彷彿壓了一方千鈞巨石般沉重。

只有龍飛，他胸懷坦蕩，生性磊落，一點也沒有看出這其中罪惡的勾當，他呆呆地愣了半晌，側首道：「三弟，這到底是怎麼回事？」

石沉垂下頭去：「我也不知道。」他實在沒有勇氣來面對他正直而爽朗的師兄。

龍飛愣了半晌，突地笑道：「她們女孩子之間的事，我實在弄不清楚，罷罷，我也不要去管了。」他仰天大笑數聲，道：「三弟，告訴你，還是做獨身漢來得舒服！一惹上女子的事，總是麻煩的！」

石沉聽著這豪爽的笑聲，心中既是敬佩，又是慚愧，他深知他師兄的個性，知道這標準的男子漢方才心中縱有疑惑，此刻也在這數聲大笑中化去，石沉雖然放下了心，然而卻更慚愧了！

郭玉霞握著王素素的手，轉過山石，突地頓下腳步，將王素素拉到山石後。

王素素道：「大嫂，你這是做什麼？」

郭玉霞冷笑一聲，緩緩道：「你到底在搞什麼鬼，以爲我不知道麼？」

王素素道：「大嫂你在說什麼？我不懂！」她雖在笑著，笑容卻是勉強的，因爲不知怎地，在這位「大嫂」面前，她心裡總會不自覺地生出一些畏懼，就像是她幼時面對著她哥哥時候似的。

郭玉霞眼波一轉，道：「下山後，等他們睡了，我有話對你說！」

王素素道：「也好！」突地瞥見龍飛、石沉飛步奔來。

龍飛一步掠來，詫聲道：「你們在這裡幹什麼？」

郭玉霞笑道：「難道我們姐妹倆人說悄悄話都不行麼？」

話聲未了，龍飛又一聲驚呼，道：「原來這上面也有字跡的！」語聲微頓，接口道：「三弟，你來看！」這上面寫的是——「龍布詩，你若只看出這一招的七種變化，你還是回去算了！」他不禁驚嘆一聲，道：「原來這一招的變化還不只七種！」

石沉已自掠來，皺眉凝注著山石上的字跡，緩緩道：「雁落平沙、立轉陰陽、玉杖分波……四妹所說的七種，這上面果然都寫出來了。」

龍飛噓了一口氣，道：「我就不相信這簡簡單單的一招裡，除了這七種變化外，還有別的！」他目光一轉，只見這片字跡旁，竟還有一片字跡，只是這片字跡刻的較淺，也較爲零亂，不經注目，便難發現。

郭玉霞輕呼一聲，道：「這豈非師傅他老人家的筆跡麼？」

王素素輕輕道：「不錯！」四人一齊注目望去，只見上面寫的是——

「以劍爲主，以腿爲輔，玄門劍術，異邦腿法，要破此招，唯有反常！」

這一行字跡較大，也較深，另外還有一行字，更是零亂難辨。

「你這一招的巧妙，全在那貼緊身軀的左臂以及穿著那一雙奇怪鞋子的腳上，你以爲我看不出來麼，哈哈，哈哈……」

龍飛道：「哈哈，哈哈……你看怎樣，這一招的巧妙，全在那一雙奇怪的鞋子上，你卻說衣著與劍法武功無關！」他手捋虬鬚，仰天而笑，神情之間，極是得意。

石沉卻是雙眉緊皺，喃喃道：「要破此招，唯有反常！……『反常』這兩字，卻又是作何解釋！」

郭玉霞斜斜瞟了龍飛一眼，秋波轉處，又瞧了石沉一眼，道：「這些武功上的玄妙之處，我們縱然再想上三天三夜，也未必想得過的！」

龍飛道：「但是我……」

郭玉霞截口道：「就算你誤撞地說對了一樣，但你可知道這雙鞋子的巧妙究竟在哪裡麼？」

龍飛呆了一呆，郭玉霞道：「還有一件費人猜疑的事，你們卻都沒有看出！」

龍飛目光一抬，詫聲道：「是什麼？」

郭玉霞伸出纖指，指向那一片字跡，緩緩道：「你們可曾看出這片字跡是如何寫上去的？」

石沉凝注兩眼道：「彷彿是用手指！」

郭玉霞道：「不錯！」

龍飛道：「這有什麼奇怪的，師傅他老人家的指上功夫，本來就可以劃石如粉！」

郭玉霞冷笑一聲，道：「你呢？」

龍飛道：「我可不成。」

郭玉霞道：「師傅削弱了七成功力後，他老人家的功力不是和你一樣了麼？」

龍飛「噢」了一聲，不住以掌拍額，道：「是了是了，師傅他老人在寫這些字時，功力必定已完全恢復，這的確是件奇怪的事，的確令人猜疑……此時此地，又有誰會爲他老人家解開穴道呢？」

郭玉霞長嘆一聲，道：「華山較技這件事，本來是很普通的，我在沒有上山的時候，原本以爲此事雖有驚險，但絕對不會有什麼奇詭秘密之處，但上得山後，卻發現每一件事俱都超出常情常理，古往今來的較技比武之舉，只怕再也沒有一次比這次更奇怪的了！」她話聲微頓，眼波一掃，又道：「那姓葉的女子用盡種種方法，要師傅自削功力，而師傅居然答應了，這就是武林中未有的奇聞，那奇怪的綠袍道人拚命來搶一具空棺，更是奇怪到極處，我心裡本已有些忐忑不安，哪知越到後來，離奇古怪的事竟越來越多，此刻我仔細想想，這次華山較技，其中必定隱藏著許多秘密，許多曲折，說不定有許多人計劃了許久，設計了一個圈套，要來暗害師傅，而由『丹鳳』葉秋白出面來做個幌子，你們想想看……」

她話聲未了，龍飛突地一撩衫角，如飛向前奔去，郭玉霞皺眉呼道：「你要幹什麼？」龍飛腳步微緩，回首道：「既然來此，我們站在這裡說上三天三夜也沒有用，還不趕快去幫師傅，難怪他老人家常說你人雖聰明絕頂，只可惜說得太多，做得太少了！」

郭玉霞面色微變，怔了半晌，王素素道：「大哥，你等一等！」纖腰微擰，一掠三丈……石沉微一遲疑，瞧了郭玉霞一眼，亦自隨後掠去，郭玉霞望著他們三人的背影，突地冷笑一聲，笑聲消逝，她身影亦已掠出三丈開外！

那知龍飛卻又已停下腳步，原來前面七、八丈遠近，竟還有一方山石，山石上亦刻有一個道裝女子的畫像，只是姿勢已有變動！前像本是守式，此像已變爲攻勢，前像本身是全身肅立，此像已變爲騰身而起，左掌劍訣飛揚，右掌長劍斜削，旁邊的字跡是：

「龍布詩，你攻得破方才一招守勢，你避得開這裡一招攻勢麼？」

但他到此刻只是匆匆瞧了兩眼，便繞過山石，石後果然又另有一片字跡，石沉冷笑一聲，道：「又是老套！」

龍飛喝道：「還看它做什？」當先掠去，郭玉霞提氣縱身，此刻已掠到他身畔，低低問：「你剛才爲什麼那樣對我？」龍飛一呆，郭玉霞又道：「在三弟、四妹面前，你總該替我留些面子呀！」

龍飛道：「你在他們面前，還不是對我……」長嘆一聲，改口道：「我心裡著急，你不要怪我。」

郭玉霞幽幽一嘆，似乎又要說什麼，卻見前面又有一方山石，但上面的畫像，卻已被人擊毀，山石碎片，落滿一地，龍飛、郭玉霞對望一眼，龍飛繞過山石，那知後面的字跡，更是被人擊得七零八亂。

龍飛濃眉一皺，道：「師傅……」

郭玉霞道：「不錯，除了師傅外，誰也沒有這等功力。」

龍飛沉聲道：「他老人家爲什麼要如此……莫非是這一招他老人家無法化解麼？」

郭玉霞嘆息一聲，搖頭不語，兩人不約而同地一齊往前飛奔而去，只見平坦的山地，漸仄漸險，十數丈後，又有一塊山石擋往去路，上面赫然有一行擘窠大字！「六一老翁龍布詩長歌至此！」仍然是以指力劃成，下面卻又有四個觸目驚心的字跡：

「永不復返！」

這四個字不但與上面的字跡不同，而且筆鋒較細，筆力較深，顯見是以刀劍所刻。

龍飛目光一凜，大喝一聲，「呼呼」兩掌，擊將過去，只聽轟然一聲大震，山石碎片，四下飛激而起，龍飛亦已倒退三步，撲坐到地上，他在武林中雖有「鐵拳」之譽，到底卻仍是血肉之軀。

郭玉霞輕嘆道：「你脾氣怎地和師傅一模一樣！」她伸手扶起了他，又道：「但你要知道，你的功力卻比不上他老人家呀！」

龍飛濃眉飛揚，胸膛起伏，突地掙脫郭玉霞的手掌，又是一腳踢去，他足上功力，不逮雙拳，這一腳僅將山石踢碎少許，卻將他自己腳上的薄底快靴踢破。

石沉、王素素隨後掠來，齊地驚呼道：「大哥，你這是做什麼？」

郭玉霞冷冷道：「你留些氣力好不好，用來踢對手的肚子，豈非要比踢這塊石頭好得多！」

龍飛霍然轉回頭來，道：「你……你……」他胸膛不住起伏，竟是氣得說不出話來！

石沉吶吶道：「大嫂，大哥的脾氣，就是如此……」

郭玉霞冷笑一聲，纖腰微擰，刷地掠向山石之後。

龍飛道：「你……」卻聽郭玉霞一聲呼喚，自山石後傳來，他話也不再說了，立刻飛掠而去。

王素素冷冷瞧了石沉一眼，道：「大哥對誰都好，對大嫂更是好到極點……」

石沉面頰一紅，幾乎抬不起頭來！

轉過這方山石，已是山崖邊緣，就在這山崖的邊緣上，竟巧妙地建有一間竹屋，日炙風吹，雨打霜侵，竹色已變枯黃，有風吹過，竹枝箕然，這竹屋顯得更是搖搖欲墜！門前沒有一絲標誌，屋旁沒有一絲點綴，放眼四望，白雲青天，這竹屋就如此孤零零地搖曳在凜冽的山風裡！

龍飛目光望處，腳步立頓，只聽立在身畔的郭玉霞耳語道：「師傅他老人家只怕已……」話猶未了，龍飛突又大喝一聲：「師傅！」雙掌前伸，十指箕張，一掌劈開這竹屋緊閉著的門房，閃電般掠了進去！

方自掠來的石沉，不禁驚呼一聲：「大哥……」雙臂一張，亦將掠去，郭玉霞一手扯著他的衣袂，道：「等一等！」

王素素道：「等什麼，難道大哥有了危難，你就不進去了麼？」她柳眉雙軒，杏眼圓睜，這溫柔的女子，此刻言語中竟有了怒意，望也不望郭玉霞一眼，刷地掠入竹屋……

山風，自竹隙中吹入，吹起了龍飛濃密的鬚髮，他怔怔地立在門口，竹屋中竟渺無人跡，最怪的是，這空曠的竹屋中，竟有著五粒明珠，四重門戶，三灘鮮血，兩隻腳印，一具蒲團！

五粒明珠，一排嵌在青竹編成的屋頂上，珠光下，四重門戶，大小不一，龍飛進來的這重門戶最小，兩人便難並肩而入，左右兩面，各有一扇較大的門戶，而最大的一扇門戶，卻是開在龍飛對面，那具陳舊的蒲團，亦擺在這扇門戶前！

與明珠最不相稱的，便是這蒲團，它已被消磨得只剩下了薄薄的一片，然而在這陳舊的蒲團邊，卻有著三灘新鮮的血漬，一灘在後，還有一灘血漬，恰巧正滴落在那一雙腳印邊。

腳印的血漬最大，左面的血漬也不小，最小的一灘血漬，是在這陳舊的蒲團後，帶著一連串血點，一直通向那扇最大的門戶，而所有的門戶，俱是緊緊關閉著的，就彷彿是原本在這竹屋中的人們，都已化爲一陣清風，自竹隙中逸去。

又有一陣風自竹隙中吹入，目光凝注、身形木立的龍飛，竟忍不住機伶伶地打了個寒噤，青白的珠光下，凜凜的山風中，這景象的確令人忍不住要生出一陣悚慄的寒意。

這竹屋、這明珠、這蒲團、這足印……一切俱都是如此奇詭而神秘，而這三灘觸目的血漬，更在神秘中加了些恐怖。

龍飛悚然木立半晌，刷地掠到左首門前，一掌將之拍開，只見一條曲道，逶迤通向山下。

王素素身形動處，亦自拍開了右首的那扇門戶，亦有一條曲道，通向山下，這兩條曲道寬仄雖一樣，坡度卻不同。

龍飛心念一轉，暗暗忖道：「這左右兩條曲道，想必就是方才在山壁上的字跡所指示的另兩條路了。」心念一轉：「目的之地同爲一處，道路卻有三條，想必是這竹屋中的人，企圖藉此來探測師傅的武功，他老人家只要走進了這間竹屋，毋庸出手，竹屋中的人便已可知道他老人家武功的深淺……」

要知龍飛生性，只是豪爽，而非愚蠢，雖然大意，卻不粗魯，有些事他只是不肯用心推究而已。

此刻他心念數轉，面色越發凝重，又自忖道：「這竹屋中的人若是『丹鳳』葉秋白，以她與師傅之間的關係，以及她在武林中的身分武功，必定不會用詭計來暗害師傅，那麼她如此做法，卻又是爲的什麼？這竹屋中的人若非『丹鳳』葉秋白，卻又會是誰呢？看這具陳舊的蒲團，他在這竹屋之中，必定耽了不少時候，這竹屋建築得如此粗陋，甚至連風雨都擋不住……」

他思潮反覆，苦苦思索，但想來想去，卻仍想不出一個頭緒，只見王素素已自掠到那扇最大門戶前，一掌橫持當胸，一掌緩緩向竹門拍去……

郭玉霞一手輕撫鬢角，一手指著竹屋中王素素的後影，冷笑一聲，輕輕道：「這妮子的確知道得太多了，太多了……」

石沉道：「若是大哥知道了……」聲音顫抖，竟是無法繼續。

郭玉霞語音微頓，接口道：「知道太多的人，常常都會有突來的橫禍。」

石沉目光動處，只見她眼神中佈滿殺機，不覺心頭一凜，脫口道：「大嫂，你……」

郭玉霞霍然轉過頭來，一字一字地緩緩說道：「我還是你的『大嫂』麼？」

石沉緩緩垂下頭去，道：「我……我怕得很……」他不但語聲顫抖，甚至連身軀都顫抖了起來。

郭玉霞突地展顏一笑，柔聲道：「你怕些什麼，告訴你，你什麼也不要怕，她雖然知道得很多，卻是一個字也不敢說出來的！」

石沉抬首道：「但是……」

郭玉霞含笑接口道：「告訴你，她自己也有著一些不可告人的秘密，只要我再花些功夫……哼哼！」她面上雖是滿面笑容，語聲中，卻充滿肅殺之意。

石沉呆呆地望著她面上春花般的笑容，心裡亦不知是害怕抑或是迷惑。

突地，竹屋中的王素素一聲驚呼！

郭玉霞笑容一斂，道：「走！」髮絲飄飛，刷地掠入竹屋，只見王素素、龍飛並肩站在迎面一所寬大的門戶前，垂首而立，而就在龍飛一雙烏黑的薄底快靴，以及王素素的一雙縷金蠻靴之間，那青竹製成的粗陋門檻之上，卻赫然有一隻枯瘦，鐵青的手掌！

郭玉霞、石沉的四道目光，穿過龍飛右足和王素素左足之間的空隙，只見這手掌緊抓著門檻，五指俱已嵌入竹內，指甲雖然灰白，卻有沁出的鮮血，一陣陣強風自門外吹入，將龍飛頷下的虬鬚吹得倒捲而起。

郭玉霞柳眉微皺，一個箭步，雙臂分處，分開了龍飛與王素素的身軀，目光一轉，心頭也不覺一寒，顫聲道：「這……這是誰？」

門外，一片溟漠，幾片淡淡的灰雲，縹緲地飄浮在遠處夜色中縹緲的山峰間，下面又是一片絕壁，一道絕壑，一條枯瘦的身軀，無助地懸在門外，若不是他手掌拚命地抓著門檻，便早已落入這無底的絕壑之下！

俯首望去，只見他頭顱後仰，仰面而望，雙睛俱已突出眶外，面上的肌肉，猙獰而醜惡的扭曲著，雖然滿含怨毒，卻又滿含企求，這種死前的怨毒與企求，便因血液的凝固與肌肉的僵硬而仍然鐫留在這已死之人的面目上，正如他手掌亦因血的凝固，肉的僵直，以及垂死前求生的掙扎，而仍然緊緊抓著這門下的竹檻一樣！

龍飛、石沉、郭玉霞、王素素，八道目光，驚震地望著這猙獰的面容，猙獰的手掌，良久良久，龍飛方自嘆道：「他已死了！」

石沉緩緩俯下身去，輕輕一觸那猙獰的手掌，冰涼而僵木，他只覺一陣難言的悚慄與厭惡自指尖通向心底，就正如手指觸到枯草叢間死蛇的感覺一樣，急地縮回手掌，顫聲道：「他已死了！」

龍飛濃眉一揚，俯下身去，抓著這死屍的手掌，將他拖了起來，但這隻猙獰的手掌，卻仍緊緊握著竹檻，龍飛聚力指掌，兩指如鉗，一隻一隻地將他的手指鉗開，將他的屍身平平放在地上。

只見他身軀枯瘦頎長，一身黑色勁裝，死後面目雖然猙獰，但自他五官間仔細望去，年齡卻不甚大，最多也不過只有三十上下！

龍飛寬大的手掌一沉，抹攏了他至死不瞑的眼簾，長嘆道：「此人不知是誰，否則或許可以從他身上看出……」

郭玉霞冷冷接口道：「抄抄他的身上，看看有什麼遺物！」

龍飛目光一張，沉聲道：「爲什麼？」

郭玉霞道：「從他的遺物中，或許可以看出他的身分！」她說話間神色又歸於平靜，生像這根本是天經地義應該做的事。

龍飛面色一變，緩緩長身而起，目光堅定地望著郭玉霞，沉聲道：「此人與我們素不相識，更無仇怨，即使他是我們的仇人，我們亦不可在他死後瀆犯他的屍身，師傅他老人家一生行俠，就是爲了要爲武林間伸張幾分仁義，爲江湖間保留幾分正氣，我們怎能違背他老人家做出此等不仁不義之事！」

他語聲說得截釘斷鐵，目光更是堅定得有如高山磐石！

郭玉霞輕輕一笑，回過頭去，道：「好的，依你！」再也不望龍飛一眼。

王素素倚在門畔，望著龍飛的面容，神色間不覺露出欽佩之意！

石沉乾咳兩聲，道：「依照一路上的種種跡象看來，師傅他老人家必定已經到過這裡，就拿這一雙足印看來，也似乎是他老人家的——」他語聲微頓，補充著又道：「如果他老人家功力已經恢復，那麼在山下發現的那隻足印也該是他老人家留下的！但是……此刻他老人家又到哪裡去了呢？」他彷彿是在自言自語，又彷彿是在向人詢問，但卻沒有一人可以回答他的話，一時之間，他們只能望著門外的夜色出神。

夜色中，雲霧開，風甚急，「不死神龍」莫非已乘風歸去！

無比的靜寂中，漸漸又響起了石沉夢囈般的低語：「這裡血漬共有三灘，想見方才此屋中受傷的不只一人，而這死屍的身上，卻又無半點血漬，傷者是誰？傷人的又是誰？……」

他此刻心中實是一片紊亂，情慾、思慮、恩情、慚愧……許多種情感，許多種矛盾的情感，使得他紊亂的思潮，根本無法整理出一個頭緒。他不願被人窺破自己此刻的情感，是以口中不斷喃喃自語，藉以分散別人的注意，因為他知道自己此刻說出的話，也就是大家此刻心中都在思索疑惑的問題——他這份居心，是難堪而可憐的！

龍飛手捋虬鬚，乾咳數聲，突地抬起頭來，望著石沉，道：「三弟，你且不要說了好麼？大哥我……我心亂得很……」

王素素幽幽一嘆，道：「大哥，其實將這人……」

龍飛沉聲道：「不可以！」

王素素輕輕嘆道：「但是為了師傅的音訊……」

龍飛軒眉道：「就是為了師傅，我們才不能做此等會使他老人家羞慚不安的事。」他深長地嘆息一聲：「四妹，你要知道，有許多事做出後縱然人不知道，卻也會有虧良心，甚至負疚終生，譬如說拾鉅金於曠野，遇艷婦於密室，聞仇人於垂危，這些都是良心的大好試金之石，今日世上惡人之多，便是因為人們在做出惡行之時，但求人所不知，而不問良心是否有愧，四妹，你我俱是俠義門下，焉能做出有愧於良心之事！」他語聲緩慢而沉痛，雖是對王素素而言，其實卻又何嘗不是在訓戒其他的人。

石沉目光模糊，雙手顫抖，只覺心頭熱血翻湧，突地顫聲道：「大哥，我……我有話要對你說！我……實在……」

郭玉霞霍然轉過身來，眼神中雖有激動之色，但面容卻仍平靜如恆，石沉後退一步，頭垂得更低，目光更見模糊！心中的愧疚，使得他不敢抬起頭來，也使得他沒有看到王素素的面容！

王素素的面容，竟似比他還要痛苦、激動，她心中也彷彿有著比他更深的愧疚，隨著龍飛的語聲，她已有兩行淚珠，奪眶而出！

終於，她痛哭失聲，龍飛怔了一怔，道：「四妹，你哭什麼？」

王素素以手掩面，痛哭著道：「大哥，我對不起你，對不起師傅……」她霍然放開手掌，指著地上的屍身道：「這個人，我是認得他的，還有許多人我也認得，還有許多事我都知道……」她激動的心神，已使她言語間有些錯亂！

龍飛濃眉深皺，沉聲道：「四妹，你有什麼話，只管對大哥說出來。」

王素素仰首向天，突地頓住哭聲，一步一步地緩緩走向龍飛！

龍飛只見她面色青白，目光呆滯，有如突地中了瘋魔一般，心頭不覺一驚，道：「四妹，你……坐下來靜一靜！」

石沉雙目圓睜，望著她大失常態的神色，郭玉霞目光閃動，面容亦有了慌亂……

只聽王素素一字一字地緩緩道：「大哥，你可知道，我一家老小，俱是師傅不共戴天的仇人，俱都恨不能將師傅殺死而甘心，我之所以投拜『神龍』門下，亦是爲了要報我滿門上下與『不死神龍』間的血海深仇！」她急促地喘了口氣，又道：「我不姓王，更不叫素素，我叫古倚虹，就是傷在神龍劍下的『絕情劍』古笑天的後人！」

語聲未了，她身形已是搖搖欲墜，語聲一了，她嬌軀便撲坐到地上，坐在蒲團前的那灘血漬上，就在這剎那間，她驀然移去了久久壓在她心頭，使她良心負疚的千鈞巨石，這重大的改變，深邃的刺激，使得她心理、生理都無法承擔，無法忍受，她虛弱地蜷伏在地上，許久……又忍不住痛哭起來！

然而這千鈞巨石，卻已自沉重地擊在石沉與郭玉霞的心上！

石沉再也想不到平素最溫婉柔弱的「四妹」竟會是個忍辱負重，負擔著如此重大任務，卻又不露行藏的「奸細」！他更想不到平素對師傅最好，與師傅最親近，又最令師傅喜歡的「四妹」，竟會是與師傅有著不共戴天的血海深仇的仇人之女！

一時之間，他身形後退，退到牆角，呆望著她，連目光都無法轉動一下！

郭玉霞雖然早已猜出她身世有著隱秘，卻也想不到這柔弱的女子，會有這份勇氣，將如此重大的隱秘說出來！她本自要以這份隱秘爲要脅，於是，此刻，她不禁自心底泛起一陣戰慄，因爲她所憑藉的事，此刻已變得一無用處：「她既能說出自己的隱秘，難道就不會說出我與石沉的隱秘？」

這份發自心底的戰慄，使得平日機智而堅強的郭玉霞，此刻也變得遲鈍與軟弱起來，她面容蒼白地倚著門畔，亦是久久無法動彈！

只有龍飛，他此刻竟反常地有著出奇的鎮靜，他緩緩走到王素素——古倚虹身畔，默默地嘆息一聲，溫柔地撫著她的柔髮，既不激動，亦不憤怒，只是長嘆著輕呼一聲：「四妹……」

僅僅是這一聲輕輕的呼喚，卻已使得古倚虹心中的痛苦更加強烈。

她痛苦地感到龍飛溫暖的慰撫，那寬大而粗糙的手掌，留給她的卻是細膩的柔情，她痛哭著道：「自從四十年前，玉壘關頭，我爺爺重傷回來，不治而死，我那可憐的爹爹，受不住這麼重大的打擊，也似乎變得瘋了，他終日坐在我們院子裡的那一棚紫藤花下，什麼也不做，什麼也不說，只是反覆自語著爺爺臨死前所說的那句話：『我那招天際驚魂，若是再深三分……我那招天際驚魂，若是再深三分……』這句話，自我懂事那天開始，一直聽到爹爹死的時候，每一次我聽在心裡，都有著說不出的痛苦！」

她語聲微弱而顫抖，龍飛只是垂首傾聽，郭玉霞突地挺起身子，要說什麼，卻也被龍飛擺手阻止了，他似乎要這柔弱的少女，盡情傾訴出心中的痛苦和積鬱，郭玉霞目光一轉，再次倚向門畔。

只聽古倚虹斷續著接口又道：「這四十年來的刻骨深仇，使得我們全家大小的心裡，都深深刻上了『復仇』兩字，他們終日計劃著，因爲他們深知『不死神龍』的武功，當世已無敵手！」

她抬頭向門外幽瞑的夜色望了一眼，垂首又道：「日子一天天過去，他們仍然想不出一個萬無一失的復仇方法，於是，仇恨也隨著時日的既去而一天天加深，苦難中的歲月，一年彷彿比三年還要漫長，我爹爹，我媽媽，就在這苦難的日子中浪費了他們的性命，他們的一生，都沒有痛快地笑過一次！」

一連串淚珠落到地上，她沒有伸手擦拭一下，「一個人一生沒有歡笑，一個人的心中沒有仁愛，只有仇恨，這該是多麼痛苦而可怕的事！」熱血的龍飛，不禁爲之沉重地嘆息了！

只聽她抽泣著又道：「爹爹媽媽死後，我那時年紀還輕，我能倚賴的親人，只有哥哥，但半年之後，我哥哥卻突地出去了，我每天就坐在爹爹坐過的那棚紫藤花下，等著我哥哥回來，那時，我就似乎已感受到爹爹生前的悲哀與沉痛，於是，我雖然沒有學會如何去愛，卻已學會了如何去恨……」

龍飛心頭忍不住顫抖一下，在那充滿了仇恨的家庭中生長的孩子，他的生命本身就是件值得悲哀的事，龍飛又嘆息了！

但是她仍在接著說下去：「一年以後，哥哥回來了，他帶回了許多個朋友，雖然年紀都很輕，但形貌、裝束，卻都相差得很遠，聽他們說話的口音，也不是來自一個地方，但他們都會武功，雖然強弱也有不同，卻都還不差，哥哥也沒有給我介紹，就把他們帶到一間密室中去，一連三天，都沒有出來，三天裡他們談了不知多少話，喝了不知多少酒……」

她哭聲漸漸平息，語聲也漸漸清晰，目光卻仍是一片迷茫，思潮顯然已落入往事的回憶裡——而往事的回憶，常常都會痲醉現實的悲哀的！

「三天後，」她接著說：「我實在忍不住了，就跑到門外去偷聽，哪知我才到門口，屋裡的人就聽到了，屋門霍地打開，我嚇得呆了，只見到一個又高又瘦的人，站在門口，他身材奇怪地高，站在那裡，頭髮都快頂住門了，臉色又青又白，我呆了一呆，轉身就想跑，哪知我身子剛動，他已一把捉住了我，出手就快得像閃電一樣。」

龍飛雙眉一皺，暗暗忖道：「此人莫非是崑崙派當今唯一傳人，武林中後起群劍中的佼佼者『破雲手』麼？」

只聽古倚虹道：「那時我只覺他的手掌像鐵箍一樣，若不是哥哥出來，我手臂幾乎要被他捏碎，後來我才知道他就是在武林中已極有名的『破雲手』，他的父親也是因爲敗在『神龍』劍下，而潦倒終生，除他之外，那房間中其他的人，竟然都是『不死神龍』仇人的後代，以前他們散處四方，各不相識，但卻都被我哥哥聯絡到了！」

龍飛又自微微皺眉忖道：「如此看來，她哥哥倒是個厲害角色，卻又怎會在武林中沒沒無聞呢？」

古倚虹道：「他們計議了三天，決定了幾件重大的事，第一件就是設法將我送入……『神龍』門下，刺探『不死神龍』的動靜，偷習『不死神龍』的武功，假如有機會，就乘機……」

郭玉霞突又挺起身子，瞠目道：「就乘機將師傅殺死是麼？」

石沉心頭沉重，凝注著古倚虹，只見她果然點了點頭，緩緩道：「不錯！」

郭玉霞柳眉一揚，厲喝道：「欺師之罪，萬不可恕，這種人還留在世上做什麼？」一步掠來，舉掌劈下！她早已存下殺人滅口之心，是以這一掌不但其快如風，而且早已力蘊掌心，蓄勢而發！

那知她掌到中途，龍飛突地大喝一聲：「且慢！」單掌翻出，舉臂一擋。

郭玉霞愕了一愕，退後半步，怒容滿面，道：「大哥，你這是……」

古倚虹頭也不抬，緩緩截口道：「大嫂，我今天既然將此事說了出來，實在早已抱必死之心，大嫂你也不必急在一時！」她此刻悲泣之聲，已然頓住，語聲反而變得出奇地鎮靜。

「我既不能盡孝於父母，又不能盡忠於師門，此時此刻，除死以外，我已別無選擇，這數年來，師傅他老人家，待我實在可說是恩重如山，但是他老人家待我越好，我心裡就越難受，不止一次，我想將此事源源本本地說出來，但是……」

她沉重地嘆息一聲，接道：「但是我卻再也忘不了我爹爹臨死前的面容！」

郭玉霞沉聲道：「這些年來，你難道沒有做出一次叛棄師門的事麼？」言詞之間，咄咄逼人，若是言語亦能置人死命，古倚虹此刻只怕早已橫屍就地。

但她仍然沒有抬起頭來，緩緩的道：「這些年來，我的確做過許多次背叛師門的事，我不止一次，將我自師傅處學來的武功奧秘，偷偷告訴我哥哥，或是我哥哥派來的人！」

郭玉霞冷「哼」一聲，道：「還有呢？」

古倚虹道：「這一次華山較技，由我哥哥他們設下的陰謀圈套，我也早已知道。」

郭玉霞道：「但是你卻連一個字也沒有說出來！」

古倚虹頷首道：「我一個字也沒有說出來，因爲『恩』與『仇』，在我心裡，都是一樣地重，恩是刻骨深恩，仇也是刻骨深仇！」她霍然抬起頭來：「大哥，你若是我，你該怎辦？」

龍飛濃眉深皺，面沉如鐵，古倚虹緩緩伸出手掌，指著地上的屍身，道：「這個人，也就是死在師傅劍下的『五虎斷門刀』彭天烈的後人，他，我哥哥，還有那崑崙『破雲手』，以及『點蒼派』當今的掌門弟子，昔年『狂風舞柳劍』柳伯揚的後人，爲了今日的華山之會，不知已耗盡了多少年的心力！」

郭玉霞冷笑一聲，道：「如今，當真如了你們的心願了，師傅他老人家，果然……」她聲音越說越大，說到這裡，突地以手蒙面，放聲痛哭，語不成聲。

古倚虹再次垂下頭去，兩行清淚，再次奪眶而出，突也悲嘶著道：「天呀，你爲什麼叫我生爲『絕情劍』的後人，又叫我身受『不死神龍』的深恩……天呀，你知不知道，每當我出賣我師傅的時候，我心裡是多麼痛苦，但是……我若不如此做，我又怎麼對得起我死去的爹爹……」

石沉依牆而立，目中不禁流下淚來。

郭玉霞反手一抹面上淚痕，厲聲道：「你既然自知你自己既不能盡孝於父母；又不能盡忠於師門，還留在世上作甚，我若是你，再也無顏留在世上一刻！」

古倚虹道：「再……也……無……顏……留……在……世……上……一……刻……」她一

字一字地說將出來，每個字裡，都不知含蘊多少悲哀與痛苦。

她又抬頭，以模糊的淚眼，望了望門外的夜空，似是對人世留戀地作最後之一瞥！

然後，她突地閃電般伸手入懷，閃電般自懷中取出那柄「金龍匕首」，閃電般刺向自己胸膛，口中猶自悲嘶道：「師傅，大哥，我對不起你……」

「們」字尚未出口，匕首方自觸及她衣裳，龍飛突地大喝一聲，左掌急沉，敲在她右腕上，只聽「噹」地一聲，匕首落地！

郭玉霞厲喝道：「你這究竟是何居心，莫非是要包庇這叛師的孽徒麼？」要知武林之中，最忌叛師，叛師之徒，當真是罪大惡極，江湖中人人得而誅之，即使他的至親好友，都也不敢爲他出頭。

而此刻龍飛居然對古倚虹如此，郭玉霞自是理直氣壯。

她巧妙將自己的私心隱藏在公理中，理直氣壯地厲喝又道：「方才我要代師除惡，被你阻止，此刻你又如此，難道你和她之間，有什麼……」她本想說出「有什麼苟且之事」，但話到口邊，突覺一陣心虛，到底說不出口來！

龍飛面沉如鐵，一手抓住古倚虹的手腕，望也不望郭玉霞一眼，緩緩道：「四妹，你暫且不要激動，聽我說……」

郭玉霞截口道：「說什麼，還有什麼好說的……」她心懷鬼胎，恨不得眼見這唯一知道自己隱私的人，快些死去。

哪知她言猶未了，龍飛霍然轉過頭來，大喝一聲：「住口！」

這一聲大喝，宛如晴空霹靂，震得這粗陋的竹屋，都起了一陣顫抖。

四山迴響，聲聲不絕，郭玉霞呆了半晌，面目不禁變了顏色，龍飛自與她成婚以來，對她都是千依百順，從未有一次疾言厲色，此刻卻對她如此厲喝，一時之間，她心中不禁又起了忐忑，「他爲何對我如此，難道他已看出了我的隱私？」

古倚虹雪白的牙齒，緊緊咬著她失血的嘴唇，兩行晶瑩的淚珠，沿著她痛苦的面靨，簌簌流下。

「大哥！」她哀呼一聲，道：「大嫂是對的，我本就該死，每一次我伴著師傅練字，他老人家諄諄地告訴我一些武功的訣要與做人的道理時，我就會覺得自己該死，因爲……他老人家對我那麼好，我卻一直在欺騙著他老人家……」

龍飛沉重地長嘆一聲，緩緩道：「你沒有欺騙他老人家！」

郭玉霞、石沉、古倚虹俱都一愕，龍飛仰首嘆道：「就在你投入師門的第三天，師傅他老人家已知道了你的身世！」

古倚虹大聲地驚呼一聲，郭玉霞、石沉亦是面目變色！

龍飛面容平靜，目光仰視，滿含敬慕欽服之色，似是在追憶他師傅的偉大之處，口中緩緩道：「你要知道，師傅他老人家擇徒一向極嚴，我和你大嫂俱是孤兒，我更是自幼便被師傅收爲螟蛉義子，三弟是師傅一位至友之孫，而他老人家與五弟家門之間的淵源，更是極深。」

他語音微頓，目光一垂，接道：「他老人家爲什麼收下來歷不明的你，便是因爲他老人家早已知道了你的身世，『鐵戟紅旗震中州』將你帶來那天……」

古倚虹截口道：「司馬老鏢頭並不知道這件事，是哥哥和他的朋友們，設下計謀，讓司馬老鏢頭以爲我是個無父無母，志切武功的孤女，在絕望中餓倒在司馬老鏢頭的門前，他老人家才會將我帶到『止郊山莊』中去的！」

龍飛嚴峻的面容上，突地綻開一絲寬和的微笑，緩緩道：「世間沒有一件可以終久隱瞞的事，也沒有任何一個人能騙得過另一個人，縱然那人比較笨些！」

郭玉霞心頭一顫，她本已伸手入懷，她暗中本已捏起三枚鋼針，準備射向古倚虹的後心，但聽到這句話後，手掌一顫，鋼針又復落入懷中。

只聽龍飛緩緩接道：「你莫以爲你已騙過了司馬老鏢頭，其實他老人家之所以將你帶到『止郊山莊』來，也是因爲看出了你言語中的漏洞，你且試想，一個無父無母的孤女，縱然志切武功，又怎會知道『止郊山莊』，又爲何一定要選擇『止郊山莊』，做爲傳武之處？因爲無論是誰，在那種情況下，都沒有選擇的餘地的，要練武，『鐵戟紅旗震中州』亦是聲名赫赫的人物，在紅旗鏢局中練武不也是一樣麼！」

古倚虹呆了一呆，不禁幽幽一嘆。

只聽龍飛又道：「古往今來，有許多聰明人，卻往往會做出笨事，你哥哥自以爲聰明絕頂，卻又想不到這些漏洞！」

古倚虹頭垂得更低了！

郭玉霞心中卻又不禁為之一凜：「他說這些話，難道是取瑟而歌，別有所寄，故意說給我聽的麼？」於是她心頭越發忐忑！

龍飛嘆息一聲，又道：「司馬老鏢頭將你帶來之後，就曾與師傅密談過一陣，師傅他老人家就斷定你定是仇家之女，司馬老鏢頭為人最是嚴峻，心如鐵石，當時便只輕輕說了八個字：『查明來歷，斬草除根』！」

古倚虹全身一顫！

龍飛仰天吐了口長氣，接道：「但那時師傅他老人家反而微微一笑，緩緩道：『你我生為武林中人，槍尖嚼飯，刀口討生，自然難免殺戮，我一生之中，殺戮尤多，結下的仇家，不知多少，在當時我雖是情不得已，方會殺人，但事後我每一想起總覺得後悔得很！』」

他說話之間，不自覺地竟模仿了他師傅的口氣，古倚虹忍不住淚流滿面，彷彿她那偉大的師傅，此刻又回到了她身畔。

龍飛語聲微頓，又道：「那時司馬老鏢頭便截下師傅的話頭，說：『你不殺人，人便殺你，只要你殺人時無愧於心，事後也沒有什麼值得後悔之處！』我當時年紀還輕，聽得此話，覺得極有道理，哪知師傅卻搖頭嘆道：『話雖如此，但人命得之於天，總以不殺為是，我自知傷人太多，日後若是傷於仇家後人之手，我也一無怨言，冤冤相報，本是天經地義之事』！」

他目光一陣黯然，沉默半晌，方又接道：「師傅他老人家說到這裡，又微微笑了一笑，道：『我雖然也不希望我日後死於非命，但也不願做出斬草除根，趕盡殺絕的事，總希望怨仇能夠化解得開，這女孩子不論是誰的後人，總算是個有志氣的孩子，而且根骨不差，她如此煞盡苦心，想來投入我的門下，我怎能令她失望？即使她日後學成了我的武功，反來殺我，我也不會後悔，我若能以德化怨，令她感動，化解開這場恩怨，不是更好麼？』」

聽到這裡，古倚虹無聲的啜泣，不禁又變成放聲的痛哭！

龍飛嘆息又道：「當時我在旁邊侍候師傅，這些話我都聽得清清楚楚，而且緊緊記在心裡，永遠都不會忘記，我雖然自知不能學成師傅他老人家的一成武功，但我若能學得師傅那等磊落的心懷，坦蕩的胸襟，我便已心滿意足了！」

痛哭著的古倚虹，嘴唇動了一動，似乎在說：「你已學得了！」

石沉目光敬畏地望著他師兄。

龍飛輕嘆著又道：「於是師傅當晚就將你收歸門下，就在那晚，他老人家也……」他不禁望了望郭玉霞一眼！繼道：「宣佈了我和你大嫂的婚事。」

他又默然半晌，似乎在整理著自己的思緒，又似乎在回憶著當晚的甜蜜。

然後，他接著說：「你記不記得師傅他老人家第二天早上，一早就備馬出去，第三天晚上，他老人家回來的時候，就對我說，你是『絕情劍』古笑天古老前輩的後人，讓我嚴守這秘密，並且叫我以後特別對你好些，我和你大嫂、三哥，入門時都受過不少折磨，就連你五弟，那等與師傅深切淵源的門閥，入門時也吃過不少苦，只有你，將這些全免了。」

古倚虹的哭聲更加悲切了，她心裡不知有多少話要說，卻一句也說不出來。

這其間，郭玉霞的心情是驚惶而紊亂的，她想得越多，也就越加慌亂，只因爲她心中有著隱私，有著愧疚——

對丈夫不忠的婦人，她縱然顏厚得不覺痛苦，然而心中最少也會驚惶而紊亂的！

石沉又何嘗不然，他多少還有著一些良心，他也知道淫人妻子的可卑可恥，何況還是他至友恩兄的妻子——只是他這份良知，有時卻不免會被色慾蒙蔽——這該是件多麼值得悲哀的事，假如一個大好青年，真的被色欲斷送的話。**（因為他至少還是值得原諒的，他不能算是主動！）**

坦蕩的龍飛，目光沒有顧及他們，他緩緩又道：「有一天，夜很深了，我看到你東張西望了一陣，接著悄悄自後園掠出莊外，我自知輕功不佳，沒有跟蹤而去，只是在遠處觀望，只見你與一個身軀頎長的男子，在黑暗的叢林中密談許久，那男子還不時的取出手巾，替你拭擦面上的眼淚，此刻想來，此人必定就是你哥哥了！」

古倚虹輕微地點了點頭。

龍飛長嘆一聲，又道：「這些事，我不但全都知道，而且知道了很久，只是……有一件事，我卻難以明瞭！不知道你……」他突地頓住語聲。

古倚虹收斂起痛哭之聲，道：「無論什麼事，只要我知道的……」

龍飛長嘆截口道：「四妹，你此刻正置身於兩難之境，既不能置父仇於不顧，亦無法忘卻師恩，我並不強迫你說出任何事。」

他黯然闔上眼簾，接道：「事到如今，今日之情況，多年前已在師傅的計算中，那時他老人家就曾經告誡我，無論如何，叫我都不要逼你，因爲他老人家深知你的純真與善良。」

話聲未了，古倚虹突地一抹淚痕，長身而起，柔弱、嬌美的面容，也突地變得無比的堅強。

「無論什麼事，我都願意說出來！」她堅定地說道：「怎能算是大哥你在逼我！」

龍飛嘆道：「你本毋庸如此的，難道你……」

古倚虹道：「我並沒有忘親仇，但是……師傅……他老人家……已經……」她語聲漸漸微弱。

龍飛道：「他老人家絕對不會死的！」他此刻反似有了絕大的信心。

古倚虹道：「無論如何，此刻已到了我來報師恩的時候！」

龍飛道：「如是因此而傷害到你的哥哥……」

古倚虹道：「我一定極力化解，師傅他老人家不是說過，怨宜解，不宜結麼？」

龍飛嘆道：「若是不能化解，又當如何？」

古倚虹道：「若是不能化解，我只有死在哥哥面前，讓我的血，來洗清我們兩家的仇怨。」她語聲說得截釘斷鐵，朦朧的淚眼中，射出了明亮的光芒。

龍飛長嘆一聲：「若是仍然不能化解，你又當如何？」

古倚虹道：「無論如何，我只求盡我一身之心力，不管我能力能否做到的事……」

她終於忍不住嘆息一聲：「我只有靜聽上天的安排，大哥……若是你換做了我，又當如何？」

她目光筆直地望向龍飛，良久良久……

龍飛突地一捋虬鬚，振袂而起，仰天狂笑著道：「好好，『不死神龍』不枉收了你這個徒弟，我龍飛也不枉認了你這個師妹，忠孝難以兩全，恩仇難以並顧，既不能捨忠而取孝，亦不能捨孝而取忠，大丈夫遇此，一死而已！」

笑聲突頓，他目光亦自筆直地望向古倚虹，一字一字地緩緩說道：「若換了我，亦是如此！」

兩人目光相對，各各心中，俱都不自覺地生出幾分相惜之意！

郭玉霞看在眼裡，心中更是打鼓：「他兩人言來語去，越說越見投機，如此下去，她遲早總有一日將我的隱私說出，那卻怎生是好！」

她心中當真是難以自安，既想出其不意，殺人滅口，又想不顧一切，一走了之，但有待舉足，卻又覺得只有靜觀待變最好，橫目瞧了石沉一眼，石沉垂眉斂目，亦似有著重重心事。

就在這片刻的沉寂中，屋頂上突地響起一陣朗聲大笑，一個清朗明亮的聲音笑著道：「好一個英雄漢子，好一個女中丈夫！」

眾人心中，齊都一驚！

龍飛厲叱一聲：「誰？」

轉目望去，喝聲中只見一條黯灰人影，自上躍下，身形淩空，輕輕一轉，便飄然落入門內，他似已在這竹屋頂置身許久，但屋中這許多武林高手卻絲毫沒有感覺到他的存在，此刻躍下地面的身法，又是這般輕靈曼妙，眾人心中，更是驚上加驚。

此人是誰？龍飛、石沉、古倚虹、郭玉霞，八道目光，一齊凝目望去！

四人心中，不由感到一陣驚疑！

五 去日如煙

龍飛等四人抬頭一看，只見躍下之人天庭高闊，目光敏銳，面容雖不英俊，卻甚是明亮開朗，身材亦不甚高，甚至微微有些豐滿，但舉手投足之間，卻又顯得無比靈敏與矯健，略帶黝黑的面容上，永遠有一種極明亮而開朗的笑容，令人不可避免地會感覺到，似乎他全身上下，都帶著一種奔放活力與飛揚的熱情。他朗笑著掠入門內，雖是如此冒失與突兀，但不知怎地，屋中的人，卻無一人對他生出敵意。

尤其是龍飛，一眼之下，便直覺地對此人生出好感，因爲他深知凡是帶著如此明亮而開朗的笑容之人，心中必定不會存有邪狎的污穢。

朗笑著的少年目光一轉，竟筆直走到龍飛面前，當頭一揖，道：「大哥，你好麼？」語氣神態，竟像龍飛的素識！

郭玉霞、石沉，不禁都爲之一愣，詫異地望向龍飛。古倚虹抬眼一望，面色卻突地大變！

龍飛心中，又何嘗不是驚異交集，吶吶道：「還好！還好……」他心地慈厚，別人對他恭敬客氣，總是無法擺下臉來！

明朗少年又自笑道：「大哥，我知道你不認得我……」

龍飛吶吶道：「實在是……不認得！」

少年客哈哈一笑，道：「但我卻認得大哥，我更認得——」他敏銳的目光，突地轉向古倚虹，「這位小妹妹！」

古倚虹面色更加驚惶，身軀竟不自禁的後退了一步，道：「你……你……」

石沉面色一沉，大喝道：「你是誰？」

爲了古倚虹面上的神色，此刻眾人心裡又起了變化，但這明朗的少年，神色間卻仍是泰然自若。

「我是誰？」他朗笑著道：「這句話卻教我很難答覆！方才這位古家妹子說，她哥哥召集了一群龍老爺子仇人的後代，我也是其中之一，我也曾參與他們的計劃，計劃來如何復仇。」

石沉暗提一口真氣，踏上一步，沉聲道：「你是否是點蒼門的人？」雙掌提起，平置腰際，神態之間，已是蓄勢待發！

明朗少年哈哈一笑，道：「你問我究竟是誰，我自會詳細地答覆你，你若再要打岔，我便不說了！」

石沉面寒如水，凝注著他。

他卻是滿面春風地望著石沉！

這兩人年紀雖相仿，但性情、言語、神態，卻是大不相同，一個沉重，一個開朗，一個保守，一個奔放，一個縱有滿腔心事，從不放在面上，一個卻似心中毫無心事，有什麼事都說出來了，正是一柔一剛，一陰一陽，彷彿天生便是對頭！

龍飛乾咳一聲，沉聲道：「朋友既然是敵非友，來此何爲，但請明告。」他胸膛一挺：「止郊山莊的弟子，在此恭候朋友劃下道來！」語聲緩慢沉重，一字一句中，都有著相當份量！神態更是莊嚴威猛，隱然已是一派宗主的身分！

「是敵非友！」明朗少年含笑道：「我若是敵，怎會喚你是大哥？我若是敵，怎會爲大哥你備下火把，垂下長索？」他神態突然變得十分嚴肅：「我雖然參與了他們的陰謀，但是我未發一言，未出一計——」說到這裡，他又忍不住恢復了本性的奔放，大笑著道：「是以他們都將我看成一無用處，糊糊塗塗，笨頭笨腦的蠢才！」

龍飛微微皺眉道：「火把，長索，都是你……」他目光詢問地一望古倚虹，古倚虹微微頷首，那明朗少年仰天大笑道：「可是我看他們才是蠢才，竟不用頭腦想想，名揚天下，聲震武林的一代劍豪『九翅飛鷹』狄夢萍，怎會生個糊塗呆笨的蠢才兒子！」

龍飛面容一整，抱拳道：「原來是狄公子，家師每向在下提及，說他老人家生平對手中，武功最高，行事最正，最具英雄肝膽的人物，便是關外一代劍豪，『九翅飛鷹』狄老前輩！」

明朗少年面容亦自一整，躬身道：「家嚴生前……」

龍飛驚道：「狄老前輩已經故去了麼！怎地江湖間沒有傳聞？」

少年又自一笑，笑容卻是黯淡的：「天山路遙，家嚴已隱居十年……唉，江湖中人情最是勢利，怎會有人去注意一個封劍已有十年的人物？」

龍飛不覺亦自黯然一嘆，口中雖不言語，心裡卻知道，「九翅飛鷹」狄夢萍自敗在師傅劍下後，他往昔顯赫聲名，便已蕩然無存！

卻見明朗少年略一瞑目，豪氣便又重生，道：「家嚴生前，亦常提及『不死神龍』的雄風壯跡，家嚴雖敗在神龍劍下，但他老人家從來毫無怨言。」

龍飛嘆道：「家師常說那一仗應該算是狄老前輩勝的，因為家師先中了狄老前輩一劍！」

少年道：「錯了，家嚴早已將當時情況告訴我了，龍老爺子在狂風大雪下獨上天山，又在天山山巔的天池等了一天一夜，他老人家來自江南，怎慣天山風雪？手足俱已凍僵，家嚴才能在那種情況下佔得半分先籌，但家嚴的劍尖方自點到龍老前輩身上，龍老前輩的長劍也已點到了家嚴的胸膛……唉！若不是龍老前輩手下留情……唉！」他又自長嘆一聲，住口不語。

古倚虹突地幽幽一嘆，眉宇間滿是崇敬之意，龍飛伸手一捋虬鬚，大聲道：「勝則勝，敗則敗，即使不論狄老前輩的劍術武功，就憑這份胸襟氣度，已無愧是當代英雄，龍飛當真欽服得緊！」

古倚虹暗嘆著垂下頭，因為她自覺自己爺爺的胸襟，也未免太狹窄了些，其實她卻不知道，武林中人，對勝負看得最重，愈是高手，愈是斤斤計較著勝負之爭，是以胸襟開闊如『九翅飛鷹』者，才愈是顯得可貴，可佩！

只聽這明朗少年又道：「家嚴死前，猶在諄諄告訴我：『龍老爺子與我有恩無怨，你將來只能報恩。』這句話我時刻不曾忘記，家嚴死後，我便下天山，入玉門，到了中原，那時我年輕喜酒……」他微微一笑：「直至現在，我還是愛酒如命的！」

龍飛微微一笑，只聽他接著道：「有一天我在大名府左近的一個小小鄉鎮的一家酒舖裡，連喝了兩罈店主秘製窖藏的竹葉青，這種酒入口甚淡，但後勁卻強，我喝慣了關外的烈酒，這一次卻上了個大當，只喝得我爛醉如泥，胡言亂語——」

說到這裡，他突地靦顏一笑，道：「到後來我才知道，那時我大醉自誇劍法無敵，就連……就連『不死神龍』也不是敵手，又說天山劍法，如何了得，中原劍法，不足道哉！」

龍飛瞭解地微笑一下，對這少年的率真坦白，又加了幾分好感。

「第二天早上醒來！」他接著說下去，「我竟發現有一個英俊秀美的少年，在服侍著我，那便是『絕情劍』古老前輩的後人，也就是這位古家妹子的大哥古虹，他和我同遊三天，又喝下幾罈竹葉青，他將自己計劃告訴了我，說是要聚集所有『不死神龍』仇人的後人，向無敵的『第一勇士』索回先人的血債！」

夜深深，珠光更明，竹屋中眾人俱都忘了飢渴疲倦，聽他侃侃而言。

「那時我聽了心中的確有些吃驚，因爲我聽他已聚集了的人，俱是昔年叱吒一時，威鎮四方的英雄的後人，『不死神龍』武功雖高，但這些少年的英雄後人聚在一起的力量亦復不弱！」

他變動了一下站著的姿勢，又道：「那時先父臨死前的話，似乎又在我耳畔響起：『……只能報恩……』於是我就一口答應了他，此後的事情，大哥想必都已聽古大妹說過了，大哥所不知道的，只怕就是這些人怎會與『丹鳳神龍』的華山較技之會有關，又如何佈下這些圈套？」

龍飛長嘆道：「正是，這件事我確是百思不得其解——」他語聲微頓，又道：「但你在告訴我這些事之前，不妨先告訴我你的名字！」

「狄揚。」這明朗的少年雙手一揚，作了個飛揚之勢，笑道：「飛揚的揚，這名字在江湖中雖不響亮，但只是因爲這幾年來我都在裝癡扮呆的緣故。」他愉快地大笑數聲。

龍飛不禁莞爾一笑，就連古倚虹目中都有了笑意，只有石沉仍然沉默如水！

郭玉霞秋波閃動，上下瞧了他幾眼，嬌笑道：「狄揚，好名字！」

「大嫂，謝謝你！」狄揚一躬到地，無論是什麼悲哀嚴肅的事，他都能樂觀而幽默地置身其間，無論是什麼陰森而黝黯的地方，只要有他參與，就彷彿平添了許多生氣！

石沉冷眼旁觀，又是一陣氣岔上湧，索性負手背過臉去，不再望他一眼。

要知石沉爲人，最是木訥方正，只有「色」字頭上，他少了幾分定力，方才見到狄揚對古倚虹的神態，心中已覺氣惱，此刻郭玉霞又做出這般模樣，他心裡更是妒忌難堪，卻又發作不得！

只聽狄揚道：「我雖有心爲龍老爺子出力，但終究與古虹等人有盟在先，是以不便出頭，只得在暗中盡些綿薄之力。」

龍飛頷首道：「方才火把、長索之助，龍某已拜賜良多，本不知是何方高人暗助我等，卻不想竟是賢弟，如今我見了賢弟你這等人材，便是賢弟顧念舊盟，不再相助於我，我心裡已是高興得很！」

狄揚長嘆一聲，道：「我自入中原，走動江湖，便已聽得武林傳言，說道『神龍』門下的長門弟子，『鐵漢』龍飛，最是正直仁義，如今見了大哥之面，方知名下無虛！」

龍飛微笑道：「賢弟過獎了。」

狄揚一整容，正色道：「我若不是方才在暗中見了大哥的行事，此刻也絕不會出來與大哥相見。」他轉目望了那具僵臥在地上的屍身一眼，又自嘆道：「此人與我雖無深交，到底相識，如今他身死之後，大哥還是對他十分相敬，並無半分侮慢，我心裡一想，大哥對死者尚且如此，何況生者，如能得到這等俠義英雄爲友，也不枉我遠來中原一趟，便忍不住躍了下來……」

龍飛微微一笑，道：「原來狄大弟早就伏在屋頂了，可笑我們這許多人，竟無一人知道。」

郭玉霞道：「我也久聞天山『三分神劍』、『七禽身法』，是爲武林雙絕，如今見了大弟的輕功，才知道武林傳言，果然是不錯的！」她此刻面上又巧笑嫣然，倩目流波，似乎又已忘卻了方才的心事。

狄揚朗聲笑道：「三分劍術、七禽身法，我只不過練了些皮毛而已，倒是終年在大雪中天山路上奔跑，是以練得身子較人輕些，腳力較人強些，怎堪大嫂如此誇獎！」

龍飛嘆道：「人人都知道『天山輕功身法』，最是冠絕武林，想來終年在那等險峻的山路上，那等堅苦地鍛鍊身法，輕功怎會不比別人強勝幾分？武林中任何一個門派若有成名的絕技，必定有著不凡的道理，絕對不是僥倖可以得來的！」

狄揚道：「正是如此！就拿龍老爺子名震天下的『神龍劍法』來說，他老人家當年又何嘗不是經歷千般危難，萬般苦痛，方自創下……」

龍飛環顧一眼，黯然嘆道：「只可惜我們這些弟子中，卻無一人能得了他老人家的衣缽絕技……唉，五弟他雖然天資絕頂，又肯下苦，只可惜跟師傅日子較短，也未見已得了他老人家的心法，而跟隨師傅日子最久的我，卻又偏偏如此愚笨！」

狄揚雙眉一揚，道：「大哥，你所說的『五弟』，可就是富可敵國的『南宮世家』中的後人？」

龍飛頷首道：「正是！」

狄揚道：「我也曾聽人說起，『南宮財團』當今主人，三房一脈的獨子，自幼好武，不知拜了多少武師，耗費了許多錢財，只可惜所遇都非高手，直到最近，才總算投入了『神龍』門下，我先前只當富家公子哥兒所謂好武，也不過只是絲竹彈唱，飛雞走狗玩的膩了，才想換個花樣而已，是以設法入了『神龍』門下，怎會來下苦習武？如今聽大哥說來，卻當真奇怪得很！」

他口才便捷，言語靈敏，這麼長的一段話，一口氣便說完了。

龍飛道：「南宮世家與家師的淵源頗深，卻是說來話長。」

他語聲微頓，濃眉雙挑，豎起一隻大拇指，朗聲又道：「但我這五弟，卻端的不是一般普通矜誇子弟可比，不是我替他吹噓，此人不但天資高絕，而且稟性過人，事親大孝，事師大忠，事友大義，見色不亂，臨危不變，雖是生長大富之家，是以學得絲竹彈唱，琴棋書畫，百技精通，卻未有一絲佻達銅臭之氣，而且自幼至今，從未有一日荒廢下武功，投入家師門下後，更是兢兢業業，刻苦自勵，初入門時，挑柴擔水，灑掃庭園不該他做的事，他都搶著來做，練習武功，更是超人一等，別人未起，他先起來練劍，別人睡了，他還在作內功調息，便是我入門練習武功，也沒有這般勤苦，何況他天資更勝我一倍，我敢斷言，日後發揚『神龍』門的，必定就是我這五弟，若假以時日，也不難爲武林放一異彩。」

他雖拙於口才，但此刻正說的是心中得意之事，是以也是說得眉飛色舞，滔滔不絕，這麼長的一段話，也是一口氣便說完了。

石沉依然面壁負手而立，郭玉霞面帶微笑凝神而聽。

古倚虹明媚的眼睛，仰望著屋頂，不知是在傾聽，還是在凝思。

狄揚只聽得雙眉軒動，熱血奔騰，龍飛說完了，他猶自呆呆地出了半晌神，然後長嘆一聲道：「大哥如此說，想必是不錯的！」

龍飛軒眉道：「自然是不錯的，否則他師傅老人家也不會那般器重於他。」

狄揚目光一轉，道：「只不知這位南宮大哥此刻在哪裡？」他雖然外貌平易近人，言語風趣和氣，其實卻亦是滿身傲骨，一身傲氣，聽得龍飛如此誇獎南宮平，心中便有些不服。

龍飛嘆道：「我那南宮五弟，此刻本應也在這裡，只因……」如此如此，這般這般，將一切原因，俱都說了。

狄揚怔了半晌，突地轉身大步走向門外，口中道：「各位稍候，我先走一步！」

龍飛奇道：「狄大弟，你要到何處去？」

狄揚回首道：「我聽大哥說那南宮兄如此英雄了得，若不趕到山下見他一面，我心中如何放心得下，只怕覺也睡不著了。」

龍飛笑道：「自古惺惺相惜。你兩人俱是少年英雄，原該相見，只是你要見我那五弟，時日尚多，也不急在一時！何況……」

狄揚道：「時日雖多，我卻等不得了！」

龍飛道：「你縱然等不及了，但此間的事若無你來解釋，怎能明白？家師此刻下落不明，你若不說，大哥我怎放心得下？」

狄揚猶豫半晌，緩緩轉過身來，失笑道：「我只顧想去見那位南宮大哥，卻將這裡的事忘了。」

龍飛暗暗忖道：「如此看來，此人也是個好友如命的熱血漢子，五弟若能得他爲友，日後也好多個照應。」

只見狄揚轉過身來，俯首沉吟了半晌，似是在考慮著該從何說起。

龍飛道：「此事說來必定甚長，狄大弟你且莫著急，慢慢……」

話聲未了，狄揚突地抬起頭來，望著屋頂上嵌著的五粒明珠，截口道：「大哥，你久走江湖，可知這五粒明珠的來歷麼？」

龍飛呆了一呆，道：「不知……」

狄揚道：「昔年黃山會後，『丹鳳』葉秋白，名揚天下，那時她老人家還未遷來華山。而是住在黃山山麓的『食竹山莊』……」

龍飛道：「這個我也知道！」

狄揚道：「那麼，大哥你可知道約在十年之前，『食竹山莊』的盛事？」

龍飛道：「你所說的，可是那在武林中一直膾炙人口的『百鳥朝鳳』之會？」

「正是！」他面上又自綻開一絲笑容，道：「那時我年紀尚輕，身在關外，雖然未曾趕及眼見這場盛會，但卻聽人說起過當時的盛況，衣香鬢影，冠蓋雲集，單是武林中人爲了尊敬『丹鳳』，不敢帶劍入莊，留在莊外門房中的佩劍，就有五百餘柄，別的兵刃，猶不在此數，據聞當日飲去的美酒，若是傾在太湖之中，太湖的水，都可增高一寸！……」

龍飛微笑道：「當時我亦曾在場，只是這『百鳥朝鳳』的盛會，盛況雖或可能絕後，卻絕非空前。」

狄揚朗聲一笑，道：「這個小弟自然知道，遠在三十年前，武林中人在仙霞嶺畔爲龍老爺子發起的『賀號大典』，便可與此會相與輝映。」

龍飛雙目微微一闔，面容上油然泛起一陣仰慕之色，嘴角卻不禁升起一絲笑容，緩緩道：「那次『賀號』之典既無莊院，亦無盛筵，武林中人各自帶了酒肉，挾劍上山……」

狄揚仰天大笑道：「各帶酒肉，挾劍上山，這是何等的豪氣，何等的盛會，自古至今千百年來，江湖間只怕再也沒有第二次了，能想出這種方法的人，必定也是個豪氣干雲的英雄角色，只可惜吾生也晚，未能參與此會。」

龍飛笑道：「此爲南七北六一十三省，共同推舉的十三位成名立萬的老英雄發起，主辦此事的卻是昔日名噪天下，以一雙鐵掌、一柄鐵戟，以及料事如神、言無不中的『鐵口』威震大河兩岸，長江南北的『天鴉道人』！」

「天鴉道人！」狄揚驚喟一聲，「果然是個豪氣干雲的英雄角色！」

龍飛道：「那『賀號大典』自八月中秋，一直飲到翌日清晨，千百個武林豪士一齊拔出劍來，舉劍高呼：『不死神龍，神龍不死。』朝陽方昇，漫天陽光將這千百道劍光一齊映得閃閃生光，有如一片五色輝騰的光海，震耳的呼聲，也震散了仙霞嶺頭的晨霧，此等盛會，比之『百鳥朝鳳』又當如何！」

他侃侃而言，狄揚擊節而聽，說的人固是神飛色舞，聽的人更是興高采烈。

只聽龍飛語聲一頓，笑容突斂，沉聲道：「這兩次大會的盛況縱或是異曲同工，難分高下，但性質價值卻不可同日而語。」

狄揚詫聲道：「怎地？」

龍飛道：「這『賀號大典』，乃是武林中人，爲了家師的雄風偉跡，共同爲他老人家發起的，家師乃是被邀之人，事前並不知道，而那『百鳥朝鳳』之會卻是『丹鳳』葉秋白自己發出帖子，柬邀天下武林中成名的巾幗英雄、女中丈夫前來『食竹山莊』赴會，這其間或許還有些不願來的人，只是不願得罪『丹鳳』葉秋白，是以不得不來，此等盛會又怎能與那仙霞嶺上的盛會相提並論！」

狄揚微微一笑，知道昔日齊名的「丹鳳神龍」兩門，如今已有了嫌隙，是以龍飛才會說出這話來。

郭玉霞突地「噗哧」一笑，道：「你兩人方才在說什麼？」

龍飛怔了怔，失笑道：「本在說那明珠！」

郭玉霞笑道：「你們只顧自己說得投機，此刻說到哪裡去了，我只等著聽這明珠的來歷，叫我等得好著急喲！」

狄揚笑道：「大嫂休怪，如今閒話少說，言歸正傳！」

只聽他故意乾咳兩聲，清了清喉嚨，道：「正如大哥所說，『丹鳳』葉秋白發出柬帖後，武林中的女劍客、女俠士，無論願不願意，俱都帶了禮物趕到『食竹山莊』，這其間有衡山『靜大師』門下的慕容五姐妹，帶的便是這五粒明珠！」

龍飛「呀」一聲，道：「原來這五粒明珠，是『衡山五女』送給『丹鳳』葉秋白的，如此說來，這竹屋亦是葉秋白的居處了。」

狄揚道：「正是！」

郭玉霞柳眉微皺，道：「葉秋白昔年亦是富家千金，對於飲食起居，都講究得很，怎會住在這種粗陋的地方？」

狄揚道：「知道此事的，武林中人可謂少之又少。」

他語聲微頓，長嘆一聲，道：「那『丹鳳』葉秋白，與龍老爺子，昔年本是一對江湖俠侶……」龍飛乾咳兩聲，狄揚改容道：「小弟無意提起龍老爺子的往事，恕罪恕罪！」

郭玉霞道：「家師雖與葉秋白自幼相識，卻一直沒有結合，十年前更爲了一事，鬧得彼此不再相見，還負氣訂下十年比劍之約，這件事武林中誰都知道，你說出來又有什麼關係。」

狄揚道：「那『丹鳳』葉秋白與龍老爺子訂下十年比劍之約後，一心想勝得龍老爺子，便朝夕勤練一種自西土天竺傳來，叫做『大乘三論太陽神功』的秘門內功，據聞這種內功本是昔年佛家神僧『鳩摩羅什』所創，是以叫做『鳩摩羅什，大乘神功』，端的可稱是武林中的不傳秘技。」

龍飛驚道：「這種功夫我也曾聽家師說過，自從昔年威震群魔的『太陽禪師』圓寂之後，此功在武林中便成絕響，那『丹鳳』葉秋白並非禪門中人，怎會修習這等佛家秘功？」

狄揚道：「據我所知，是『丹鳳』葉秋白在無意中得到一本修練這種內功的秘笈，她自然大喜，一心想藉著這種功夫來勝得十年比劍之會，那知她求功心切，欲速則不達，自幼所練的內功，又和此功力大異其趣，苦練年餘後，竟然走火入魔——」

龍飛驚「呀」一聲，變色道：「自從『丹鳳』葉秋白散盡『食竹山莊』的家財，將『食竹山莊』的莊院，也讓給神尼『如夢大師』後，家師亦猜她是去尋一靜地，秘練絕技，卻想不到她竟是走火入魔了。」言下竟然不勝唏噓。

狄揚道：「她老人家走火入魔後，以她那種孤傲的性格，心裡又念著龍老爺子的比劍之約，其痛苦與焦切，自是不言可知，那知正好她的方外至友『如夢大師』到了『食竹山莊』，見她痛苦中將身下所坐的雲床邊緣，都抓得片片粉碎，侍候她的弟子，也經常受到責罵，便勸導她尋一僻冷的高山，建一座可透風雨的竹屋修練，以高山地底的寒陰之氣，以及天風冷雨的吹襲，來消去體內的心魔心火，這樣也許不到十年，便能修復原身，或者還能藉此練成另一種足以驚世駭俗的內功。」

龍飛嘆道：「是以她便在這華山之巔的粗陋竹屋中，住了十年，且受風雨吹襲之苦，爲的只不過要與家師爭口氣而已，是麼？」

夜將盡，朝露漸升，竹屋中寒意愈重，眾人雖然有內功護身，卻也有些禁受不得，想到「丹鳳」葉秋白卻曾在這竹屋中淒苦地度過將近十年歲月，縱然與她不睦，也不禁爲她感嘆。

只聽狄揚嘆道：「葉秋白聽了如夢大師的話，便帶了她新收門牆的弟子，以及四個自幼跟隨的貼身丫環，到了華山，孤獨地住在這間竹屋裡，坐在這蒲團上，只有她的弟子每日上來陪伴她幾個時辰，送來一些飲食，也練習一些武功。」

龍飛皺眉道：「如此說來，這圈套竟是葉秋白所做的了！」

狄揚微微搖了搖頭，自管接著說道：「古虹苦心復仇，將古大妹設法送進『止郊山莊』後，便與我等一起到那自改爲『如夢精舍』的『食竹山莊』中去求助——」

龍飛濃眉皺得更深，心中更是詫異，忍不住截口道：「那如夢大師，難道與家師有著什麼仇恨麼？」

狄揚又自搖頭道：「那『如夢大師』雖與龍老爺子沒有仇恨，卻與『崑崙』門人『破雲手』卓不凡甚有淵源。」

龍飛詫聲道：「這又奇了——」

狄揚微一擺手，打斷了他的話頭，微笑道：「那如夢大師的來歷，大哥你可知道麼？」

龍飛道：「不知道！」

狄揚道：「大哥你可聽人說過，數十年前，『崑崙』門下有個叫做『素手』李萍的女中劍客？」

郭玉霞微微笑道：「這名字我倒聽說過，大哥你可記得，師傅在說起『孔雀妃子』梅吟雪的時候就說起三十餘年前，有個素手李萍，爲人行事，比起江湖著名的『冷血妃子』還要狠辣些，只是此人在江湖間引起一陣騷動後，又突然失蹤了！」

狄揚微微一笑，道：「武林中人，誰也想不到貌美如花，心冷如鐵的素手李萍，竟會出家做了尼姑，而且成了江湖中有名的得道神尼『如夢大師』，原來這位素手李萍李老前輩，本是爲了躲避仇家而消聲滅跡，但到了中年，自己也深覺後悔，便落髮出家了，她受戒後更是深自懺悔，自覺往事俱都如煙如夢，是以便取名『如夢』了。」

龍飛嘆道：「放下屠刀，立地成佛，這位『如夢大師』，當真是個慧人，只可惜世上有些人做錯事後，不知悔改，反而一意孤行，索性錯到底了，其實人非聖賢，孰能無過，只要知過能改，又有誰會不原諒他呢！」石沉心頭一凜，忍不住回轉身來。

郭玉霞眼波一轉，暗忖：「他又在說給我聽的麼？」面上的笑容，卻越發甜美，道：「這樣說來，那『如夢大師』與『破雲手』本是同門……」

狄揚頷首道：「所以『如夢大師』就替『破雲手』出了個主意，教我們一齊到華山來尋『丹鳳』葉秋白，那時葉秋白心裡正是滿懷怨毒痛苦的時候，她聽了我們的來意，話也不說，揚手就向古虹及卓不凡劈出了一掌！唉！這位名震天下的前輩奇人，雖已走火入魔，身不能動，但掌上的功力，卻仍然驚人已極，我遠遠站在後面，只見她手掌微微一抬，便有兩股強勁的掌風，呼嘯著向古虹及卓不凡擊來。」

他語聲微頓，感嘆著又道：「掌風未到，古虹便已乘勢避開，卓不凡卻動也不動，生生接了她這一掌，只聽『砰』地一聲，如擊敗革，我見卓不凡身軀仍然挺得筆直，只當他內力果然驚人，竟能與葉秋白凌厲的掌風相抗，那知我念頭尚未轉完，卓不凡已『噗』地坐到了地上。」

龍飛道：「這卓不凡想來倒是個硬漢。」

郭玉霞微微一笑，道：「還是我們那位古相公要遠比他聰明得多。」

古倚虹面頰一紅，狄揚道：「原來卓不凡雖然接住了葉秋白這一掌，卻已用盡了全身氣力，連站都站不住了，坐在地上大罵葉秋白：『縱使你不答應，也不該使出手段來對付我們這些後輩，我們總是與你同仇敵愾，又是如夢大師介紹來的。』他坐在地上罵了半天，語意雖是如此，語聲卻難聽得多，他罵到一半時，我們已在暗中戒備，只怕那葉秋白要猝然出手，哪知他罵完了後，葉秋白只是長嘆了一聲，道：『就憑這樣的武功，又怎會是龍布詩的敵手？』」

「她微一揮手，便闔上眼睛，不再看我們一眼。」狄揚接道：「於是古虹就站在她身旁緩緩說道：『我們並非要尋「不死神龍」比武，而僅是要尋他復仇，我們只求達到目的，不計任何手段，是以我們武功火候雖仍差得很遠，但成功的希望卻大得很。』他也不管葉秋白是否在聽，便將我們的計劃說了，又說在『止郊山莊』已有臥底的人，不但可以知道『不死神龍』的舉動，還可以知道他新創的武功。」

狄揚微微一笑，又輕輕一嘆，接著道：「我們這位古大哥，武功如何，我雖未親眼看過，但口才卻是好到極點，直說得葉秋白又緩緩睜開眼睛，目中漸漸露出一種奇異的光芒，我在旁一看，就知道事情已經成了！」

龍飛皺眉道：「葉秋白生性孤傲，又極好強，以她平日的作爲，唉——我實在想不到她竟然也會想以不正當的手段來達到目的。」

狄揚道：「話雖如此，但葉秋白身坐枯禪，日受日炙風吹之苦，十年比劍之約日漸接近，她身體卻仍毫無復原之望……唉！那時她心裡自然難免有些失常，居然接受了古虹的建議。」

龍飛沉聲道：「什麼建議？」

狄揚道：「我們在華山一耽五年，這五年中，各人輪流下山，去探訪龍老爺子的消息與武功進境，一面也在山上勤練武功……唉！我也想不到那古虹與龍老爺子之間的仇恨，竟是如此深邃，他生存的目的，竟似乎全都是爲了復仇，以他的年紀與性情，終年在這冷僻的華山忍耐寂寞，難道不覺痛苦？」

「聲名、地位、財富、歡樂、聲色……」狄揚長嘆接道：「這些每一個年輕人都在深切企求著的事，他居然連想也不想，我又不禁暗自驚嚇，就憑他這份毅力，做什麼事不會成功？」

古倚虹忍不住幽幽長嘆一聲，輕輕道：「你若生長在我大哥生長的環境裡……」她終於沒有說完她心裡想說的話。

但在座眾人，又有誰不瞭解她的言下之意，狄揚默默半晌，緩緩道：「五年的時日，便在如此寂寞、痛苦，與期待中度過，他們終於籌劃出一個雖非萬無一失、絕對成功，但卻是漏洞最小，失敗的可能也最小的計劃。」

他終於漸漸說到重點，竹屋中的氣氛霎時間也像是變得分外沉重。

只聽他緩緩道：「這計劃詳細說來，可分成六點，第一、先以『丹鳳』葉秋白的死訊，來激動龍老爺子的心神，削弱他的戒備。」

他語聲微微停了一停，補充著又道：「誰都知道龍老爺子與葉秋白的往事，葉秋白若是死了，龍老爺子乍聞惡訊，自然難免心神激動、悲哀，而他老人家聽到，當今世上唯一的對手已死，戒備的心神，自然便會鬆懈，甚至生出輕敵之心。」

龍飛長嘆一聲：「第二點呢？」

狄揚道：「第二，再教葉秋白的弟子以傲慢的態度和冷削的言語，激起龍老爺子的怒氣，以龍老爺子的脾氣，自然要被這激將之法所動，於是那葉曼青便乘時提出讓龍老爺子自削功力的話，只要龍老爺子一接受，這計劃便成功了一半。」

郭玉霞幽幽嘆道：「我那時就知道事情不對，是以勸師傅不要上當，那知道……唉！五弟……」

龍飛軒眉沉聲道：「那時五弟若是不做，我終究還是會做的，男子漢大丈夫闖盪江湖，豈能如婦人女子般畏首畏尾，有時縱然知道人在騙我，我卻也要闖上一闖，絕不肯忍下那口閒氣，何況愚我一次，其錯並不在我，但你且看看，又有誰能騙得我兩次的？」

狄揚劍眉微剔，姆指一挑，道：「好個大丈夫，『神龍』門下的胸襟豪氣，普天之下，莽莽江湖，當真是無人能及。」

郭玉霞眼波一垂，輕輕道：「第三呢？」

「第三——」狄揚道：「削弱了龍老爺子的功力之後，便要再削弱龍老爺子的勢力，讓他老人家與你們分開……」

龍飛望了郭玉霞一眼，嘆道：「果然不出她所料。」

狄揚道：「這前面三點計劃若是成功，毋須後面三點計劃，龍老爺子實在已是凶多吉少，我原在半路接應，見到那葉曼青果然將龍老爺子孤身帶來，心頭便不禁一寒，暗道：『此刻不報龍老爺子之恩，更待何時！』方待上去解決了葉曼青，將實情告訴龍老爺子。」

龍飛當頭一揖，狄揚慌忙讓開，只聽龍飛道：「就憑兄弟你這份心意，已該受下大哥我這一禮！」

郭玉霞眼波一轉，亦自斂衽一福，道：「還有大嫂我這一禮！」

狄揚連連退了幾步，還了一禮，道：「大哥，你這一禮，原該移向那葉曼青姑娘才是。」

龍飛詫聲道：「此話怎講？」

狄揚微喟一聲，道：「那時我心中方生此意，哪知這位葉姑娘一見到我，話也不說，便刷地一劍向我刺來，這一劍又快、又狠、又準、又穩，生像是恨不得一劍將我刺倒，我全力一閃，才算避開，心裡正是驚慌得很，莫非這妮子竟有未卜先知之能，先看到了我的心意，是以先來殺我？」

他微微一笑，接口道：「我心裡打鼓，她卻是面寒如水，就拿我當她的深仇大敵似的，左一劍，右一劍地向我刺來，劍劍都狠到極點，就憑我的功夫，竟然一時間無法取勝，我生怕別的人接應來了，就一面動手，一面向龍老爺子喝破了他們的奸計，哪知我喝出了之後，葉曼青反而停住手了。」

龍飛透了口長氣道：「莫非這位葉姑娘，也是要幫助家師的？」

狄揚頷首道：「正是，原來這位葉姑娘的先人，也曾受過龍老爺子的大恩，而且她對這奸狡的計劃，也極不贊成，本來她還無什麼打算，在這一路上，她聽了龍老爺子的話，又見了龍老爺子的爲人，決定不惜叛師，也要幫助龍老爺子脫開這圈套。」

龍飛感慨一聲，道：「當真是十步之內，必有芳草，我先前真沒有看出這位葉姑娘是如此義烈的女子。」

狄揚微笑道：「這其中只有龍老爺子最是吃驚，他老人家胸懷坦蕩，怎會知道這些鬼蜮伎倆，於是我們便將他老人家請到山腰我們平日居住的地方去，將這件事的始末與他老人家說了。」

他笑容漸斂，突又長嘆一聲，道：「哪知他老人家聽了我們的話，竟立刻要了份紙筆，寫了那份遺言，他老人家像是心裡極爲沉靜，寫得一筆不苟，我們在旁邊見了，心裡卻不禁大駭，只見他老人家緩緩寫完，仔細摺起，交到葉曼青手中，教她交給你們，然後又對我說：『帶我去！』」

「我與葉曼青俱已駭得呆了，就問他老人家，帶到哪裡去？他老人家見了我們的神色，突地仰天大笑了起來，笑道：『前面縱是龍潭虎穴，我也要去的，我活到今天，早已將生死之事，看得極淡，卻將未了恩仇，看成極重，因爲我實在不願將未了的恩仇帶入土去，正好是我『不死神龍』了卻恩仇之地，我如何可以不去！』」

狄揚此時心中似乎猶能記得「不死神龍」龍布詩那時說話的神態，是以他此刻言語之中，竟也有幾分「不死神龍」的豪情勝氣。

一時之間，只聽得龍飛雙眉劍軒，熱血上湧，大聲問道：「後來呢？」

狄揚道：「就在這大笑聲中，龍老爺子的骨節突地格格一陣山響，他老人家那威猛高大的身軀，似乎又高大了幾分，我不敢逼視他老人家目中的神光，不禁垂下了頭，但我卻已看出，他老人家已在這陣大笑聲中，解開了閉住的穴道，恢復了原有的功力……唉！我那時真是對他老人家的武功與豪氣，佩服得五體投地！」

屋中眾人，俱是「不死神龍」的弟子，聽得狄揚這番言語，一個個心中也都被激發了一陣豪氣，這寒冷寂寞的竹屋，竟也生像是變得飛揚熱烈起來。

狄揚挺了挺他那寬闊的胸膛，接口又道：「我和葉曼青姑娘兩人，見了龍老爺子這股雄風豪氣，誰都不敢也不願再勸他老人家一句，但等到我們出了茅屋，到了那上山道路的岔口時，我卻已忍不住流下淚來，葉姑娘更是早已熱淚盈眶，只有龍老爺子，仍是神態自若，他老人家竟根本沒有把這種出生入死的事看在眼裡。」

「立在路口，」他忍不住長長嘆息了一聲，又自接道：「龍老爺子又將掌中的那口寶劍，交給葉姑娘，教她一併帶到山下，但葉姑娘卻像變得已癡了，站在那裡動也不動，我平日雖然能說善道，但在那種情形下，卻也連一句話都說不出來。」

龍飛嘆道：「我先前只當那位葉姑娘是位心腸冷酷的女子。」

狄揚黯然一笑，道：「我們雖然誰都沒有說話，但我們心裡誰都不願讓龍老爺子孤身去涉險，他老人家武功雖然無敵，但山上卻還有幾道奸狡的圈套，正是針對龍老爺子豪爽義烈的性情而設的，良久良久，葉姑娘終於緩緩回轉了身，龍老爺子呆望她的背影，面上也似乎流露出一種無法掩飾的傷感……」

他語氣漸緩漸輕：「星光月光下，我可以清楚地看到他老人家面上的疤痕與皺紋，我也深知這每一條疤痕，每一條皺紋中，都象徵著他老人家多采的往事，與豐富的生命，於是，我又看到了掛在他老人家眉梢眼角的那一分淡淡的傷感，不知怎地，這一切令我突地想起了天山那寬廣遼闊的草原，草原上絢爛輝煌的落日……草原上躍馬揮鞭的哈薩克健兒……然後，我就想到了黃昏去後，黑夜來臨，絢爛而生動的草原，也會變得那麼黝黯和靜寂……我忍不住在他老人家面前跪了下來！」

他語聲更緩慢、更輕微了，就像是秋夜森林中蕭蕭的風聲。

然後，這緩慢而輕微的語聲，每一字、每一句，都像是千鈞巨石般，沉重地壓在這些「止郊山莊」門人的心上。

屋外的山風，由怒號變為哭泣，狄揚突地又自一挺胸膛，大聲道：「那時，我只見龍老爺子的目光，有如天上明星般，筆直地射在我心裡，他老人家凝注著我，半晌，突地『咄』地一聲大喝，厲聲道：『大丈夫立身處世，只要問心無愧，恩仇了卻，死又何傷？你父親一代武豪，你生長武林世家，你怎地也學起這種小兒女之態來了。』厲喝聲中，他老人家輕輕一頓腳，然後，那高大威猛的身形，便有如一朵輕雲般飄然而起，冉冉地消失在無邊的夜色裡。」

說到這裡，他默然停頓了許久，在這片刻的寂靜中，誰也沒有發出一絲聲音，只有門外的風，伴著門內被抑制著的沉重呼吸。

「直到他老人家身形，已自消失無蹤。」狄揚終於接口道：「我方自緩緩垂下頭，看到了地上一隻清晰的腳印，我呆望著這隻腳印，心裡亂得如風中的柳絲，龍老爺子臨去前的教訓，一遍又一遍，仍然不住地在我耳邊蕩漾著……」

他語聲又變得異樣地低沉，龍飛緩緩透出一口長氣，道：「那隻腳印，我們先前看到了……」

郭玉霞幽幽嘆道：「但我們始終猜不到這腳印是為了什麼留下的……」

狄揚明亮的目光，已變得空洞而深沉，他緩緩道：「世上有許多事，縱是聰明絕頂的人，也是一樣猜不到的……」

他遲疑地在這淒冷的竹屋中四掃一眼，繼道：「譬如說，我現在就再也想不出龍老爺子上山後發生了什麼事，他老人家此刻到哪裡去了！」

龍飛霍然一驚，變色道：「你也不知道麼？」

「我也不知道！」狄揚搖了搖頭，沉聲道：「他老人家離去後，我考慮了許久，終於決定下山去找你們，但那時你們卻已上山來了，我便在暗中跟隨你們，聽你們許多種猜測……」

他黯淡地微笑一下，接道：「後來，我聽到你們需要火把，我就到那邊我們平日居住的茅屋中，取得了火把與長索，然後繞路在前面點燃了火把，又從小路上了絕壁，將長索垂下，至於這竹屋中方才發生了什麼事，我卻和你們一樣，一點也不知道。」

話聲一了，又是一陣長長的靜寂，人人目光，俱都空洞地望著門外的夜色出神，但各人心裡，所想的事卻是大不相同！

龍飛捋鬚而立，古倚虹支肘默然，他們心裡在想著：「這裡究竟曾經發生過什麼事？師傅他老人家到哪裡去了？是凶？是吉？」

石沉神態木然，郭玉霞眼波流盼，他們心裡卻在想著：「這姓狄的既然早已上到此處，豈非也看到了我們的事？」石沉更是心虛：「難怪他對我如此無禮，原來他方才已看到了那些事！」他竟沒有想到是自己對人無禮，目光一橫，冷冷望向狄揚，沉聲道：「你說的這些話，可是真的？」

狄揚怔了一怔，龍飛已自沉聲叱道：「三弟，休得無禮！」

石沉心中一沉，又是一陣靜寂。

郭玉霞突地輕輕道：「狄老弟，這竹屋中發生了什麼事，你是親眼看到的，怎麼說沒有看到呢？」

龍飛濃眉一揚，狄揚突地仰天狂笑了起來，道：「好，好，我一番好意，反倒成了我在欺騙各位。」語聲中充滿憤激，拂袖轉向門外，龍飛一步擋住他的去路，郭玉霞神色不動，微微含笑，道：「狄老弟，我若說錯了，莫怪我，但是……」

她難測地微笑一下，接口道：「你早已來到這裡，我們一路上卻爲了探索那三塊山石上的畫像而耽誤了許久……何況，你方才進到這竹屋裡來的時候，一點也沒有驚異之色，這是爲了什麼呢？」

石沉乾咳一聲，接口道：「這是爲了什麼呢？」

龍飛濃眉微皺，只見狄揚緩緩闔上了眼睛，他不禁也在心中暗問：「這究竟是爲了什麼呢？」

郭玉霞緩緩道：「你們所設下的前面三重圈套，你已對我說了，後面的三重圈套，你不說我也知道，第一、你們先在山壁上刻下了那些字跡，激得師傅拚命爬上去，讓他老人家在沒有動手前就耗盡氣力，甚至你們還會打些如意算盤，希望他老人家真力不繼時跌下去，那麼你們就不必親自動手了。」

狄揚仍自沒有張開眼來，郭玉霞又道：「第二、你們在這些年來，早已從我們這位四妹口中，探出了師傅的武功，是以你們便集合了許多人的心力，創出了三招，刻在山石上，這三招武功在理論上雖然可以成立，但若真的動手，卻不見得能真的施展得出，這樣，你們便可藉此來打擊師傅。使得他老人家還未見到葉秋白之前，先就有些氣餒。」

她語氣微微一頓，卻又補充著道：「那第三式武功招式，甚至可能是根本無法成立的，也就是說那根本是人力無法達到的階段，師傅他老人家是何等人物，怎會看不出來，是以他老人家氣憤之下，就一掌將那塊山石擊毀了。」

「第三麼，」她歇了口氣，道：「三條道路，四重門戶，這就是你們探測師傅他老人家武功的方法……還有一件事，我看來也奇怪得很，那『丹鳳』葉秋白既是已經走火入魔，那麼，請問她此刻哪裡去了？」她本有籠絡狄揚之心，但此刻心念一轉，竟立刻就將狄揚視作攻擊的對象。

龍飛上下瞧了狄揚兩眼，心中亦不禁微微生出疑惑之心，只見狄揚霍然睜開眼來，緩緩道：「龍大嫂，你真是聰明，這三樣事，全被你猜對了！」他此刻言語神態竟是木無表情。

郭玉霞微微一笑，狄揚道：「不錯，那三方巨石上所刻的武功招式，的確是僅在理論上可以實行，實際上卻無法施展！」

他嘴角突地泛起一陣譏嘲的笑意，道：「你們行前在那三方石前所說的話，我每一句都聽在耳裡，只可惜大嫂你那時心裡所想的事太多，是以沒有看到山石上還藏有人在！」

郭玉霞心頭一驚，龍飛長嘆道：「狄老弟，我們驟逢此變，心頭實在大亂，大嫂若是錯怪你……咳，咳，你也該擔當些……」

狄揚軒眉一笑，道：「這怪不得大嫂，此事若換了我，也少不得會生出疑惑之心的，我到這竹屋之際，雖然比你們早些，但在這竹屋中所發生的事，卻已都過去了，大嫂所疑惑的事，我心裡又何嘗不在猜疑……葉秋白、古虹、卓不凡，以及龍老爺子的行蹤，此刻俱已成謎……」

他目光緩緩垂落在地上：「這地上有三灘血漬。」他俯下腰，將死者翻了個身，又翻轉回來，「但這裡唯一的屍身上卻沒有絲毫傷痕，他是怎麼死的？」

這問題雖然顯而易見，但在他沒有提出之前，卻是誰也沒有注意，眾人目光，一齊向這具屍身投去，只見「他」面上肌肉，層層扭曲，生像是因極大的驚駭因而致死，又像是被一種極其陰柔奇特的內功，震斷經脈而死。

龍飛長嘆一聲，道：「這些事俱已成謎，但望狄老弟能與我們同心協力，將這些謎底揭開……」

狄揚黯然一笑，雙手平托起死者的屍身，垂首道：「這些謎底，終有揭開的一日，那時大家就會知道我方才所說的話，可是真的！」

他抬頭望了龍飛一眼，忽而朗聲道：「大哥，好生保重了。」擰身一躍，閃電般掠出門外，龍飛怔了一怔，追了出去，大喝：「狄老弟……狄揚……留步！」但這「天山」劍派當今唯一的傳人，輕功竟是出奇地佳妙，手裡雖然托著一具屍身，在這刹那之間，身形業已遠去！

龍飛在門畔呆呆地凝注了許久，夜色已深，繁星漸落，一日又將去，山風吹起了他頷下的虬鬚，他黯然嘆息一聲，回轉身來，喃喃自語道：「此人真是條沒奢遮的好漢……子！」

郭玉霞秋波一轉，輕輕道：「依我看來，此人卻似有詐！他……」

龍飛突地揚眉厲喝一聲：「住口！」

郭玉霞驚的一愣，只聽龍飛厲聲道：「若不是你胡亂猜測，我也不會得罪了如此一條漢子，難道你忘了師傅平日對我們說些什麼，以誠待人，以恕克己，如今我們這般作法，武林中還有誰人敢與『止郊山莊』為友，難道『止郊山莊』真要斷送在你的手上！」

他平日為人甚是寬厚，此刻石沉、古倚虹見他動了真怒，誰也不敢開口！

郭玉霞驚愕了半晌，突地「嚶嚀」一聲，雙手撲面，狂奔著掠出門去，石沉、古倚虹一齊驚呼一聲：「大嫂！」

龍飛面容驟變，雙目圓睜，他見到自己多年的愛侶突地負氣而去，心裡又何嘗不是大爲驚駭。

石沉一步掠到門口，似乎想追出去，但卻又倏然止步。

古倚虹輕輕道：「大哥，你該去勸勸她呀……」

龍飛垂下頭：「我話說得是太重了些！」他目光轉向石沉，長嘆道：「還是三弟追去勸勸她！」

話猶未了，石沉已自掠出門外，龍飛黯然良久，長嘆又道：「我的話的確是說得太重了些，其實，她也是爲了大家好……」

他未曾責人，已先責己，古倚虹望著他緊皺的濃眉，黯淡的眼神，心底突地升起一陣憐惜，自經此事，她本已無顏再留在「神龍」門下，但不知怎地，此刻竟無法說出「去」字！她只是怯怯地喚了聲「大哥！」輕輕道：「我們是留在這裡，還是先下山去？」

龍飛俯首沉吟了半晌，「下山去！」他長嘆著道：「反正你大嫂總不會不回『止郊山莊』的，還……五弟只怕此刻還在山下等著我們，唉……今日之事，的確件件俱是離奇詭異已極，那道人去搶棺材作甚？這件事也和別的事一樣，教人想不出頭緒，也許……」他慘然一笑：「也許是我太笨了些。」

古倚虹從心底深處嘆息一聲：「他是真的太笨了麼！」她回答不出，她無法說話。

「這些謎底，終有揭開的一日……」龍飛暗自低語，回目門外，只見一陣乳白色的晨霧，已漸漸自山那邊升起，宛如輕煙般在四下的山林中氤氳瀰漫，於是他又不禁透了長氣：「無論如何……」他唏噓著道：「這一天畢竟總算是過去了！」

去日如煙，誰也不能挽留既去的時日，但我卻可以回來告訴你，這陣晨霧還未升起前的事。那時夜已夠深，星光很亮，華山山腰、濃林蕭蕭的木葉下……

南宮平、梅吟雪兩人目光相對，良久良久，誰都未曾轉動一下。

六　天帝留賓

南宮平、梅吟雪這兩人之間，誰也不知道彼此誰是強者，梅吟雪木然的身形，終於開始動了，她伸出手，輕撫著鬢邊的亂髮，道：「你真的定要等他們麼？」

南宮平毫不猶疑，沉聲道：「自然！」

他並不知道女人們在撫弄自己頭髮的時候，已是心亂了，他只是認爲這是件該做的事，是以他絕不猶疑，便說出來。

梅吟雪幽幽一嘆，道：「依你！」衣袂一陣飄動，向停放棺木之處掠回，但又自回過頭來，卻冷冷加了句：「只此一次！」

星光下的棺木，看不出有任何變動，梅吟雪倚著樹幹，坐了下來，南宮平筆直地站在棺木旁，又來回地踱著方步……他的心也亂得很！

然後，他突地在梅吟雪身前停了下來：「我且問你……」這四個字他說得聲音響亮，但後面的話，他卻似說不下去。

梅吟雪眼波一轉，道：「問什麼？」

南宮平呆一呆，吶吶道：「我方才打開過那具棺木，怎是空的？」

梅吟雪輕輕一笑，道：「這棺中有個夾層，你難道都看不出來麼？」

南宮平「哦」了一聲，方待踱開。

梅吟雪卻又含笑，道：「你方才想問我的，只怕不是這句話吧！」

南宮平又自一呆，轉過身來，兩人目光再次相對，南宮平頷首道：「不錯！」

梅吟雪道：「那麼你本來想問什麼？」

南宮平道：「此刻我又不想問了！」雙手一負，走了開去。

梅吟雪似乎也怔了一怔，突地幽幽嘆道：「若不是我方才借著月光照過流水，我真要以為自己已經老了！」

南宮平回首道：「你說什麼？」

梅吟雪打散了她滿頭如雲的柔髮，披散在兩肩，月光下，她蒼白而清艷的面容，的確是有著出塵絕俗的美。

她仰面迎著樹隙漏下的星光，半闔著眼簾，動人心弦的眼波，從長長的睫毛中望過去，只見南宮平雖然回轉了頭，但目光卻沒有望向自己，她不禁又自輕輕嘆道：「我十四歲便出道江湖，凡是看見我的人，從來沒有一人對我像你這副樣子……」

南宮平冷「哼」了一聲，伸手撫摸那紫檀棺木上雕刻著的細緻花紋，他此刻若是將棺蓋掀開，那麼武林中定必會少了許多故事，但是他只是輕輕地撫摸著它，絲毫沒有掀開的意思。

「我看到過許多自命不凡的少年。」梅吟雪仍在輕撫著她如雲的秀髮，她纖細的手指停留在那漆黑的頭髮上時，就正如黑絲絨緞上細緻的象牙雕刻：「我也看到過許多自命不凡的成名豪客，直到現在，我還能清楚地記得，他們看著我的那些可憐而又可笑的眼睛……」

南宮平目光一凜，兩道雪亮的眼神，筆直地望向她，冷冷道：「你這些得意的往事，最好還是留在你心裡好些。」

梅吟雪道：「哦——是麼？——」她微微一笑：「你若不願聽我說話，大可走得遠些！」

南宮平劍眉微剔，「砰」地在棺蓋上拍了一掌，棺木猛烈地震盪了一下，似乎有一聲輕微的呻吟自內發出，只是他滿腹氣惱，竟未聽到。

「我到處聽人奉承，到處都看到那些可憐而又可笑的面目……」梅吟雪悠然說道：「這樣過了將近十年，十年裡，的確有著許多自我陶醉的無聊男子為我流血，為我決鬥，只不過是為了我曾經看過他一眼或者對他笑了一笑，於是武林中開始有人罵我，罵我的血是冷的，可是——這是他們自願如此，又怎能怪得了我呢？喂——你說是不是？」

南宮平道：「哼——」

梅吟雪嫣然一笑，南宮平越是氣惱，她似乎就越發開心。

「十年前，我終於遇上了一個很特別的人。」她輕輕嘆了口氣，道：「別人色瞇瞇地瞧著我，他沒有，別人像蒼蠅般釘在我身後，他沒有，別人不是罵我，便是無聊地奉承，他卻只是適度地對我說話，甚至可以說是有些瞭解我，而且他風流倜儻，人品不俗，武功頗佳，師承門第也極高，再加上琴棋書畫，絲竹彈唱，無一不曉，有時還可以吟上幾句絕句，填上兩闕小令，也頗清麗可誦，在江湖中的名氣，也頗為響亮，常常為人排難解紛，做些俠義的事，於是，漸漸和他交上了朋友！」

她娓娓說來，盡是稱讚此人的言語，直聽得南宮平心頭躍躍，暗中忖道：「如此人物，若是被我見了，也定要結交於他。」不禁脫口道：「此人是誰，此刻俠蹤是否還常見江湖？」

梅吟雪道：「這個人你是認得他的。」她極其溫柔地嫣然一笑：「只可惜他永遠不會再出現在人世上了……」

南宮平不勝惋惜地暗嘆一聲，卻聽梅吟雪突地笑容一斂，接口冷冷道：「因為這個人已經死在你的劍下！」

南宮平驚得呆了一呆，有如當胸被人擊了一掌，吶吶道：「你……你說什麼？」

梅吟雪直似沒有聽見他的問話，自管接著道：「此人外表雖然是個好人，其實，哼哼！有一天大雪，我和他在他的一個朋友，也是當時武林中頗有名氣的人家裡喝酒、賞雪，喝到一半時，我突然發現酒的滋味有些不對，他們的神色也有些不對，我就裝作醉了，只聽他那個朋友拍掌道：『倒也，倒也。』又說：『你騎上了這匹劣馬，可不要忘記我的功勞！』我聽得清清楚楚，索性動也不動，看他到底要怎麼！」

這故事此刻顯然已吸引了南宮平，他不再插口，只聽梅吟雪又道：「這人面獸心的傢伙居然一面大笑，一面將我抱到床上，剛要解我的衣服，我忍不住跳了起來，劈面擊了他一掌，這廝心術雖壞，武功卻不弱，一掌震開窗戶，如飛逃走了，那時，其實我已飲下了少許藥酒，周身仍然乏力得很，是以那一掌擊去，絲毫沒有傷得了他，也無法追他了！」

「片刻之後，」她凝注著自己的手掌，目中滿含怨毒之意，接口又道：「以我內功逼出了藥力，心裡實在忍不住氣忿，就跑出去將他那卑鄙的朋友一連刺了七劍，劍劍俱都刺在他的要害上！」

南宮平心頭一寒，道：「好狠！」

梅吟雪冷笑一聲，道：「我若是江湖歷練稍差，被他們污了身子，江湖中有誰會相信我的話，只怕還以爲是我引誘他的，那時卻又是誰『好狠』呢？」

南宮平怔了怔，無言地垂下頭去，在心中暗自嘆息。

「第二天，我就揚言天下，只要我再見著那人的面，就要先挖出他的眼睛，再割下他的耳朵，將他一刀一刀地慢慢殺死，江湖中人不知道是什麼原因，就散發出了各種謠言……」

她悽然一笑，道：「當然，這些話都是在儘量傷害我的！」

南宮平又不禁氣憤填膺，皺眉怒道：「此人究竟是誰？」

梅吟雪冷冷一笑，道：「此人在江湖中自然是大大有名，人人都稱他爲『公子劍客』，『劍客公子』……」她再次哂然冷笑二聲。

南宮平心頭一凜，脫口道：「他……他豈不是……」

梅吟雪冷冷道：「他便是那『丹鳳』葉秋白的嫡親堂弟！」

南宮平「噗」地坐在棺蓋上！

梅吟雪道：「我沒有去參加葉秋白恬不知恥，自己發起的『百鳥朝鳳』之會，已被江湖中人認爲是大逆不道，如今我要殺『丹鳳』葉秋白的堂弟，這還了得？別人不說，『不死神龍』就第一個不會答應，江湖中人趨炎附勢的不少，誰分得清黑白是非，當然都相信那位正直俠義的『公子劍客』，有誰會相信我這位『女魔頭』、『女淫魔』的話？何況我又將那唯一的證人殺死了，於是『不死神龍』就向我發出了『神龍帖』，叫我到九華山頭去向他納命！」

她語聲漸漸激昂，南宮平頭卻垂得更低，只聽她接口又道：「我去了，那時，我才二十多歲，心高氣傲，自命武功無敵，就算是江湖中的第一勇士『不死神龍』，我也沒有放在眼裡，到九華山，便向龍布詩提出了四樣決鬥的方法，他想也不想，就一口答應了，你要知道，我那時武功還未遇過敵手，就連『公子劍客』那樣的一流劍手，見了我還要望風而逃，『不死神龍』如此爽快地答應我選擇比武的方法，我心裡實在高興極了。」

「哪知道，」她輕輕一嘆，接道：「第一陣較量輕功，我就輸了，而且輸得很慘，第二陣我挖空心思，要和他比柔功，我見他高大威猛，心想柔功必非所長，但是——我又輸了，比第三陣暗器時，我已急了，乘他不備時，暗算於他，哪知他全身上下像是生滿了眼睛，暗算也沒有用！」

出自敵人口中的稱讚，當真是世上最貴重的禮物，南宮平暗嘆一聲，忖道：「師傅他老人家一生，實在沒有虛度！」

「等到第四陣比劍開始時，『不死神龍』神情間已是大怒，對我說必定不再饒我，因爲我暗算了他，他自然就更相信那『公子劍客』的話，認定了我是個淫蕩邪惡的女人！」

南宮平心中突地一動，想起了那高髻綠袍道人罵她的話，又想起了……

梅吟雪嘆息一聲，又道：「縱是如此，他仍然讓了我三招，讓我佔盡機先之後，他方自出手回攻，僅僅七招……」她仰面望天，「僅僅七招，他就震飛了我掌中的長劍，將我逼在一株古杉下，霍地一劍，向我劈面刺來──」

「我只見一道匹練般的光芒，閃耀在我面前，於是我只得閉上眼睛，瞑目受死！」她緩緩闔上眼睛，長長的睫毛，覆蔭在眼簾上，輕嘆著道：「哪知我等了許久，只覺一陣銳風自耳畔擦過，便再無動靜，我睜開眼來，『不死神龍』掌中的劍，已齊根沒入我身後的古松，竟宛如腐肉一般，沒有發出任何聲響。」

睜開眼睛，秋波一轉，她接著道：「當時我不禁怔了怔，卻聽『不死神龍』沉聲道：『我以劍勝了你，江湖中必說我以大欺小，你輸了也未見甘服！』他雙掌一拍，後退五尺，又道：『你若以劍勝得了我這雙肉掌半招，我便讓你生下此峰！』」

「那時我生死交關，再也顧不得什麼，他話未說完，我已和身撲了上去，我情急拚命，用的全是進手招術，因為我深知他的武功，只求能與他兩敗俱傷，根本沒有存勝他的希望，你要知道，這並不是我存心無賴，而是我以弱擊強，只有這個辦法。」

南宮平既不能頷首，亦不能搖頭，只得默然聽她說下去道：「但是二十招一過，我氣力便已不繼，這時他正以一招彷彿是武林中常見的招式『雲龍探爪』，向我面門拍來，我見到他左脅之下，露出一處絕大的空門，心中不禁一喜，立刻閃身錯步，攻出一招『孔雀剔羽』，一劍刺向他的左脅。」

她纖手不自覺地微微展動一下，做了個「孔雀剔羽」的招式，南宮平只見她這一招出手靈活，部位神奇，看來雖是平平淡淡，其實卻是絕妙高招，心中亦不禁爲之暗暗讚嘆。

只聽她接著道：「這一招『孔雀剔羽』，可算是我號稱『一千七百四十二式』孔雀劍中，最毒最狠的一招，這一劍不求自保，但求傷敵，留下的幾招後招中，還有一招是同歸於盡的招式，哪知我劍方刺出，只見眼前一花，他竟以雙掌合拍，挾往我刺出的長劍，順勢一個『肘拳』，擊在我脅下腰眼之上，我只覺一陣熱力，自腰畔升起，剎那間遍佈全身，接著便是一陣舒適到了極點的感覺，全身都似乎要騰雲飛起，然後——便虛軟地倒到地上！」

南宮平心頭一寒，暗暗忖道：「師傅那時必定對她恨之切骨，是以才會用『七絕神龍功』散去她全身的功力。」

梅吟雪黯然一嘆，道：「他這一招的變化奇特之處，究竟在哪裡，我在那木棺中想了十年，還是想不出來，當時我只覺他這一招奪劍、傷人，就彷彿是黑夜代替白晝，後浪推湧前浪那麼自然，那麼不可抗拒，但卻又覺不出什麼神奇玄妙之處，就因爲我看不出任何特別神奇的地方，我也根本不知從何抗拒……唉！我只能說這一招實在是不可解釋，無法形容的。」

南宮平暗中一笑，忖道：「這一招正是師傅他老人家武功的精華所在，已極盡『空』、『靈』兩字之妙，你自是看不出來！」

「黏」、「貼」、「逼」、「切」、「挑」、「戳」、「含」……等，雖然俱是武功訣要，但俱不過是下乘功力而已，「空」、「靈」兩字，才是上乘武功的精華，能得「空」「靈」兩字之妙，一招使出，教人根本無法著摸，這意境實是令人難以描摹，只有以佛家偈語「本來無一物，何處惹塵埃」之句來形容，武家這「空」、「靈」兩字，雖是「異曲」，卻有「同工」之妙。

梅吟雪又自嘆道：「我自幼及長，不知費了多少心血、苦功、方自練成的武功，就在這剎那之間，被他輕輕毀去，那時我心裡實在大驚，又怒、又駭、又怕，又是悲哀傷心，真比一劍殺了我還要難受十倍，我不禁破口大罵『不死神龍』狠毒，又傷心地說出那一段經過，我大聲喝罵：『這是我的錯嗎？你憑著什麼權，要如此對待我，你自命公道，爲什麼不查明事由，爲什麼要庇護那種卑鄙無恥之徒，來欺負我一個女子！』」

她神情之意，漸漸又現出憤恨怨毒之色，那些令她傷心，令她憤怒的往事，像是在這一剎那裡都回到她心中。

南宮平聽得越多，心裡的嘆息也就越多，對她的同情，自是越發濃厚。

梅吟雪接道：「不死神龍聽了我的話，面上陣青陣白，鬚髮陣陣翕動，良久，方自緩緩道：『你爲什麼不早些說！』他聲音顫抖，雙拳緊握，心中顯然也已憤怒到了極處，後悔到了極處，但是——後悔又有什麼用呢！……」

她緩緩頓住了激動顫抖的語聲，垂首默然良久，南宮平望著她纖纖的指尖，如雲的秀髮，暗嘆忖道：「武林中人的善、惡，又有誰能分辨得出？」

「當時，『不死神龍』立刻取出療治內傷的聖藥，叫我服下。」梅吟雪終於接著道：「但是我拒絕了他，我縱能暫時不死，又有何用？十年中，我在江湖上結下了無數仇家，他們若是知道我功力已散，武功盡失，還不來尋我復仇？」

「但『不死神龍』終究是個正直俠義的人物，他竟長嘆著來哀求我，我若死了，他必定會終生負疚，他要贖罪，要彌補這件他親手鑄下的大錯，要終生保護我，要爲我尋得那無恥的『公子劍客』，爲我復仇！」

她神情間漸漸恢復鎮定，接著道：「他竟不由分說，替我灌下了那粒傷藥，又以內功，在山上爲我療治傷勢，是以他與我比鬥只才一日，卻在三日後方自下山，武林中人見他神色萎頓，還以爲是因爲他與我惡鬥了三日的緣故，俱都爲他歡呼！……唉！又有誰知道此中的內幕？」

南宮平暗嘆忖道：「師傅他老人家當時聽到那些歡呼，心裡只怕不知要難受到什麼程度！」

「他臨下山前，將我點了穴道，安置在一處幽秘的洞窟裡。」梅吟雪接道：「第二天晚上，他就趕上山來，卻命兩個彪形大漢，在他身後抬著一具棺材，他竟將我放進了棺材，這原因當然是爲了想避開天下人的耳目，最主要的——」

她哂然一笑，接道：「也許是爲了要避開『丹鳳』葉秋白的耳目！」

南宮平面色一整，沉聲道：「此話怎講？」

梅吟雪伸手一掠長髮，突地「咯咯」嬌笑了起來：「你難道還不知道麼！」她嬌笑著道：「丹鳳葉秋白人既美艷嫻靜，武功也高到極點，而且她駐顏有術，那時已五十歲的年紀，但看起來卻仍如三十許人，所以江湖中人又稱她爲『不老丹鳳』，與『不死神龍』剛好配得一對，她什麼都好，只是──」

她笑聲中，滿含嘲弄訕笑之意，南宮平微微變色道：「只是什麼？」

「只是太喜歡吃醋了些！」她仍然肆無忌憚地嬌笑道：「你們身爲晚輩，自然不會知道這些！」

南宮平佛然挺起胸膛，哪知梅吟雪輕狂帶笑的面容，在一霎眼之間，突又變得十分莊肅起來。

她面上神情的變幻，永遠是這麼倏忽而突然，使人難以捉摸到她的心事。

「但是──」她莊肅而沉重地接著道：「在那些沉悶的晚上，在那間黑暗的房子裡，我卻從『不死神龍』的口中，知道許多有關葉秋白的事……」語聲漸緩，她突又長嘆一聲，道：「你想想看，葉秋白若不是脾氣太過古怪，她早就該嫁給『不死神龍』了，一個是當世武林中的『第一勇士』，一個是才藝超人的『無雙俠女』，聯劍並肩，嘯傲江湖……這原該是多麼令人羨慕的生活。但是，他們都沒有這樣做，只是寂寞的度過一生……寂寞……寂寞……」

她突地垂下頭去，如雲的秀髮，像夜幕一樣地垂落了下來，垂落在她面前，掩住了她的面容，也掩往了她的心事！

南宮平呆呆地愣了半晌，心裡竟也忍不住泛起一陣難言的惆悵。

「寂寞……寂寞……」在這刹那間，他突然也瞭解了許多人的寂寞——這在江湖中被人稱爲「冷血」的女子有著寂寞……那在江湖中人人稱譽爲「人中鳳凰」的葉秋白也有著寂寞，他平生最最敬服的人，武林中的一代劍豪「不死神龍」，又何嘗不在忍受著難堪的寂寞？

人生之路，是崎嶇，蜿蜒，而漫長的，爬得越高的人，寂寞就越重，直到他爬上了巔峰，也許他才會發現巔峰上所有的，除了黃金色的聲名榮譽，銀白色的成功滋味外，便只有灰黑色的寂寞。

南宮平不覺心頭一寒，他又突然瞭解到他師傅仁厚的面容上，爲什麼總是帶著那麼嚴峻的神色，爲什麼總是缺少了些歡樂的笑容？……這是當代武林劍豪，天下第一勇士心中的秘密，他當然不會在他弟子們面前說出來，但是，在那些淒涼的晚上，面對著無邊的黑暗，面對著一個甚至比他還要寂寞，比他還要忍受更多黑暗的女子，他縱然心腸如鐵，也難免會將心裡的秘密多少洩露出一些……

他無視成敗，蔑視死亡，更看不起世上的虛名與財富，可是，他卻無法逃避隱藏在自己心底深處的情感，他也逃不開「丹鳳」葉秋白的影子，他有無畏的勇氣，面對一切，他有鋒利的長劍，縱橫天下，可是……他卻斬不斷心裡的情絲。

這是大仁大勇者心中的秘密，這是大智大慧者心中的弱點，這也是武林中神話般的英雄心中的人性，只是，他那閃亮的地位與聲名，已閃花了別人的眼睛，使別人看不到這點。

世上，永遠沒有人會同情他生命中的寂寞，會憐憫他愛情上的不幸，因爲所有人對他的情感，只有敬仰、羨慕，或者妒忌、懷恨。

這就是英雄的悲哀，只是古往今來，英雄的悲哀是最少會被別人發現的！

南宮平終於忍不住長嘆一聲，他惆悵地環顧四周一眼，心房突又忍不住劇烈地跳動了起來，此時此刻，他竟已置身於一片銀海，那種清亮的光輝，使得宇宙大地都變成了一塊透明的水晶，而水晶中的梅吟雪，竟已變成了一具女神的塑像。

也不知過了多久，梅吟雪緩緩抬起頭來，開始繼續她方才沒有說完的話。

「自從那天以後，我便一直沒有重見天日的機會，只可惜那天晚上我不知道與星、月、蒼穹將會有那麼長久的別離，不然我一定會留戀地對它們多望幾眼……」

她平淡冷漠的語聲中，突然間竟如泛濫洪水般的情感：「十年……」她接著道：「不死神龍並沒有實現他的諾言，他沒有澄清我的冤曲，沒有爲我復仇，當然……我知道這是什麼緣故——」她異常突然地頓住語聲，仰視著林梢浮動著的光影，沒有再說出一個字來。

突來的沉默，卻像是一柄千鈞鐵鎚，在南宮平心上重重擊了一鎚。因爲他深知，就在她這無言的沉默中，包含了多少她的怨恨、失望與痛苦，也包含了多少她的憐憫、同情與寬容了。

爲了葉秋白，爲了那「公子劍客」是葉秋白的弟弟，他師傅竟無法將那「公子劍客」擒獲，自然也無法洗清梅吟雪的冤曲……而那「冷血」的梅吟雪也沒有逼著他師傅做，這自然是她早已對這老人的情感發生了憐憫與同情……

他深知，在那黑暗的小屋中，他師傅的心情，定是和她有著同樣的痛苦——因爲他此刻也在深邃的痛苦著，他吶吶地，既說不出一句安慰的話，更說不出一個請求她寬恕的字。

她出神地凝注著星光，他出神凝注著地上的柔草，又是一陣難堪的、無言的沉默，然後，梅吟雪明亮的目光，突地轉到他面上，他緩緩抬起頭，發覺她柔軟而玲瓏的嘴角，正掛著一種他無法瞭解的笑容，就像是遙遠的星光那麼令他難以捉摸。

她深深地凝注著他，突地帶笑說道：「可是你知道麼……你知道麼？」她重覆地說著這四個字。

南宮平忍不住問道：「知道什麼？」

梅吟雪仍在深深地凝注著他，緩緩道：「你師傅沒有爲我做的事，你卻已爲我做了，我親耳聽見他與你的對話，也親耳聽到他被你傷在劍下時所發出的慘叫！」

南宮平只覺耳畔轟然一響，身軀搖搖欲倒，吶吶道：「那……那道人……便是『公子劍客』麼？」

「道人……」梅吟雪滿懷怨毒的冷笑一聲，道：「他已做了道人麼，好好！」她語聲又變得那麼銳利，像鞭子似地劃空而過：「我雖然不知道他此刻已變成什麼樣子，但是他的語聲——他的語聲，我至死也不會忘記！」

南宮平面容雖然素來沉靜，此刻卻也掩不住他心裡的吃驚，他不知是該得意抑或是該抱歉──昔日武林中著名的劍手，今日竟會死在他的劍下！──但無論如何，他心裡對那道人之死原有的愧恨與歉疚，此刻卻已大爲沖淡。

只聽梅吟雪緩緩又道：「這就是你師傅與我之間的恩怨，也該就是你方才想問我，但又不願問出來的話，你替我復了仇，我所以要告訴你，告訴你那人死得一點也不冤枉，這些年……我躺在棺材裡，心裡沒有別的願望，只希望能快些恢復功力，不顧一切地設法恢復功力，尋他復仇，所以我方才聽到他那一聲慘呼聲，雖然高興，卻又不禁有一些失望，又有一些怨恨，我甚至在想一出來後，便先殺死那替我殺死他的人！」

南宮平心頭一凜，只見梅吟雪嘴角又微微泛起一絲笑容。

「但是，不知怎地……」她平靜地微笑著道：「也許是我這些年來心境變了，我非但不再想殺你，反而有些感激你，因爲你使得我的手少了一次沾上血腥的機會，而一個人的手能夠少染些血腥，無論如何，都是件很好很好的事。」

這被人稱爲「冷血」的女子，此刻竟會說出這樣的話來，南宮平不禁又怔了一怔，他試著想在此時此刻說出一句適當的話，但他沉吟了許久，卻只是下意識地說道：「你被師傅散功後，此刻武功又已恢復，這實在是件奇怪的事。」

梅吟雪神秘的微笑一下，輕輕道：「這是件很奇怪的事麼？」她不再接下去，南宮平也猜不出她這句話中的含義。

他方才問話的時候，本是隨口而出，但此刻卻真的有些奇怪起來，他忽然想到她的話：

「……不顧一切地設法恢復武功……」他心頭不禁一動：「莫非她恢復武功時，又用了什麼不正當的方法！」方自忍不住想問，卻聽梅吟雪輕嘆又道：「奇怪得很，我此刻武功，雖然恢復，卻又覺得沒有什麼用了，我此刻已無恩無怨，唉！這實在比滿心仇恨要好得多。」

忽而憤激、忽而幽怨、忽而興奮、忽而怨毒的她，此刻竟平靜地微喟了一聲，倚在樹上，一面輕撫著秀髮，一面曼聲低唱了起來：「搖呀搖，搖到外婆橋，外婆叫我好寶寶……小寶寶，要睡覺，媽媽坐在搖籃邊。搖呀搖……」

她聲音是那麼甜蜜而溫柔，面上的神情，也是那麼安詳而恬靜，她似乎已回到一個極爲遙遠的夢境中，那時她還很小，她必定有一個極爲溫柔的媽媽，她媽媽也必定會爲她唱著這平凡、甜蜜，在每一個人心裡都是那麼熟悉而親切的兒謠。

星光細碎，夜色明媚……夜漸漸要去了，乳白色的晨霧，漸漸在山林間開始瀰漫，南宮平聽著這溫柔的歌聲，望著恬靜的面容，心裡忍不住又是憐憫，又是嘆息，她十五歲便開始闖盪江湖，必定有許久沒有憶起這歌聲了。

因此，她唱得那麼零亂，甚至將兩首不同的歌變做一首唱了，但聽在南宮平耳中，這零亂的歌聲，卻是分外甜蜜而親切，他但願能永遠保持著她此刻的心境，也但願自己能永遠保持這份心境，因爲他自己此刻也彷彿回到了遙遠的夢裡——世人若都能保持嬰兒般的心境，那麼血腥和醜惡的事，就會少多了。

歌聲，隨著乳白色的晨霧，悠悠搖曳在乳色透明的山林裡。

大地，像是被水洗過了的少女面靨似的，清新而嬌麗。

南宮平連夕疲勞，此刻但覺一陣陣溫暖的倦意，隨著飄嬝的歌聲向他襲來，他不自覺地緩緩垂下眼簾……歌聲，也像是更遙遠了……

突地，一聲冷笑，卻自他耳畔響起！他霍然張開眼來，迷濛的晨霧中，山林外突地現出一條人影，梅吟雪戛然頓住歌聲，南宮平叱道：「誰？」

人影一閃，一個灰衣少年，便赫然來到他眼前！

這一刹那間，兩人面面相對，彼此各自打量了幾眼，在南宮平眼中，這突來的少年本應是和悅而英俊的，但是他此刻面上卻偏偏帶著一份倨傲與輕蔑的冷笑，不屑地望著南宮平。

南宮平劍眉微剔，驚問道：「閣下是誰？來此何爲？」

灰衣少年明銳的目光，一次又一次地上下打量著南宮平。「好極，好極！」他突地冷笑著道：「師傅眼中的得意門人，師兄口中的得意師弟，卻原來是個在師傅生死未卜時，還有心情坐在這裡聽女子來唱兒歌的人物，妙極，妙極！」

南宮平沉聲道：「這似乎與閣下無什麼關係！」

灰衣少年哈哈笑道：「原來你還是這般狂妄，你難道還不認錯麼？」

南宮平道：「這要看你究竟是誰？究竟是何來意？」他面容沉靜，語聲亦沉靜，既未示弱，亦未逞強，他只是簡單地說出一件事實，他不願在一個來意不明，敵友未分的人面前解釋任何事，就正如他不願在善意的朋友面前隱藏任何事一樣！

灰衣少年目中光芒一閃，瞧了倚在樹上動也未動的梅吟雪一眼，突又仰天大笑起來。「你要知道我究竟是誰？究竟是何來意……」他大笑著道：「先要看你是否認錯！」

南宮平冷「哼」一聲，緩緩道：「你若是想來尋釁，只管拔出你腰間所藏的軟兵刃來便是，大可不必兜這些圈子。」

梅吟雪輕輕一笑，顯然對他此刻的表現十分讚賞。

那灰衣少年的笑聲，卻戛然頓住，他神情呆了一呆，似乎在奇怪這少年怎會在被自己激怒之下，還有這般冷靜的神態、冷靜的言語，又似乎在奇怪這從來未涉江湖的少年，怎會有如此敏銳的目光，一眼便看出自己是特意尋釁而來，一眼便看出自己腰畔的衣服下，藏著一件不輕易動用的軟兵器！

甫一對面，他竟似已落在下風，這使他大出意外，也便有些惶然失措，希望能立刻給對方一個霹靂般的還擊！

他心念數轉，冷笑道：「我若不是尋釁而來，你——」話聲未了，突地覺得自己這話不啻又給了對方一個譏笑的機會，不禁惶然住口，哪知南宮平只是沉默地望著他，並沒有如他想像中的譏笑打擊於他，就像是早已猜中了他的心事。

刹那之間，灰衣少年心中又閃過許多種念頭，只聽南宮平緩緩道：「閣下若非有意——」話聲未了，他突地大喝一聲：「就算我是有意尋釁而來好了！」身軀一旋，再次面對南宮平時，他掌中已多了一條光華閃動的軟柄銀槍！

南宮平的長劍，便插在他腰畔的絲絛上，他心情雖然一直沒有平靜，但他對這柄長劍卻是時時刻刻注意著的，因爲他不願意在失去劍鞘之後，再失去這柄得自他師傅手中的利劍！

此刻他微微一笑，道：「閣下既是有意尋釁，在下只好奉陪兩招！」手腕一反，輕輕抽出了劍，絲毫不帶鋒芒，更沒有像時下一般劍手一樣，藉著拔劍的快速來顯耀自己劍法的高強！

他是冷靜而堅毅的，沒有石沉的偏激與善妒，也沒有石沉那麼容易被引誘，他是仁慈和豪爽的，但卻又比龍飛深藏不露，謹慎睿智些，然而他此刻的對手，卻是飛揚而奔放的，這恰巧又形成了一個並不衝突，但卻有趣的對比！

他緩緩抬高手臂，平劍當胸！

灰衣少年槍尖一抖，刹那間但見五、七朵光芒閃動的槍尖，瀰漫空中。

南宮平緩緩伸出劍尖，沉聲道：「請！」劍尖微抬，以劍爲禮，他此刻似已看出這少年並非惡意尋仇，只是負氣而已，是以言語舉動間，便留著三分客氣！

灰衣少年引槍一穿，晨霧間只見一道銀光，穿過他自己抖出的槍花，南宮平暗暗喝一聲采，這少年的槍法當真快到不可思議！

他腳步微動，劍尖跟隨著對手的槍尖，一道青光、一道銀光，刷地各各劃了個半圈，灰衣少年突地清嘯一聲，騰身而起！

一道銀光隨之升上，南宮平後退一步，劍尖上挑。

灰衣少年身形凌空一折，雪亮的銀槍，穿破晨霧，閃電般下刺而來，宛如凌空飛舞的灰鶴，以利喙捕捉地上的獵物！

南宮平心頭一動：「天山七禽身法！」腳步一錯，斜斜一劍，向上揮去。

一片青光，封住了銀槍的去路，灰衣少年槍尖一抖，竟在劍尖上輕輕一點，只聽「嗆」地一聲，他身形竟又藉勢掠起。

南宮平口中突也清嘯一聲，腳下疾走七步，此刻朝陽未昇，晨霧卻已較清，一陣陣清新的冷風，撲面而來，他只覺全身上下都充滿了新生的活力，這一連七步跨出，已置身那灰身少年的銀槍威力之外。

他目光凝注，並不還擊，靜等著這灰衣少年身軀落下！

卻見灰衣少年微曲的雙腿向後一踢，翼張的雙臂當中一穿，宛如翺翔的蒼鷹束翼而下，一道匹練般的銀光，劃空而來，南宮平腳下一動，突又連走七步，他靜時如山，動時如電，這七步行來，有如一腳便已跨出，掌中長劍青光的閃動，恰好與那飛騰的銀槍一般迅快！

灰衣少年一擊又不中，飛騰的身軀，終於落下地來，此刻南宮平若是運劍而上，雖未必勝，卻定然可以搶得先機！但他只是持劍而立，只見灰衣少年飄然落下地來，矯健的身軀，立刻凝然卓立，只有他掌中的銀槍，槍尖仍在不住顫動！

一線陽光，突地自林梢投落，映在這顫動的槍尖上，幻出七色的彩光！

他目注著槍尖，暗中自語：「狄揚呀狄揚，你可要再試一招？」

這灰衣少年自然便是狄揚，他埋葬了那具屍身，便飛快地來到山下，一心想看看龍飛口中稱讚的「五弟」，究竟是何人物。

他生性豁達，並沒有將別人對他的懷疑放在心上，但是一股少年人定有的傲氣，卻使得他在見到南宮平時便想鬥上一鬥，另外，他當然也有些奇怪，這少年在此時此地怎會還有心情來聽一個女子的兒歌？

但此刻他與南宮平面面相對，心中實已生出惺惺相惜之心，他槍尖繼續不斷地顫動著，實是一著極爲犀利的招式之先兆，只是他這已在弦上的一招，卻久久未發出來！

南宮平平劍當胸，卓然而立，目光亦自凝注在這顫抖的槍尖上，哪知梅吟雪突地輕輕一笑，道：「你們不打了麼？」

兩個少年的四道目光，一齊轉到她身上，梅吟雪緩緩站起身來，她神態間總是那麼嬌媚，就是這樣一個從地上站起來的簡單姿勢，已令人見了不得不多看兩眼。

她嫋娜走到狄揚身前，緩緩道：「你可是昔年天山神劍『九翅飛鷹』狄老前輩的後人麼？」

狄揚一直沒有注意看她，此刻便像是久困於黑暗中的人突然看到閃電一般地發現了她的絕艷，這艷絕人寰的姿色自然也就像閃電般眩惑了他。

他怔了一怔，點了點頭，竟沒有說出話來。

梅吟雪輕輕一笑，又道：「你方才可是見著了他的師哥？」

狄揚又自一怔，又自點了點頭，南宮平心中大奇：「她怎地知道？他怎會見著師兄？」忍不住要問這少年是在哪裡見著的，但梅吟雪已又含笑道：「他師兄可是在你面前稱讚了他，你心中有些不服，是以此刻便想試上一試？」狄揚雙目一張，滿面俱是驚奇之色，卻又不禁點了點頭。

她一連問了三句，句句都問到狄揚心裡，使得已被她絕艷震惑的狄揚，不禁又被她這種絕頂的智慧懾服。

南宮平心中更奇，只見她輕輕一笑，轉過身去，道：「這就是了，你們還打什麼！」來到樹下，緩緩坐了下來，秋波一轉，望了望面前的兩個少年，突又笑道：「我是從他武功的招式上看出他的來歷，從他言語神態上猜知他的來意，這一點也不稀奇，你心裡卻在奇怪些什麼？」

她語氣自若，說來就像這本是人人都可以猜到的事似的。

狄揚心中暗嘆一聲，忖道：「好一個聰慧的女子！」口中突地哈哈道：「好一個聰慧的女子！」他心中所思，與口中所言雖是一樣，但說出來的語氣卻和心中思忖時的意念不大相同。

南宮平目光一轉，道：「閣下不知——」

狄揚道：「不錯，正如這位姑娘所說，我方才的確見著了令師兄，此刻他猶在山巔，此刻天已大亮，你不妨上去一尋。」他語聲微頓，不等別人開口，便又大笑著道：「在下狄揚，今日見著兄台，實在高興得很，日後但願能再相見——」

南宮平道：「閣下何不留下暫作清談……」

狄揚笑道：「方才無端冒犯，此刻我實在還有些不好意思，好在來日方長，今日就此別過！」

說到「意思」兩字，他身形已動，最後一句說話，已從林外傳來，南宮平出神地望著他掠去的方向，暗嘆道：「好快的身法。」突聽梅吟雪嬌笑著道：「你可知道他爲什麼這麼匆遽地走了麼？」

南宮平微一沉吟，還未答話，梅吟雪已又笑道：「這因爲他實在不敢再看我了！」

南宮平呆了半晌，頭也不回，冷冷道：「只怕未必吧！」心中卻不禁爲之暗暗嘆息一聲。

突覺一陣幽香飄入鼻端，梅吟雪已盈盈走到他身畔，輕輕笑道：「你心裡常常認爲我說的話是對的，但嘴裡卻總是不肯承認，這是爲了什麼？」她面帶嬌笑，得意地望著南宮平的面靨，心中暗忖：「你否認也不好，承認也不好，這次我倒要看看你該如何來回答我？」

哪知她話聲方了，心念還未轉完，南宮平已沉聲道：「你永遠將人性看得太過惡劣，是以我不願也不忍贊同你的話，但我口中卻也從未否定你說話的價值，你且仔細想想，是麼？」

真實的事實，永遠勝過花巧的雄辯，梅吟雪笑容漸斂，手托香腮，發起怔來，只見南宮平深深凝注她兩眼，轉身托起棺木，沉聲又道：「你最好隨我去見見我的大師兄，那麼你就會知道，這世上還有幾個真正的男子漢！」

梅吟雪呆呆地怔了半晌，南宮平手托棺木，已自去遠，她竟也身不由主地跟了過去，走了許久，突又頓住腳步，這時南宮平已將又復躍到那一線插天的蒼龍嶺上，梅吟雪望著他的背影，冷冷笑了兩聲，道：「好個尊師重道的徒弟，原來竟是這等人物！」

南宮平怔了一怔，回首問道：「你說什麼？」

梅吟雪冷笑道：「我說的是中國話，你難道聽不懂麼？」

南宮平皺眉道：「你若是不願解釋，我不聽也無所謂！」回轉頭去，又復前行。

梅吟雪恨恨地望著他，她自出道江湖以來，一顰一笑，便已不知傾倒過多少男子，那曾見到這樣的少年，等到南宮平一個縱身之後，還未回過頭來，她便忍不住跟了過去，道：「喂——」

南宮平腳下不停，頭也不回，問道：「什麼事？」

梅吟雪道：「你師傅命你跟隨我，保護我，你此刻為何獨自跑上山去？」

她口中說話雖是如此氣惱，但腳下也沒有停住腳步。

南宮平卻是頓住身形，回首看了她一眼，道：「你不是也跟來了麼，怎地說我獨自上山？」

梅吟雪道：「我……我……」突地一跺腳，道：「我才不跟你上山去哩！」

南宮平道：「好極，好極……」

梅吟雪秀目一張，嗔道：「你說什麼？」

南宮平微笑道：「你若是不願跟我上山，便請在此間等我一等，我也好將這具棺木放在這裡。」

梅吟雪銀牙一咬，道：「誰說我要在這裡等你？」

南宮平道：「那麼……」他不知是真的不懂，還是故作不懂女子的心意，隨便怎樣，他竟都沒有說出一句懇求的話，「那麼……」他故意吶吶道：「該怎麼樣辦呢？」

梅吟雪道：「你隨我下山去……」

南宮平道：「這個自然，我自然要隨你下山去的……」

梅吟雪微微一笑，道：「那麼……走！」

南宮平亦自微微一笑，道：「但你也該隨我上山去走一趟。」

梅吟雪方自泛起的笑容，立刻消失，大怒道：「你到底……」

南宮平微笑接口道：「你在這小小一具棺木中，躺了數千日，也該散散心了，你看，今日風和日麗，草木繁榮，是何等好的天氣，在這景物幽奇，冠絕天下的華山上遊玩遊玩，豈非也是一件樂事？」

梅吟雪獨自氣惱了半晌，突地銀牙一咬，霍地從南宮平頭頂上掠了過去，掠到南宮平前面，道：「跟我來！」終於還是上了山。

南宮平望著她飄散的頭髮，心中暗笑：「江湖中人，俱道她如何冷酷，如何毒辣，但我看她卻也不過是個天真未泯的女孩子。」他極力忍住不笑出來。

哪知梅吟雪卻在前面「噗哧」一笑，道：「聽一次別人的話，倒也是蠻有趣的，但是——」她突又頓住笑聲，回過頭來，道：「只此一次。」

看見。

南宮平道：「極是極是，只此一次。」忍不住也轉過了頭，不願自己面上的笑容被梅吟雪看見。

朝陽初昇，華山山巔，一片光輝燦爛，甚至連那簡陋破舊的竹屋，都被這燦爛的陽光映得發出輝煌的光采。

南宮平心中焦急，僅僅在那岐路腳印邊，石壁字跡下，以及那幾方巨石的刻像前停頓了一下，便筆直來到這間簡陋的竹屋，但竹屋中卻已空無人蹤，他失望地嘆息了一聲，道：「他們都已走了……」

梅吟雪悠然道：「你卻空跑了一趟！」

南宮平目光一轉，突地大聲道：「只怕未必吧！」

他突地一擰身軀，將掌中木棺，交到梅吟雪手裡，梅吟雪竟來不及考慮，便接了過來，只見他一步掠上前去，掀開那陳舊的蒲團，梅吟雪沒有看到蒲團外露出的一角黃箋，此刻雙手托著棺木，冷笑道：「那下面難道還會有什麼寶貝？」

南宮平道：「正是！」緩緩轉過身來，手中已多了一方淡黃色的紙箋，他凝神看了兩遍，面上漸漸露出寬慰的笑容，但笑容中又有些詫異的神色，然後，他緩緩將它放入懷裡。

梅吟雪手裡托著棺木，看又無法看到，忍不住道：「喂！」

南宮平故作愕然之狀，道：「什麼事？」

外。

梅吟雪「哼」一聲，雙手舉起棺木，向南宮平推了過去，等到南宮平接過時，她已掠出門外。

她心中氣惱，實在不願再看南宮平一眼，但走了許久，卻又忍不住回頭去望，這時南宮平卻正仔細看過了那兩方山石上所刻的畫像，悠然走了過來，他此刻竟像十分平靜，方才的心事，此刻都生像是已經沒有了大半。

但梅吟雪卻越發氣惱，又走了兩步，卻忍不住又回首道：「你到底說不說？」

南宮平道：「說什麼？」

梅吟雪「哼」一聲，纖腰微擰，刷地掠開數丈，南宮平方自微微好笑，哪知她卻又刷地掠了回來，大聲道：「那張黃紙上究竟寫的是什麼？」

南宮平微笑道：「你要看看這張字柬，怎地不早些說呢？不說我怎會知道！」

他右手托棺，伸出左手，手掌一攤，原來他竟早已又將那張字柬放在掌心裡，梅吟雪凝注著他掌心裡的紙箋，呆了半晌，心裡忍不住幽幽嘆息一聲，忖道：「我雖然美貌，但世上的男子卻未必人人都會對我著迷，我雖然聰明，但人家也未必都比我笨……」望了南宮平兩眼，心裡不知是愁？是怒？是喜？伸手取過紙箋，展開一看，只見上面赫然寫著八個銀鉤鐵劃、古趣盎然的硃砂篆字：

「天帝留賓，神龍無恙！」

「神龍無恙……」她輕喚一聲，詫聲道：「不死神龍，竟然還沒有死麼？」

南宮平微微含笑道：「不會死的！」

梅吟雪抬頭望他一眼，沉吟道：「這『天帝』兩字，卻又是什麼意思呢？」

南宮平道：「自然是一位武林前輩的名字了，除此之外，難道……」

梅吟雪冷冷截口道：「是誰？你可曾聽過武林中有人喚做『天帝』的？」南宮平微微一怔，梅吟雪道：「也許……」她本想說「天帝」這兩字，也許是「極樂世界」的代名詞，也許是仇家故意用來取笑、欺騙他們，或是友人用來安安他們的心。

但她見了南宮平的神色，突地又覺不忍說出口來，「天帝！天帝！」她只是淡淡說道：「只是這名字我未聽人說過而已。」

將要下山的時候，她又忽然一笑，道：「我們還是走小路下山的好！」

南宮平道：「爲什麼？」

梅吟雪一掠鬢髮，輕笑道：「我這樣的打扮，見得了人麼？」

南宮平側目瞧了她幾眼，只見她秀髮如雲，秋波如月，蒼白的面靨被陽光一映，也有了幾分粉紅的顏色，襯著她一身雪般潔白的衣衫，當真是美得超塵絕俗，哪裡有半分見不得人的樣子？不禁失笑忖道：「你這副樣子若是再見不得人，那麼還有些別的女孩子真該找個地縫鑽下去才是！」

他乍聞神龍平安之訊，師兄們的行蹤至今雖仍未見，但畢竟不久便可相遇，是以此刻但覺心懷甚暢，是以沒有說話，隨著她自小路下山，在漫天夕陽，嫣紅如紫，以及西北著名的風沙中，到了臨潼。

將近黃昏，未到黃昏，風沙中的臨潼城，在日色朦朧，煙霧迷濛中越發顯得美了。

青石板鋪成的正街是筆直的，經過一天疲勞的工作後，冀求獲得鬆懈或刺激的人們，擁塞在這條筆直的街道上，給這樸實的西北名城，平添了許多繁榮與熱鬧。

誘人的香氣，眩目的燈光，以及令人聞之心動的刀杓聲，自沿街的青簾中、高樓上傳來，南宮平手托棺木，喃喃嘆道：「這棺木真的重得很，難怪師傅費了許多心力才能找到抬棺人，但他們還是做不了多久便要走了！」

梅吟雪依依跟在他身畔，聞言秋波閃動，微微一笑。

她這一笑中竟似又含蘊著一些秘密，但南宮平卻未看出，他只是接口道：「你可知道那些抬棺人之中，有的還是些洗心革面的綠林人物——」話聲未了，目光動處，突地瞥見街上每一雙眼睛，都在瞬也不瞬地望著自己。

一個英俊軒昂，但卻托著一具棺木的少年，一個美絕天人，但裝束卻極爲奇特的女子，並肩走在這繁榮的街道，若不引人注意，除非這滿街的人都是瞎子，南宮平面頰一紅，垂下頭去，輕輕道：「若是從大路下山，便可叫得到車了。」

梅吟雪卻仍然神色自若，微微笑道：「你若是怕人看，這兩旁的店家多得很……」言下之意，卻是我已被人看慣了。

南宮平道：「極是極是……」埋首往路邊走去。

他目光一瞟，只見路邊一家最大的酒樓門楣上，那寫著「平記快聚樓」五個黑漆大字的招牌，竟是鮮紅的顏色，甚至連門簾都是紅黑二色，與別的店家酒樓俱都不大相同，他神色似乎微微一變，但仍然筆直地走了進去。

但是他還未走到門口，店裡一個瘦長的伙計卻已迎了出來，但卻絕非歡迎，而是雙手將他攔在門外，南宮平怔了一怔，道：「做什麼？」店伙面上的神色，混合著倨傲與虛僞，冷冷道：「你做什麼？」

南宮平道：「自然是來吃飯打尖的。」心中卻大爲奇怪道：「怎地這家店，對待客人如此怠慢。」不禁接口道：「難道你們這家店舖，不是做生意的麼？」

瘦長的店伙冷冷一笑，道：「生意是做的，可是帶著棺材的客人，我們卻絕不歡迎。」

南宮平恍然一笑，道：「可是……我這口棺材是空的，你不相信我可開開給你看！」他正待放下棺材，哪知道店伙卻舉手向他一推，厲叱道：「空的也不歡迎。」他身材雖瘦，但手底卻有些力氣，顯見也是練過幾天的把式。

此刻四周也圍攏來一些看熱鬧的人，南宮平劍眉微軒，怒火漸升，但看了四周的人群一眼，卻終於壓下了怒火，和聲道：「我和你們掌櫃的認得，可不可以方便方便，我將棺材放在——」

他話猶未了，那店伙已大怒道：「跟掌櫃的認得也不行，快走快走……」

梅吟雪似乎也看出了南宮平不願惹事，此刻輕輕一拉他衣袖，道：「這家不行，我們就換一家！」

南宮平和悅顏色的看了這店伙幾眼，終於分開人群走出，只聽這店伙卻仍在後面大罵：「也不打聽打聽這是什麼地方！是誰開的？咱們的公子爺是誰？再來胡鬧，不打斷你的腿……」

梅吟雪偷偷瞧了瞧南宮平，只見他臉色平和，竟然絲毫沒有動怒之態，心中不覺甚是奇怪，哪知換了一家酒舖，店伙竟道：「快聚樓沒有留下的客人，小店也不敢留……」換了三家，竟然都是如此，南宮平劍眉漸漸揚起，跟在他們後面低聲譏笑的閒漢，尤其令他不耐。

但是他仍然沒有發作，直到轉過這條大街，他們才在一條陋巷中找到一家小店肯接待他們，那年邁蒼蒼的店主人為他們擺上杯筷，口中卻也在低聲道：「本來快聚樓不收的客人，我們也不願留下，可是……唉！客人你年紀輕輕，又帶著家眷……唉！聽說他們家還有一位公子爺，仗義疏財，聲名赫赫，五湖四海，都有朋友，方才你老遇到的，大概就是尤二爺，這位尤二爺就是從那位公子爺辦的招聚英雄館出來的，據說還跟那位公子爺練過幾天武，雖說是個伙計，可是就連他們掌櫃的都惹不起……唉！這就叫做宰相家奴七品官呀。」

他嘮叨而輕聲地說完了這麼長一篇話，便已將杯筷以及三兩盤花生雞子之類的小菜都擺好了，南宮平仍是神色安詳，毫無表情。

梅吟雪聽了這老人的話，本來還似有些奇怪、詫異，但後來卻忍不住有些好笑了。

吃了兩口菜，南宮平突地要過紙筆，寫了幾行字，仔細地摺了起來，走到門口，交給一個街邊的閒漢，低低說了兩句話，又緩步走回。

梅吟雪望著他嫣然一笑，也不問他是在幹什麼，竟也是胸有成竹的樣子。

他倆人安詳地吃著東西，過了半晌，門外突地跌跌撞撞地奔進來一個錦衣華服，面容白淨的中年漢子，奔進來便向南宮平當頭一揖，還未說話，門外又一陣風似的奔進一個人來，「噗」地向南宮平拜倒在地，竟然就是那瘦長的店伙「尤二爺」。

南宮平目光一轉，緩緩長身而起，道：「小二爺，你這是做什麼？」

倨傲而虛偽的「尤二爺」，此刻已是可憐而可笑地說不出話來，那錦衣漢子亦是滿面惶恐之色，陪著笑道：「想不到……想不到……公子爺大駕，竟到了西北來。」

小店中的老人此刻也驚得呆了，望望南宮平，又望望店外的人群，摸了摸自己蒼白的頭髮，實在不相信自己的眼睛。

要知「南宮世家」，有敵國之富，普天之下，幾乎都有著他們的生意，在「南宮世家」閭名的紅黑兩色標誌下討生活的人，不知有幾千幾萬，但卻無幾人認得他們的少主人南宮平！

但此刻南宮平所寫的窄窄一張紙束，小小一個花押，卻使得這位「尤二爺」及那掌櫃的華服漢子充滿了驚懼惶恐之情，面對著他們的少主人，這兩人實在不知該說些什麼奉承、求恕的話才好。

梅吟雪輕輕一笑，道：「我們大約可以換個地方吃飯了吧！」

南宮平垂首笑問：「尤二爺，我們抬著棺材可以進去麼？」

但是，他的屬下自然不會再讓他們的少主人，來抬棺材的，那華服漢子連連道：「請公子先移駕到店裡，等會小的再命人來抬這口棺材。」他心裡也不禁奇怪，我們的公子為什麼要抬著一口棺材在身邊？但這些話他自然不敢問出來。

南宮平微微一笑，自懷中取出一個柔絲的香囊，隨手拋在桌上，向那惶恐的老人笑道：「這是你的酒菜錢——」又道：「再等兩天，我會安排你去做快聚樓的總管，我相信你會使那裡的店伙們對客人仁慈客氣些。」

他根本不容那老人致謝，便與梅吟雪飄然出了這小店。

直到他們的身形轉出陋巷，看熱鬧的人也俱都跟去，這滿心歡喜的老人還愣愣地站在門外，幾乎還以為自己只是做了一場春夢。

他坐在桌邊，打開那絲囊，一陣珠光，立刻騰耀而出，像是初昇的陽光，閃耀著他的眼睛，也閃耀了他的心。

這幸福來得太過突然，又像是來得太遲了些，他摸摸自己面上的皺紋，想到自己死去的妻子，心裡不知是該高興抑或是該嘆息。

突地——他似乎聽到「喀喇」一聲輕響，於是他轉過頭——

但是他目光方動，體內的血液，卻已都被一陣突來的寒氣給凝結住了。

一聲輕響，絲囊也落到地上，四粒明珠，滾了出來，滾到那口停放在牆角的棺木邊……

棺蓋已掀開來了，一個身穿碧綠道袍，滿身俱是鮮血的高髻道人，緩緩自棺中爬了出來，黃昏已至，燈光昏黃，黯淡的光線，照在他猙獰的面上，老人身軀搖了兩搖，才記起自己還有聲音——他已全然被這太大的驚恐駭呆了，就正如他方才被那太大的幸福駭呆了一樣。只是他一聲驚呼，還未出口，那浴血的高髻道人，已和身撲了過來，十指如鉤，一齊扼住了老人的脖子。

一陣輕微的掙扎與呻吟，一切終歸寂然，高髻道人惶恐地四顧一眼——陋巷中沒有人，因爲人們都去瞻仰南宮公子的風采去了。

他慶幸地嘆息一聲，匆匆上了樓，換了一套這老人的衣裳，然後掙扎著，閃縮著，蹣跚地從小店的後門溜了出去，只留下那辛苦一生的老人，無助地倒臥在四粒明亮的珍珠旁……

「南宮世家」的公子到了臨潼！

這消息像旋風似的震驚了臨潼——臨潼的深戶大院、臨潼的小戶人家、臨潼的正經店家，甚至臨潼的花街柳巷。

有的人羨慕他的身世，有的人嫉妒，有的人仰慕他的聲名，也有的妒忌，愛俏的姐兒想看一看他的風采，愛鈔的姐兒卻在貪婪地思念著他囊中的財富。

快聚樓中，滿是等候謁見南宮公子的人，各式各樣的名刺，堆滿了他面前的桌子，他開始有些後悔，後悔自己如此張揚。

到了臨潼城的人，誰都會立刻想到「春寒賜浴華清池，溫泉水滑洗凝脂」這兩句有名的詩句，因爲那有名的華清池，便在臨潼縣裡。

浴罷溫泉，小作梳妝的梅吟雪，也像旋風似的震驚了臨潼。人們幾乎不相信自己的眼睛，今生會見著這天仙般的美人。

接風筵盛開，五音弦齊撥，臨潼縣，竟起了一道七色的彩光，沒有榮幸參與接風筵的人們，惆悵地擁在快聚樓外，他們只能偶然在窗口見到南宮平那俊朗的人影，但這卻已足夠使他們回家炫耀妻女了。

瑟歌喧笑中，快聚樓上，突地悄悄走下一個英俊的少年，他衣衫整潔而不華麗，只是合身得很，他神態軒昂而不倨傲，只是大方得很。

他悄悄下了樓，悄悄拉了個店伙，輕輕道：「今夜有沒有一個虬鬚滿面的威猛大漢，和另外三個少年男女到臨潼來？」伙計恭敬地搖頭，他沉聲道：「去打聽。」伙計恭敬地點頭，他又問道：「那口棺材可曾安排好了，那小店中的老人可曾請到店裡來？」

伙計面色變了，此時此刻，又有誰會想到那陋巷中小店裡的老人？

少年的面色亦不禁微微一變，人叢中突地發一陣歡呼：「看──那就是南宮公子！」一連串驚訝讚嘆聲立刻隨之響起，但南宮平卻已悄悄自店後閃了出去！

乘著夜色，他閃避著人群，來到那條陋巷，奇怪，這陋巷的小店門外，怎會也擁擠著這麼多人，難道這臨潼城中，除了一些錦上添花的人外，還有一些雪中送炭的人麼？

他心中奇怪，微一遲疑，終於忍不住大步走了過去，輕輕分開那一堆擁擠著的人群，向裡一看——於是他赫然看到了那駭人的景象！

濛濛的雨絲，灑遍了西北蒼涼的古道，濕潤了道上褐黃的風砂，雨絲中，突地有一行出殯的行列，自臨潼城走向西安古城外的大墓。

漫長的隊伍，莊嚴華麗的柩車，素白的花朵，將它前後左右都點綴成一座花山，無數輓聯跟在那七隊奏著哀樂的隊伍後，甚至連拖車的騾馬踏著的都是沉重的步子。

是誰死了？爲誰出殯？

有的人奇怪。他們便去尋找輓聯上的名字：「屠公仁道千古！」這是個生疏的名字，人們心裡更奇怪了。

一個遍體黑衫的少年，瀟灑，但卻莊肅地走在行列的前端，有的人知道，他便是「南宮世家」的南宮公子南宮平！

但奇怪的是，他在爲誰出殯？

連死鳥都要好生埋葬的南宮平，見到那老人屍身時，心情的沉重與哀痛，是可想而知的，他猜不出這老人的死因。

但卻有一種異樣的感覺，覺得這老人是爲了自己而死。

他知道在這老人一生平凡、窮苦，但卻安靜的生活中，極少有波動，有的僅是輕微的漣漪，然而，他卻想不到，僅僅一個波動，便使這老人無辜地喪失了性命，這份歉疚，使得仁厚的南宮平中宵反側，難以成眠。

他只有以死的哀榮，來補償這老人生前的苦痛。

行列蜿蜒地伸展著，終於望見西安古城那雄偉的城郭，但前面的道路上，卻突地起了一陣動亂，南宮平垂首而行，劍眉不禁微微一皺，目光抬處，只見一個白衫白履，亦似為人帶著重孝的漢子，大步奔了過來，僅僅望了南宮平一眼，立刻翻身跪倒在地上，南宮平方自一愕，這白衣漢子已恭聲道：「小的魏承恩，蒙公子庇蔭，現在西安城為公子照料著生意……」

南宮平恍然「哦」了一聲，沉聲道：「此刻不是敘話之時……」

魏承恩惶聲又道：「小的們昨日知道消息，是以特地到城外來接屠老爺子的靈車，並作路祭，哪知……」

南宮平回首望了後面的隊伍，和聲道：「辛苦了你，且站起來說話。」腳下不停向前走去，走了幾步，突地瞥見前面的道路邊，一排放著十餘張大桌，桌上自然是香燭祭品，但此刻卻已變得一片零亂，甚至連桌子都似被人擊毀了幾張。

他雙眉又自微微一皺，只見那白衣漢子魏承恩仍然苦著臉跟在身畔，便沉聲問道：「這裡莫非發生了什麼事？」

魏承恩乾咳兩聲，垂首道：「小的們昨日得知公子的這件善舉，便星夜趕著來辦迎靈路祭的事，哪知不巧得很，西安城竟另外也有人在趕著來辦一件喪事，而且辦的十分隆重，竟將西

安城裡香燭禮店的存貨，都幾乎買光了，小的們出了重價，才搜集了一點，但已經是辦的草率得很。」

南宮平道：「多辛苦了你們，有這番心意，已經夠了。」

他神態平和，言語更是和悅，魏承恩似乎想不到這名滿天下，家資億萬，幾乎有敵國之富的南宮公子，竟會如此客氣，不禁呆了一呆，方自接口道：「公子爺雖然大量，不怪罪小的，但小的們卻是惶恐得很，唯恐靈車早到，是以昨夜便守候在這裡，一直到前一、兩個時辰，道路上突地塵頭大起，小的們以為是靈車到了，哪知……」

南宮平目光一凜，沉聲道：「這等祭靈之事，難道也有人來搗亂嗎？」

魏承恩長嘆一聲，道：「風沙之中，疾馳而至的，卻是七八匹長程健馬，馬上人一律是黑衫黑履、黑巾包頭，馬鞍邊斜掛著一件長長的黑布包袱，卻在轡頭上插著一面小小的紅旗，一個個粗眉大眼，風塵滿面，神色間卻又顯得十分焦急。」

他口齒靈便，一口氣便將這些騎士的裝束神態，全都形容得活靈活現，南宮平微微一驚，忖道：「這些騎客，難道是『紅旗鏢局』司馬中天門下的鏢頭麼？」

只聽魏承恩又道：「小的一看這些人的行色，就知道他們來路不正，便遠遠避了開去。」

南宮平「哼」了一聲，口中雖未說，心裡卻大為不悅，暗暗忖道：「這些人奔波風塵，保護行旅，正正當當地賺錢，來路有何不正！」

「哪知——」魏承恩接著道：「這般人遠遠看到我們，便齊地滾鞍下馬，三腳兩步地奔到這裡，推金山倒玉柱般一齊都跪了下來，口中還大喊著：『老爺子，晚輩們遲了。』有的竟伏在地上，大聲痛哭起來。」

南宮平為之一愕，魏承恩又道：「小的們心裡都很奇怪，就去問他，是來奔誰的喪？哪知這般漢子抬頭看了看靈位上的字，就俱都大怒著站了起來，口裡也不乾不淨地罵著人，那時小的們就說，看錯了靈是你們的事，何苦罵人？這些漢子聽了這話，竟不分青紅皂白，就打了起來，小的們不是對手，有的被打得遍體是傷，已抬回去療傷去了，只看到這般漢子又坐上了馬呼嘯而去，沒有受傷的人，才重新收拾桌子，在這裡等候公子……所以，……所以這裡就變成這種樣子，還望公子恕罪。」

他說話聲中，立在祭台四側的白衣漢子，已一齊跪到地下。

南宮平目光一掃，只見這些人雖未受傷，但神情卻已極是狼狽，面上不動神色，和聲道：「各位請起。」心中暗怒忖道：「這般『紅旗騎士』，怎地如此蠻橫，自己大意看錯了靈，怎地遷怒到別人頭上，這倒要去問問司馬老鏢頭了。」

草草行過路祭，隊伍又復前行，南宮平心念一轉，突地想到：「那『紅旗鏢局』創業已久，在武林中頗有善名，『鐵戟紅旗』司馬中天，更是久著俠聲，他手下的鏢頭門人，必定不會如此無禮，想必是那些伙計們驕狂已慣，先在言語上得罪了別人，我先前心裡怎地如此莽撞，未曾將事情查問詳細，便想責人，以後怎能在江湖中交友，怎能在武林中立足？」

一念至此，他身上竟似出了一身冷汗。

他生性公正，遇事持平，未曾責人之前，先求責己，待人處世，既未以自己鼎盛的家世爲榮，更未以自己顯赫的師門爲傲，若是自己理屈，他甚至不惜同販夫走卒屈膝求恕，此刻一想到自己險些要變成個仗勢凌人之徒，心中更是惶恐。

西安城更近，他心中不禁又轉念忖道：「紅旗騎士，匆匆趕來奔喪，卻不知西北道上又有哪一位武林前輩仙去……唉！近年來武林中老成凋零，江湖中難免又要生出變亂……」

於是他心頭又變得十分沉重，感慨叢生，唏噓不已！

突地又聽得一聲呼喝，接著，無數聲呼喝一齊響起，匯集成一道比霹靂還要震耳的聲音，震撼著人心！

驚疑交集中，南宮平不覺加快了腳步，只見前面的道路上，迷濛的風沙中，依稀現出了幾條人影，霎眼之間，便變得十分清晰，顯見是雙方腳程都快，南宮平身形微微一頓，對面的人影已一排散開，並肩擋住了他的去路。

當頭一人，玄衫烏履，面容卻蒼白得出奇，一雙眼睛，炯炯生光，筆直地望著南宮平，冷冷道：「兄台暫請止步！」

漫長的行列，一齊停頓了下來，只有那淒涼的樂聲，仍未停止吹奏。

南宮平目光一掃，抱拳道：「有何見教？」

玄衫人銳利的眼神，掠過南宮平的肩頭，望了望他身後一副輓聯上的字跡，面上笑容突斂，沉聲道：「兄台想必就是這裡的主事之人了？」

南宮平道：「不敢！」

玄衫人道：「在下但有一事相求……」

南宮平道：「請教！」

玄衫人道：「兄台所領的靈車，不知可否繞道西城行走？」

南宮平微一沉吟，道：「東門不是就在前面麼？」

玄衫人道：「不錯，東門就在前面。」他嘴角又掠過一絲微帶倨傲與輕蔑的笑容，接口道：「但東門此刻正有許多江湖朋友，在爲一位武林前輩行大祭之禮，兄台若不改道，恐有不便。」

「不便——？」

南宮平劍眉微剔，道：「在下等若是改道，亦有不便之處，陽關大道人人可走，兄台請恕在下不能從命。」

玄衫人目光一轉，上下看了南宮平一眼，面色微微一沉，道：「兄台不改道，在下雖然無妨，但那些江湖朋友，性情卻魯莽得很……」

他語聲微微一頓，不等南宮平開口，兩眼望天，悠悠說道：「兄台但請一想，若不是驚天動地的人物死了，那般江湖朋友怎肯在此大祭？既是在爲一位驚天動地的英雄人物大祭，那般江湖朋友，又怎肯讓別人靈車，撞散他們的祭禮？兄台若是普通行旅，還倒無妨，只是這靈車麼……嗯嗯，還是改道的好。」

南宮平凝目望去，只見此人面容蒼白，神態沉穩，年紀雖不大，氣度間卻另有一種懾人的威嚴，一眼之下，便知不是平凡人物，方待善言相詢，前面若真是個英雄人物的祭禮，自己便是繞路避過，亦是尊敬武林前輩之禮。

哪知他話未出口，玄衫人又已冷冷說道：「兄弟唯恐朋友們得罪了兄台，是以親自趕來相勸……」他似乎是矜持著微頓話聲，他身側抱臂而立的一個遍體黑色勁裝的彪形大漢，立刻接口道：「任大哥這般好意，朋友你休要不識抬舉！」

南宮平眉梢微剔，望也不望這漢子一眼，沉聲道：「武林之中，仁義爲先，堂堂的俠義道，難道也要做出恃強凌弱的事麼？兄台所祭的，若真是驚天動地的英雄豪傑，身在九泉之下，只怕也不願意兄台們做出此等事吧。」

玄衫人神色微微一變，又仔細端詳了南宮平兩眼，突又微微含笑道：「不錯，兄台年少英俊，言語中肯得很。」

南宮平道：「那麼便請兄台讓開道路……」

玄衫人微一擺手，道：「兄台言語雖中肯，但靈車還是要改道的——」他微微一笑，道：「兩人遇於獨木之橋，年幼者該讓長者先走，兩人同過一尺之門，晚輩也該禮讓前輩，兄弟們的所祭之人，無論聲名地位，只怕都要比靈車中的死者高上一籌，那麼兄台改道，又有何妨？」

直到此刻，他神態冷漠倨傲，但語氣仍是平聲靜氣！

南宮平一挺胸膛，沉聲道：「不錯，兄台言語中肯已極！」

玄衫人方自一笑，但忽然想起對方可能是要用同樣的言語回自己的話，面上不禁又變了顏色！

南宮平只作未見，沉聲又道：「這輛靈車上的死者，名聲地位，或者不如別人，但仁義道德，卻直可驚天地而泣鬼神，只怕也不弱於兄台們所祭之人……」

玄衫人冷冷道：「真的麼？」

南宮平自管接道：「何況，若然論起武林中的聲名地位，就憑這輛靈車上的棺木，也毋庸在任何人面前繞道而行。」

玄衫人面色冰冷，凝注著南宮平半晌，突又微微一笑，緩緩道：「兄台不聽在下良言相勸，在下只得不管此事了！」袍袖一拂，轉身而行。

南宮平卻也想不到他說走就走，走得如此突然，不覺呆了一呆，哪知那彪形大漢突地暴喝一聲：「任大哥不屑來管，我『撐著天』薛保義卻要管上一管，朋友，你還是改道吧！」

話聲未了，突地伸手一掌，推向南宮平肩頭，南宮平面色一變，輕輕閃過了這一掌，沉聲喝道：「我與你無冤無仇，也不想傷你害你，還是讓開的好。」他實在不願傷人，說的實在是自己心裡發出的話。

哪知彪形大漢『撐著天』卻哈哈一聲狂笑，喝道：「小朋友，你若是乖乖的改道而走，你薛叔叔可也不願傷你呢！」

南宮平變色道：「你說的什麼？」

薛保義怪笑著道：「這個！」呼地又是一掌，劈向南宮平肩頭，一面又喝道：「看你也是個會家子，你薛叔叔才肯陪你過過手。」他這句話還沒有說完，突的語聲平和，氣焰卻已弱了下去，因爲南宮平避開他這一掌時的身法，幾乎是靈巧得不可思議。

薛保義掌勢微微一頓，大喝一聲：「居然是個好傢伙！」突又拍出兩掌，他看來雖然呆笨，但掌勢竟也十分靈巧，左掌橫切，右掌直劈，一招兩式，竟同時發出。

南宮平身後的行列，已起了騷動，不斷的欒聲，也變的若斷若續起來。

但南宮平神情卻穩如山嶽，身軀微微一偏，左掌突地閃電般穿出，刁住了這大漢的右腕，本自並排擋在路上的漢子見到這種身手，驚怒之下，竟一齊展動身形撲了過來。

南宮平左手輕輕一帶，薛保義便大喊著撲到地上，但在這剎那間，一陣連續的叱吒聲中，已有十數道拳風，向南宮平擊來。

薛保義左肘一撐，接連兩個翻身，腰身一挺，自地上躍起，呆了半晌，似乎還在奇怪自己是如何跌倒的，只見人影閃動，卻又有兩人倒在地上，他雖然久走江湖，見識頗廣，卻再也不敢相信，如此一個少年，竟有這般驚人的身手。

南宮平身形閃動，守而不攻，即攻出手，也不願傷及這些漢子，他此刻才知道那玄衫人「任大哥」口中所說的「不管」，其實無非是在教這些漢子出手，不禁對這「任大哥」的來歷身分，大感驚奇。

突聽薛保義歡呼一聲：「好了好了——」

南宮平目光一掃，只見那「任大哥」又與兩個黑衫老者漫步走回，步履雖仍十分安詳，但目光中卻有了驚詫之色，南宮平心念一動，突地輕輕一躍，橫飛而起，飄然落到這玄衫人面前，低聲叱道：「以強凌弱，以眾凌寡，難道武林中就沒有公道了麼？」

玄衫人神情凝然，不言不語，他年紀雖然較他身旁的兩個黑衫老者小些，但氣度卻似居長，他不說話，這兩個黑衫老者便也不聲不響，南宮平雙足微分，卓然而立，身後的勁裝大漢，反身向他撲來，但玄衫人微一擺手，這十數條大漢便齊地頓住身形，再無一人有絲毫動彈。

風沙沉重，只見這兩個黑衫老者俱是身軀瘦弱，鬚髮蒼白，但目中仍閃閃有光，身軀更挺直得有如架上的標槍，顯見俱是未老的英雄，成名的豪傑，南宮平目光一轉，玄衫人卻已微微笑道：「兄台身手不弱，原來亦是我輩中人！」

南宮平冷冷道：「不敢——」

玄衫人含笑截口，道：「既是武林中人，事情便好辦了。」他含笑指向左邊一位身材較高的黑衣老者道：「這位便是『岷山二友』中，昔年人稱『鐵掌金劍獨行客』的長孫單，長孫大先生。」

黑衫老者身形筆立，動也不動，玄衫人又指向右面一人道：「這位自然便是『驚魂雙劍追風客』長孫空，長孫二先生了。」

南宮平抱拳道：「久仰盛名——」心中卻大爲奇怪：「這兩個出名的孤僻劍客，怎地會來到此間？這玄衫人又將他兩人名姓提出作什麼？」

只聽玄衫人微微一笑，又道：「兄弟我雖是無名之輩，但能令這兩位不遠千里，趕到致祭的，當今江湖中又有幾人？兄台難道還猜不出來？」

此刻一輛簾幕深垂的白馬小車，已越過行列緩緩來到南宮平身後一丈處，但南宮平卻仍未覺，自管尋思道：「此人是誰？竟能勞動了『岷山二友』？」不禁苦笑一聲，道：「在下愚昧淺見，實是猜它不出，但請兄台相告！」

玄衫人面容一整，神情突地變得十分莊肅，長嘆道：「此人一死，江湖中如喪考妣，武林中如失干城，此人便是名傾九州，技壓天下，以一柄『葉上秋露』，稱霸武林數十年的『不死神龍』龍老爺子……唉！閣下既屬武林同道，爲了這位俠義無雙的龍老前輩的英魂改道而行，想必也是應當的吧！」

他言猶未了，南宮平已是愕在當地，半晌說不出話來。

玄衫人抬眼一望他如癡如醉的面色，心中亦不覺大奇，詫聲道：「難道兄台亦與這位龍老前輩……」

南宮平突地向他深深一揖，身形一閃，閃電般向那古城的城郭下奔去。

「岷山二友」面色一變，刷地轉身，玄衫人卻微微擺手笑道：「不必追趕，這少年的師門，想必定是與『不死神龍』有關，他此刻前去，是無惡意，只是趕去致祭去了。」

他目光亦凝注著南宮平遠去的身影，輕嘆一聲，道：「這少年人中之龍，你們要好好留意他，但願他亦能與我結交，否則——」語聲一頓，他目光中突地流露出一種劍刃般的青光寒意。

南宮平飛身急掠，三個起落，只見那古城沉重的陰影下，正無聲地肅立著無數個黑衣漢子，人人手中，俱都捧著一束長香，繚繞的香雲，嬝娜四散，宛如山巔的濃霧，氤氳在古城堞上。

當前一排巨桌，燃著千百隻巨燭，風中燭火，飄搖不定，大多已被風吹熄，更使這景象顯得淒涼！

一個高大威猛的老者，卓立在人群中央，面色凝重，目光悲戚，根本沒有注意到南宮平飛來的人影，他似乎已無聲地沉默了許久，此刻突地揮臂大喝道：「不死神龍一生英雄，我們卻不可效小兒女態使他英靈不快，兄弟們，再爲『不死神龍』吶喊一聲！」

話聲方了，立刻又響起一聲南宮平方才在路上聽到那種霹靂般的呼喊，南宮平只覺心頭一陣激盪，亦不知是悲是喜，只聽四壁迴聲，他突也長嘯一聲，掠到一排巨桌前。

高大威猛的老者驀地一驚，暴喝道：「哪裡來的畜牲，敢到這裡來擾亂靈台，拿下！」

他語聲威猛沉重，神態間竟似有幾分與「不死神龍」相似，喝聲一了，兩旁立刻奔躍來十數條大漢，撲向南宮平。

南宮平振臂大喝一聲：「且慢！」

他聲如驚風，直震得兩旁飛掠而來的漢子，身形爲之一頓。

威猛老人怒喝道：「等什麼，還不——」

南宮平目光閃電般一掃，只見數千道目光，俱在對自己怒目而視，心中不禁微微吃驚，不知道自己怎樣才能在刹那之間，將此事解釋。

哪知他微一猶疑，十數條人影已齊地掠來，匯集的掌風，有如一座大山，向他當頭壓了下來，這些人武功無一不是高手，南宮平竟無法開口說話，只得閃動身形，避開這勢若雷霆的一擊。

威猛老人雙手扶案，鬚髮皆張，神情之間，顯已極怒，厲喝道：「留下活口，我得問問他……」喝聲未了，突有兩條大漢閃到他身側，低低說了兩句話，他怒容竟驀地一消。

凝目望去，只見南宮平身若游龍，矢矯閃變，他雖未出手還擊，但這十數條大漢，也無法沾著他一片衣衫。

威猛老人目光一轉，又有不少武林豪士身形躍動，要來擒拿前來這裡撒野的「無理少年」。

南宮平劍眉微軒，雙臂一掄，呼地一道勁風，逼開了四面來攻的漢子，大喝道：「各位且慢——」，但此刻情況，怎容他解釋？哪知威猛老人卻突暴喝一聲：「一齊住手！」

這一聲大喝聲勢驚人，迴音響過，四下寂絕，南宮平四下的掌力雖撤，但那千百道目光，仍是有如利刃般指向他。

他心頭又是一陣激盪，感動地爲他師傅在武林中的成就嘆息。然後，他回轉身，面對著那威猛的老者，緩緩恭身一揖。

威猛老人目光閃動，突地沉聲道：「你可是『神龍』門下的五弟子南宮平麼？」

他中氣沉足，一個字一個字地響徹四野，四下群豪，俱都一愕，「這少年竟是神龍門下？」要知南宮平自入師門後，便未在江湖間走動，武林群豪，自然俱都不認得他，此刻雖已有人知道他便是「南宮世家」的繼承之人，但卻無人知道他也竟是「不死神龍」的衣缽弟子。

南宮平心頭亦覺奇怪，不知道這老人怎會突然認得了自己，但仍恭身道：「晚輩正是南宮平！」

威猛老人濃眉一揚，厲聲道：「你既是『神龍』門下，難道你不知道我等是在爲令師致祭？怎地還會在此地如此張狂，還不快去換過孝服，向令師在天的英魂懺悔。」

南宮平面色莊重，又自恭身一禮，朗聲道：「各位前輩對家師如此，晚輩實是五內銘感，但是——」

他目光四掃一下，挺胸道：「家師實在並未死去——」

話聲未落，四下已立刻響起一片驚呼詫異之聲，威猛老人再次一拍桌子，目中發出厲電般的光芒，一字一字地說道：「神——龍——未——死——？」突地轉過身去，大喝道：「李勝、王本廣，過來！」

南宮平抬目望處，只見這威猛老人身後，畏縮地走出兩個人來，烏巾黑衫，身軀彪壯，竟是「止郊山莊」門下的抬棺大漢！

原來自從南宮平追蹤那高髻道人而去，龍飛、石沉、郭玉霞、古倚虹，再上山巔，去尋師蹤後，這兩個大漢等了許久，便覓路下山。

他兩人走的是下山正道，哪知他兩人還未落到山腳，便已見到在山腳下竟已擁立著一群武林豪士，有的在低聲言笑，有的在皺眉企望，也有的在神情急躁，不斷地負手踱著方步。

這些武林豪士俱都是聽得「不死神龍」在華山比劍之約後，不遠千里，跟蹤而來，此刻正在等待著「神龍」與「丹鳳」比劍的消息，只因他們深知「不死神龍」的脾氣，是以沒有人敢妄自上山。

於是這兩個抬棺大漢所帶下的消息，便使得這些武林豪士大爲震驚！

「丹鳳」已死，「不死神龍」也被「丹鳳」門下的詭計所傷！並且留下了遺言！此刻「神龍」門下，已各自散去了！

這既不確實，又嫌誇張的消息，卻立刻像野火燃燒著野草一般，在華山四周縣城的武林豪士口中燃燒起來。

一個時辰之內，快馬飛馳，在各縣城之間往來不絕。

坐鎮西安的西北大豪，在武林中素有「西北神龍」之稱的「飛環」韋七，韋七太爺，雖然被江湖中人半帶譏嘲地稱爲「僞龍」，但卻絲毫不以爲忤，反而對「不死神龍」有著更深的敬佩，聽得這不幸而不確的消息後，便立刻召集武林群豪，來舉行這次「古城大祭」。

聽到消息，能夠趕到的武林中人，俱都飛騎趕來了。

更令這大祭生色的，是「玉門關」外，聲名顯赫，但行蹤卻極飄忽的神奇人物，「萬里流香」任風萍，也隨著「崆峒」劍客，「岷山二友」匆匆趕來！

此刻，這神態氣度，均有幾分酷似「不死神龍」的西北神龍，「僞龍」韋七，滿面怒容，喚來了那兩個抬棺大漢——李勝、王本廣。

南宮平目光動處，心中亦自恍然：「難怪他得知了師傅的死訊，難怪他忽然知道了我的姓名……」

只聽「飛環僞龍」韋七厲喝一聲，道：「不死神龍的死訊，可是你們說出的麼？」

李勝、王本廣一齊垂首稱是！

韋七濃眉一揚，道：「但你家五公子，怎地又說神龍未死？」

李勝、王本廣，對望一眼，誰也不敢說出話來。

韋七道：「你們是否當真看見了『神龍』已死！」

李勝、王本廣，頭垂得更低，只聽李勝悚慄著吶吶道：「小人……小人沒……有……」

韋七目光一凜，大怒道：「好大膽的奴才，既未眼見，便胡亂說話，教老夫弄出這天大的笑話。」

他盛怒之下，右掌一揚，竟將面前靈案上的香燭，震得四散飛落！

李勝，王本廣垂手低頭，面上已無人色。

南宮平朗聲道：「老前輩暫且息怒，這也怪不得他們……」

韋七怒道：「不怪他們，難道怪我麼，不死神龍若是來了，豈非以爲我這條僞龍咒他快死！」

這老人雖然鬚髮半白，卻仍然性如烈火，南宮平暗嘆一聲：「原來此人便是『飛環』韋七……」仔細瞧了他幾眼，只覺他神態之間，雖有幾分與師傅相似，但卻少了師傅那種熙和之意。

他心念數轉，對這老人卻仍是非常恭敬，因爲他雖然比不得師傅，卻已無愧爲武林的前輩英雄，身軀一挺，朗聲道：「此事說來話長，晚輩心裡卻非但沒有覺得老前輩此事不當，反而覺得老前輩行事之可佩。」

目光四掃一眼：「我相信各位英雄朋友，武林前輩，心裡定也與晚輩有所同感！」

「飛環」韋七一捋長鬚，望了望南宮平，又望了望那兩個抬棺大漢，揮手道：「走、走、走……」

這兩人躬身一禮，抱頭走了，南宮平暗中一笑，只聽身後突地響起一陣朗笑，道：「兄台原來竟是『神龍』門下，兄弟我初入玉門，便能見到如此少年英雄，的是可喜，『不死神龍』英雄蓋世，死訊只是誤傳，讓兄弟我仍有機會瞻仰前輩風采，更是可喜……」

南宮平轉頭望去，心頭突地一驚，只見那玄衫人自懷中取出一柄描金摺扇，輕搖而來，與他並肩而行的，竟不是那「岷山二友」，而是一男一女，男的長身玉立，面目沉靜，女的風姿絕世，秋波流轉，赫然竟是自己的大嫂郭玉霞，以及自己的三師兄——石沉！

那玄衫人輕搖摺扇，朗笑著又道：「更令我任風萍歡喜的是，兄弟我竟在無意中又遇著了兩位『神龍』門下的高弟……諾諾諾，各位可認得。這兩位是誰麼？哈哈，想必各位是知道的！」

郭玉霞、石沉一現行蹤，四下群豪便又響起了一陣騷動。

只聽一人悄悄道：「人道『鐵漢夫人』貌美如花，今日一見，果然名不虛傳……」目光便也離不開郭玉霞身上。

「飛環」韋七目光一轉，哈哈笑道：「好好，想不到任大俠又帶來了兩位神龍子弟——」微一抱拳道：「兩位想必就是近年來武林盛傳，聯袂上黃山，雙劍誅群醜的『止郊雙劍』了！」

石沉面色微變，垂下頭去，郭玉霞輕輕一笑道：「晚輩……」

南宮平卻已一步掠來，截口道：「這位是晚輩大嫂，這位卻是晚輩的三師兄，也就是『止郊雙劍』中，人稱『靜石劍客』的石沉！」

「僞龍」韋七詫異地向他兩人望了幾眼：「大嫂……」他突又捋鬚大笑起來，道：「這位難道便是『鐵漢夫人』麼?好好，老夫雖然僻處西北，卻也聽過江湖人語：『百煉鋼化繞指柔，鐵漢子配美婦人！』當真是男的是呂布，女的是貂蟬……」話聲未了，四下已響起一片笑聲。

南宮平亦不禁暗中一笑，忖道：「這老人雖已年近古稀，想不到言語間仍是這般魯莽。」

卻見那任風萍微微一笑，朗聲道：「江湖之中，雖多名實不符之輩，但神龍子弟卻是名下無虛，這位石大俠人稱『靜石劍客』，當真是人靜如石……」他口中雖在稱讚著石沉，兩道眼神，卻瞬也不瞬盯在南宮平面上，含笑道：「這位兄台年青英發，深藏不露，既是『神龍』門下，大名想必更已遠播，不知可否見告？」

南宮平見了石沉、郭玉霞同行而來，卻不見龍飛之面，心裡早有了許多話想要詢問，卻聽這任風萍慇懃相詢，此人溫文爾雅，談吐不俗，武功雖未顯露，但必然極有來歷，不覺動了相惜之意，微微一笑道：「小可南宮平，初入師門，怎比得我大嫂、三哥……」

郭玉霞輕輕一笑，道：「我這位五弟初入師門，可比我們都強得多！」

韋七哈哈笑道：「神龍子弟，俱是好漢，你們也毋庸互相謙虛了，我且問你，『神龍』既未死，此刻在哪裡？」

南宮平微一沉吟，方在措詞答覆，郭玉霞已幽幽嘆道：「師傅他老人家雖然可能還在人間，只是他老人家的行跡，晚輩們卻不知道！」

韋七雙目一張，面露驚愕，郭玉霞又道：「晚輩們昨夜在荒山中尋找師傅，又擔心五弟的下落！」

韋七濃眉微軒，道：「他難道不曾與你們在一起？」

郭玉霞幽幽一嘆，道：「不曾！」

韋七目光一凜，驚問南宮平，道：「你師傅下落不明，生死未卜，你不去尋找，卻在這裡辨別人的喪事……哼哼！這算是什麼子弟？」南宮平呆了一呆，雖想解說，但他這一日之前所遇之事，不但錯綜複雜，而且有許多還關係著他師傅的聲名，又豈是一時間解說得清？

郭玉霞輕輕嘆道：「五弟到底年輕些，又……」悠悠一嘆，戛然不語。

韋七冷「哼」一聲，不再去看南宮平，捋鬚又道：「那『鐵漢』龍飛，老夫亦是聞名久了，此刻怎地也不見前來？」

南宮平心懷坦蕩，聽了郭玉霞這般言語，見了韋七這般神態，心中卻又不以為意，暗道：「我正要詢問大哥的行蹤，他先問了也好。」

這其間只有那來自玉門關外的異士「萬里流香」任風萍，冷眼旁觀，心中暗忖：「這『神龍』門下的弟子之間，莫非有著什麼矛盾？」嘴角突地泛起一陣難測的微笑。

只見郭玉霞秋波一轉，似乎欲言又止，韋七皺眉忖道：「那龍飛的去處，難道也有不可告人之處？」沉聲又道：「龍世兄哪裡去了？」

郭玉霞輕嘆一聲，道：「我大哥……唉！我大哥陪著我四妹，走在後面，不知怎地還未前來！」又自一嘆，以手掩面，垂下頭去，她言語平常，但神態語氣之間，卻似有許多委曲，又似真的有許多不可告人的隱秘。

南宮平劍眉微皺，心中大是疑詫，只聽「偽龍」韋七道：「他怎地不陪著你，卻去陪別的女子？」

郭玉霞幽然道：「晚……輩不知道！」

韋七濃眉一挑，忽見風沙之中，一輛白簾素車，款款而來，車形甚小，拉車的亦是一匹幼馬，遠看似乎無人駕駛，行近一看，只見那深深垂下的布幔中，竟伸出了一隻春蔥般的纖纖玉手，挽著韁繩，車幔雖是純白，但這隻手掌，卻更是瑩白如玉。

南宮平目光動處，面色微變，郭玉霞瞧了他一眼，似笑非笑地說道：「這輛車裡坐的是誰家妹子，五弟你可認得麼？」

言猶未了，只見那素車的白幔往上一掀，一個秀髮如雲，秋波如水的絕色美人，不勝嬌慵地斜斜倚在車篷邊，如水的秋波四下一轉，然後凝注著南宮平道：「喂，你的話說完了沒有？」

四下本已因著郭玉霞的言語，而紛紛私議著的武林群豪，此刻語聲俱都一頓，數千道光，一齊轉到了這絕色女子身上，方才他們見了郭玉霞，已認做是天下絕色，哪知這女子更比郭玉霞美上幾分，郭玉霞之美，猶可以言語形容，這女子卻美得超塵絕俗，彷彿是降謫人寰的天上仙子。

此時此刻，梅吟雪此地現身，南宮平雖然心懷坦蕩，卻也說不出話來。

郭玉霞道：「我只當五弟到哪裡去了，原來……」輕輕一笑，轉口道：「這位妹子好美，五弟，你真有辦法，短短一日之內，就結交了這一位美人兒，又對你這般親熱！」

「僞龍」韋七冷「哼」一聲，沉聲道：「任大俠，石世兄，老夫下處便在西安城裡，大雁塔畔，稍候千請前來一敘！」轉身過去，望也不望南宮平一眼，抱拳向四下的武林群豪朗聲道：「各位遠來辛苦，且隨老夫一齊入城，喝幾杯淡酒。」袍袖一拂，分開人叢，踏著大步去了。

群豪一陣哄亂，拋下了滿地香火，紛紛四散，南宮平心頭一陣堵塞，他心高氣傲，怎受得了這種冤屈、曲辱，卻是苦於無法解釋。

郭玉霞一面向韋七斂衽爲禮，面上卻不禁泛起了得意的笑容，直到韋七去遠，她緩緩轉身，走到車前，含笑道：「這位妹子，尊姓大名，你要找我們五弟，有什麼事麼？」

梅吟雪動也不動，仍然斜斜地倚在車上，秋水般的目光，淡淡地望著她，春蔥般的玉手，輕輕的撥弄韁繩，像是根本沒有聽到她的話。

南宮平暗嘆一聲，走過去道：「這位便是我的大嫂，這位梅姑娘，是……是……」他怎能將梅吟雪的來歷說出。

「梅姑娘，」郭玉霞神色不變，微笑著道：「我們五弟能認得你，我做大嫂的也高興得很。」

梅吟雪冷冷一笑，斜瞟著她道：「老頭子拂袖走了，只怕你心裡更高興吧？」

郭玉霞呆了一呆，面色突變。

南宮平心懷仁厚，對他的大嫂，始終存著尊重之心，但他卻也深知梅吟雪的脾氣，此刻他站在當地，當真是左右爲難，只得亂以他語，陪笑道：「大嫂，大哥到底到哪裡去了？」

郭玉霞目光瞪著梅吟雪，突地轉過身來，道：「你去問你的四妹！」

南宮平心頭一震，暗道：「這是什麼意思？」回頭一望，只見石沉木然站在那裡，對四周的一切，都像是不聞不問，任風萍負手而立，面含微笑，四下的武林群豪，雖也大多散去，但卻還有許多人，立在遠處，遙遙觀望，又有一些黑衣大漢，忙亂地拾著祭檯，目光也不時瞟向這裡。

他緩緩垂下眼簾，突地瞥見兩條人影，閃電般掠來，戛然停在車前，竟是那成名河西道上的崆峒劍客「岷山二友」！

此刻這兄弟二人的四道眼神，彷彿刀劍遇著磁鐵似的，凝看梅吟雪，良久良久，長孫空喃喃道：「十年一別，想不到今日又在此地見著這張面目。」目光之中，滿含怨毒之意。

長孫單卻沉聲道：「姑娘可是姓梅？」

南宮平心頭一凜：「難道他們已認出了她！」卻見梅吟雪神情悠然，點了點頭。

「驚魂雙劍追風客」長孫空面色一寒，突地顫抖著伸出手指，道：「梅吟雪，你……你……」右手一反，霍然自腰畔抽出一柄拇指般粗細，閃閃生光的軟劍！大聲道：「你下來！」

長孫單亦是面容慘變，郭玉霞心頭一驚，回首望向南宮平道：「她竟是冷血妃子？」語聲中亦有驚悚之意。

南宮平心中惶然，抬眼一望，卻見梅吟雪仍是悠然含笑，悠然玩弄著韁繩，悠然笑道：「誰是梅吟雪，梅吟雪是誰？」

長孫兄弟對望一眼，面上漸漸出現了疑惑之色，長孫空掌中的長劍，也緩緩垂了下去，他兄弟兩人，十年以前，曾受過那「冷血妃子」梅吟雪的侮弄，至今猶是恨在心中，但十年來的歲月消磨，他們對梅吟雪的面貌，自也漸漸模糊，此刻見她如此一問，這兩人倒答不出話來。

「萬里流香」任風萍目光一轉，微微笑道：「孔雀妃子成名已久，這位姑娘最多不過雙十年華，長孫兄，你們只怕是認錯了吧！」

長孫空雙眉深皺，吶吶道：「我雖也知道梅吟雪已死在神龍劍下，但……此人既是姓梅，面貌又這般相似……」長孫單目光又復轉向梅吟雪，沉聲道：「你可是梅吟雪之親人，與梅吟雪是何關係？」

梅吟雪微微一笑，悠悠問道：「姓梅的人，難道都該與她有關係麼？」

「萬里流香」任風萍仰天一笑，大步走來，分開長孫兄弟兩人，笑道：「世間同姓的人本多，相似之人亦不少，長孫兄，你錯認孔子爲陽貨，定說東施是西施，還不快向這位梅姑娘陪禮。」

他口中雖然如此說法，暗中卻將長孫兄弟推到一邊，因爲他深知長孫兄弟成名已久，再也不會向一個無名少女陪禮的。

梅吟雪哂然一笑，冷冷道：「這兩位大英雄，大劍客，怎會向我一個無名之輩陪禮？你還是暗中將他們推開好了。」

任風萍突地一呆，他雖然遇事鎮靜，此刻面上卻也不禁變了顏色，尷尬地強笑兩聲，卻見梅吟雪素手一揚，那純白的布幔，便又落了下來。

郭玉霞凝注著這深重的布幔，暗暗忖道：「這女子好靈巧的心機，好犀利的口舌！」她自負顏色，更自負於心智、口才，但此刻見到了這冷漠而絕艷的女子，心中卻若有所失，心念數轉，突地抬頭問道：「五弟，此間事了，你可是要回到『止郊山莊』去？」

南宮平道：「小弟辦完了喪事，自然要……」他突然想起自己三月之後，還要與那葉曼青姑娘會於華山之麓，爲師傅完成「三件未了的心願」，又想到自己還要時刻不離地「保護」車中的梅吟雪，語聲不覺沉吟起來。

卻聽郭玉霞道：「大哥未來，你最好與我同行，不然我和三弟單獨在一起，我們心中雖然坦蕩，但被江湖中人見了，卻難免生出嫌話。」她幽幽一嘆，又道：「三弟，你說是麼？」

石沉抬起頭來，茫然道：「是的。」又茫然垂下頭去。

南宮平見了他這般神色，心中不禁一動，但自家亦是心情紊亂，也未仔細思索，只是吶吶道：「但小弟三月後……」

車幔中突地傳出一陣冰冷的語聲道：「喂，你快些辦完那老人的喪事，我要到江南去。」

郭玉霞冷冷道：「你要到江南去，但請自便……」

南宮平吶吶道：「只怕……只怕我也要到江南去。」

郭玉霞面色一變，沉聲道：「你說什麼？難道大哥不在這裡，我就不是你的大嫂了麼？」

她對於梅吟雪的容貌才能，既是妒忌，又是害怕，實在不願意這樣一個女子，跟隨在南宮平身邊，因爲那樣將會影響到她的計劃，甚至會窺破她的隱私，是以她不惜拉著南宮平，留在和自己一起。

南宮平思潮紊亂，左右爲難，吶吶道：「大嫂的話，小弟自然要遵命，但……」

忽見一個黑衣漢子奔來，道：「公子，靈車是否直奔大墓？」

南宮平乘機下階，道：「自然是直奔大墓。」躬身道：「小弟先去照料喪事，稍後再與大嫂商量。」繼又微一抱拳，道：「任大俠，小弟先走一步了。」匆匆隨著黑衣漢子走了。

任風萍手搖摺扇，面含微笑，朗聲道：「兄台只管去忙，小弟日內再來拜訪。」環施一禮，客套幾句，亦自與「岷山二友」走入西安城裡，車幔中的素韁輕輕一提，馬車轉向而行。

郭玉霞柳眉一揚，故意幽幽嘆道：「在我做閨女的時候，從來沒有未出門的閨女也跟著一個男子的，難道未過幾年，已世風日下到這種程度了麼？」

車幔中響起一陣銀鈴般的笑聲，道：「只要做了人家的太太後，稍爲守些婦道就好了，做閨女的時候，倒不要緊。」

郭玉霞怒道：「你說什麼？」但車子已遠去，只留下一股煙塵，險些撲到她的臉上。

石沉突地長嘆一聲，道：「大嫂，我……我們還是去尋大哥的好！」

郭玉霞愕了許久，回轉身來，冷笑道：「你難道是在想你的四妹麼？」

石沉道：「我……」此時此刻，他無法說話，唯有嘆息。

郭玉霞道：「聽我的話，做個乖孩子，小師姐才喜歡你。」她秋波閃動，凝思著又道：

「我們此刻先到那位韋七爺家裡，我就不信老五敢不到西安城去。」她望了望四下陸續散去的人群，面上作出了端莊的神色，暗中卻悄悄一握石沉的手腕，輕輕道：「乖孩子，隨我走。」

石沉道：「我……我……」終於還是隨之而去，一陣風吹過，天上突又簌簌落下雨來。

哀樂再起，又漸漸遠去，一行行零亂的車轍蹄痕，卻仍留在潮濕的沙地裡。

七　妃子傾城

古老的西安城，難得有雨，而雨中的古城，卻並沒有難堪的灰黯，反而呈現一種蓬勃的生氣。

但無論如何，這古老的城市，畢竟已漸在衰落中，漢宮風流，長春未央，固然已是遺跡，秦時豪華，巍巍阿房，更是已變作一堆瓦礫，只有大雁、小雁雙塔，還有著昔日的瑰麗，筆直地矗立在西北亙古未息的風砂裡，伴著曲江清淡的水波，向遠方的遊子誇耀著這古城的風流遺跡。

大雁塔半里處，一片松柏如雲，便是「西北神龍」韋七太爺的莊院，過了這片屋宇櫛比的莊院，再行半里，那一條石板鋪成的街道，便筆直地通向東邊的城門。

濛濛的雨絲中，城外放蹄奔來一輛馬車，五匹健馬，車上的簾幔深垂，馬上人卻是灰袍大袖，烏簪高髻的道人。

傍看馬車的四騎，俱是面容蒼白，目光炯炯，腰畔佩著長劍，像是終年不見陽光的中年道人，眉宇之間，又都帶著十分沉重的神色。

當頭一騎，卻是蒼眉白髮，形容枯瘦，腰間空空，衣袂飄拂，提著韁繩的手掌，竟是瑩白如玉，宛如婦人女子。

這五騎一車，一入城內，便毫不停留地往「飛環」韋七的「慕龍莊院」奔去，各各神色間，都彷彿有著什麼急事。

松柏連雲的「慕龍莊」中，演武廳外四側的長廊下，圍繞著每邊四十四張，四邊一百七十二張，一行首尾相連的大桌，首張桌上，是一隻全羊，次張桌上，是整隻烤豬，第三張桌上，是半隻紅牛，然後是十二隻燒雞，十二隻燻鴨，十二隻肥鵝，四瓶陳年的汾河「竹葉青」酒，然後又是一隻全羊……往後循環，只聞一片酒肉香氣，隨風四散，幾乎可達西安城外。

方桌邊沿，擺滿了數百柄精光雪亮，紅絲纏柄的解腕尖刀，餘下的空隙，堆著一疊疊花瓷海碗，青瓷巨觥。

演武廳內，松柏樹下，六角亭中……笑語聲喧騰，豪士雲集。

「西北神龍」韋七太爺，大步走到長廊外，突地大喝一聲，縱身躍上了大廳上的滴水飛簷，笑語紛紛的武林群豪，不禁爲之一驚，不知發生了什麼事故，哪知這精神矍鑠的老人，竟雙足微分，筆立在簷沿上，振臂大呼道：「承各位朋友兄弟看得起，今日到這『慕龍莊』來，我韋七沒有什麼招待，有的只是粗菜淡酒，以及武夫的本色！」

群豪恍然哄笑，接著是一片怒潮般的喝采聲，宛如百十個霹靂一齊響起。

「僞龍」韋七目光閃動，神采飛揚，突又大喝道：「佩刀的朋友拔刀，佩劍的朋友拔劍，不使刀劍的朋友，桌上有的是屠狼殺虎的解腕尖刀……正點子都在桌上，並肩子上呀！」

這一聲大喝，當真是響徹雲霄，又是一陣歡呼喝采哄笑聲，山洪般響起，接著便是一連串「嗆啷」之聲，劍出匣，刀出鞘，群豪歡笑著湧向方桌，「偽龍」韋七嗖地躍下飛簷，伸手一抹鬚髮上的雨珠，抓起一柄解腕尖刀，刀光一閃，一片漿汁淋漓的大肉，已被他挑起在刀尖上！

長廊外，假山畔，一座綠瓦朱欄的六角亭中，笑聲未歇，「萬里流香」任風萍，仍自手搖摺扇，面對憑欄而立的神龍子弟——郭玉霞、石沉，含笑道：「這韋老前輩當真是位豪傑，想不到，我任風萍初出玉關，便能遇到這般人物，今日之筵，縱不飲酒，就憑這份豪氣，已足以令人飽醉！」

郭玉霞嫣然含笑，道：「今日之筵，的確是別開生面，從來未有，只可惜……」她突地幽幽一嘆，轉首道：「只可惜你大哥不在這裡，三弟，你說是麼？」

石沉木然頷首道：「是！」

任風萍目中光芒一閃，含笑道：「是極，是極，若是『鐵漢』龍大哥在這裡，這『慕龍莊』內的豪氣，只怕更要再添幾分。」目光凝注，似乎要看透郭玉霞所說的話，是否真心？

話聲方了，只見那「飛環」韋七，已自手持尖刀，大步而來，朗聲笑道：「任大俠，你雖怯敵，但老夫這第一塊肉，卻總是要敬你這位遠客的。」

任風萍微微一笑，欠身道：「這怎地敢當。」

韋七濃眉微軒，笑聲突斂，凝注著刀尖上的肉塊，沉聲道：「中原武林，老成凋零，任大俠此番東出玉門，定可為中原俠義道壯幾分聲色，莫說區區一塊肉，便是成群的牛羊，也是當得起的。」

任風萍目光一閃，亦自肅容道：「任某雖才薄，當不起老前輩的厚愛，但為著天下武林的正氣，任某當全力以赴！」收起摺扇，雙手自刀尖取下肉塊，也不顧肉汁淋漓，一撕為二，放到口中大嚼起來。

韋七呆望了半晌，突地仰天笑道：「好英雄，好豪傑，好漢子！」霍然轉身奔了出去。

郭玉霞道：「我只當你要乘機顯露一下武功，哪知你卻規規矩矩地接來吃了！」嫣然一笑，又道：「但這樣比顯露再高的武功都好，你說是麼？」

任風萍道：「在下化外村夫，有什麼武功好顯露的？夫人取笑了。」

石沉垂首而立，聽得他言語清晰，不覺奇怪，抬目望處，只見他在這剎那間竟已將那一大塊牛肉俱都吃盡，不禁心頭微凜，暗暗忖道：「此人鋒芒不露，但在有意無意間，別人不甚注意處，卻又顯露出絕頂的武功，只教人無法說他賣弄。」一念至此，不覺暗暗生出敬佩之心。

目光一轉，只見「飛環」韋七，竟又飛步奔來，雙手捧著一罈美酒，口中猶在低語著：「好漢子……好漢子……」刷地掠上小亭，大笑道：「我韋七今日遇著你這般的漢子，定要與你痛飲一場！」雙手舉起酒罈，仰天喝了幾口，方待交與任風萍。

卻見任風萍雙眉微皺，似在凝思，又似在傾聽，韋七道：「任大俠，你還等什麼，難道不屑與老夫飲酒麼？」

「豈敢！」任風萍微微一笑，道：「只是還有一位武林高人來了，任某只得稍候。」

韋七濃眉微皺，奇道：「誰？誰來了？」

只見任風萍身形一閃，方自退到欄邊，亭外微風欻然，已飄下一個灰袍大袖，烏簪高髻，形容枯瘦的白髮道人來。

「飛環」韋七目光動處，驚呼道：「四師兄，你怎地來了！」

白髮道人一雙銳利的目光，卻炯然望著任風萍，冷冷道：「這位朋友好厲害的耳目！」

韋七已自哈哈笑道：「妙極妙極，想不到四師兄來了，今日之會，更是錦上添花。四師兄，你還不認得這位耳目厲害的朋友是誰吧？」

郭玉霞心頭一震：「終南掌門來了。」只見他面容冰冷，冷冷道：「少見得很。」

韋七笑道：「這位便是塞外奇俠『萬里流香』任風萍。」

白髮道人雙眉一揚道：「原來是任大俠！」語氣之中，卻仍是冰冰冷冷。

任風萍含笑一揖，道：「這位想必就是江湖人稱『玉手純陽，終南劍客』的呂老前輩了，想不到任風萍今日有幸，能見到武林之中的絕頂劍客，『終南』一派的掌門大俠！」

白髮道人單掌問訊，道：「貧道正是呂天冥。」

原來自從「終南三雁」，死於黃山一役，這終南派第七代的四弟子，便被推為掌門，「飛環」韋七技出「終南」排行第七，是以武林中方有「韋七太爺」之稱。

「玉手純陽」天冥道長，已有多年未下終南，此刻韋七見了他的掌門師兄，更是大笑不絕，「四師兄，待小弟再向你引見兩位英雄人物！」

他大笑著道：「這位郭姑娘與石少俠，便是一代武雄，『不死神龍』的親傳高弟。」

郭玉霞、石沉，齊地躬身一禮，「玉手純陽」卻仍是單掌問訊，郭玉霞目注著他瑩白的手掌，暗道：「難怪他被人稱爲玉手純陽。」

石沉卻暗暗忖道：「這道人好倨傲的神氣。」

呂天冥枯瘦的面容上，乾澀的擠出一絲微笑，道：「令師可好？」

郭玉霞方待答話，哪知「玉手純陽」突地轉過身去，一把拉住了方待步出小亭的「飛環」韋七，道：「你要到哪裡去？」

「飛環」韋七笑道：「我要向武林朋友宣佈，我的掌門師兄到了。」

天冥道人冷冷道：「且慢宣佈。」

韋七道：「爲什麼？」

天冥道人道：「你可知道我爲什麼突下終南，兼程趕來這裡，又不經通報，便越牆而入？」

韋七心中雖一動，但面上卻仍帶著笑容，道：「我只顧見了師兄歡喜，這些事竟俱都沒有想到。」

「玉手純陽」呂天冥長嘆道：「你年紀漸長，脾氣卻仍不改，你可知道——」他語聲突地變得十分緩慢沉重，一字一字地沉聲說道：「冷血妃子尚在人間，此刻只怕也已到了西安城！」

「飛環」韋七心頭一凜，面容突變，掌中的酒罈，「噗」地跌到地上，碎片四散，酒珠飛濺，俱都濺在他紫緞錦袍之上。

石沉、郭玉霞心頭一凜，但見「玉手純陽」面容木然，「飛環」韋七白髮顫動，任風萍雖仍不動聲色，但目光中亦有了驚詫之意，「飛環」韋七顫聲道：「這消息從何而來？是否確實？」

「玉手純陽」目光一轉，無言地指向亭外，眾人目光一齊隨之望去，只見四個灰袍道人，摻扶著一個神色狼狽，面容憔悴，似是患了重病的漢子，隨著兩個帶路的家丁，緩緩而來。

「飛環」韋七皺眉凝注，沉聲道：「此人是誰？」

石沉、郭玉霞心頭一驚，彼此交換了個眼色，原來這傷病之人，竟然就是那在華山峰頭，突然奪去那具紫檀棺木的神秘道人。

「玉手純陽」呂天冥冷冷道：「此人是誰，你不認得麼？」

韋七雙目圓睜，直到這五人俱已走到近前，突地大喝一聲！顫聲道：「葉留歌……葉留歌……」

那綠袍道人，「劍客公子」葉留歌抬眼一望，踉蹌著奔入亭來，撲到「飛環」韋七懷裡，嘶聲道：「七哥，七哥……小弟今日能見你一面，當真已是兩世爲人了……」言猶未了，暈倒當地！

剎那之間，滿亭之人，面面相覷，俱都驚愕得說不出話來。

立得較近的武林群豪，已漸漸圍到亭前，以驚詫的目光，望著亭內亦是滿心驚詫的人。

「飛環」韋七濃眉緊皺，雙目圓睜，不住頓足道：「這……究竟這是怎地？留歌，老弟，你……你……你一別經年，怎地變得如此模樣？老哥哥險些都認不得你了。」

呂天冥長嘆一聲，道：「留歌我也有十年未見，直到昨日午後，他滿身浴血奔上山來，我方知道他竟親眼見著了梅冷血，而且還被……」他冷冷瞟了石沉、郭玉霞一眼，接道：「不死神龍的弟子刺了一劍，若非幸遇奇人搭救，他此刻只怕早已喪命在華山蒼龍嶺下，那麼這一段武林秘辛，便再也無人知道了。」

「飛環」韋七濃眉一揚，面上更是驚詫，目光利刃般轉向郭玉霞與石沉，詫聲道：「神龍子弟，怎會刺了留歌一劍？」

郭玉霞秋波一轉，面上故意作出茫然之色，顰眉尋思良久，方自嘆道：「難道是五弟麼？呀——一定是五弟，唉！他與我們分開方自一日，怎地便已做出了這麼多荒唐的事來？」

呂天冥冷冷道：「誰是你們五弟，此刻他在哪裡？」

「南宮平！」韋七恨聲道：「定是此人，龍夫人，石世兄，你們……」

郭玉霞沉聲一嘆，截口道：「韋老前輩你不必說，我們也知道，五弟——唉！他既然做出了對不起武林同道的事，師傅又不在，我們不能代師行令，爲武林主持公道，已是慚愧得很，韋老前輩你無論怎麼做，我們總是站在你一邊的。」

「飛環」韋七長嘆一聲，道：「當真是龍生九子，各不相同，五指參差，各有長短……想不到龍夫人你竟這般深知大義。」

郭玉霞長嘆垂下頭去，道：「晚輩實在也是情非得已，因爲晚輩方才也曾眼看我們五弟與一個姓梅的女子在一起，那女子還曾與『岷山雙俠』……」

韋七截住道：「便是那車上的女子麼？」不住頓足：「我怎地方才竟未看清……」

郭玉霞道：「以晚輩所見，只怕她已習得駐顏之術！」

「飛環」韋七心頭一震，愣了半晌，喃喃道：「莫非她武功又精進了……」突又四顧大喝道：「長孫兄弟呢！……任大俠，長孫雙俠呢？」

任風萍一直俯首凝思，此刻抬起頭來，滿面茫然之色，道：「方才還見著他們，此刻怎地不在了？」

他神色間似乎隱藏著什麼，但此時此刻，卻無一人發覺。

「飛環」韋七長嘆道：「不死神龍若在此地就好了，唉——怎地神龍一去，江湖間便亂了起來？」

呂天冥突地冷笑一聲，道：「但願神龍未死……」韋七卻未聽出他言下的恨毒之意，扶起地上的「劍客公子」葉留歌，面向亭外的武林群豪，突又大喝道：「各位朋友兄弟，酒後莫走，與我韋七一同去搜尋一個武林中的叛徒，以及那冷血的女中魔頭『冷血妃子』！」群豪立刻一陣驚亂，又是一陣和應。

任風萍雙眉微皺，心中暗嘆：「這韋七竟發動了傾城之力，來對付他們孤身兩人。」又忖道：「我若要使他歸心於我，此刻豈非大好機會！」

只聽這震耳的呼聲，一陣陣隨風遠去。石沉仍自木然垂首，不言不語，郭玉霞秋波流動，卻不知是愁是喜？

「劍客公子」葉留歌緩緩睜開眼來，呻吟著道：「見了那毒婦……切莫……容她多說……話……你不傷她……她就要傷你了。」

「飛環」韋七望著亭外的群豪，自語著道：「她傷不了我的！」

雨絲濛濛，猶未住，天色陰暝，更暗了……

岷山二友的面容，就正如天色一般陰暗，他們暗地跟蹤著南宮平，直到他喪事完畢，入了西安城，驅車進了一家規模奇大的糧米莊的側門，長孫空遠遠立在對面的屋簷下，低聲道：「那女子既然不是梅吟雪，他卻喚我兄弟二人跟蹤作甚？」

長孫單沉吟半晌，道：「此人乃人中之龍，所有言行，均有深意，此刻我亦不知，但日久，必定會知道的。二弟，你我空有一身武功，卻落得終身在河西道上蹉跎，空有些許虛名，僻居一偶，又有何用？你我若真要在中原、江南的武林中揚名吐氣，全都要靠著此人了！」

長孫空嘆息一聲，忽見對面門中，大步行來一人，將手中一方請柬，躬身交到長孫單手上，便垂手侍立一側，卻始終一言不發。

「岷山二友」愕了一愕，展開請柬，只見上面寫的竟是：

「武林末學，『止郊山莊』門下五弟子南宮平，敬備菲酌，恭請『岷山二友』長孫前輩一敘。」

長孫兄弟心頭一震，各各對望了一眼，卻見南宮平已換了一身輕袍，面含微笑地立在對面門口，遙遙拱手。

這兄弟兩人雖是久走江湖，此刻卻也不知所措，呆呆地愕了半晌，長孫單方才抱拳朗聲道：「雅意心領，來日再來打擾！」不約而同地轉身而行，越走越快，再也沒有回頭望上一眼。

南宮平目送著他們的身影遠去，面上的笑容漸漸消失，長嘆一聲，沉重地走入門裡，天色漸暗，後堂中已燃起銅燈，但燈光卻仍帶著慘淡的黃色，他雖有滿身武功，億萬家財，但此刻心裡卻橫亙著武功與財富俱都不能解決的心事。

他喃喃自語道：「我若是能分身爲三，便無事了，只是……唉！」他卻不知道他此刻縱能分身爲三，煩惱與不幸亦是無法解決的了。

梅吟雪嬌慵地斜倚在精緻的紫銅燈下，柔和的燈光，夢一般地灑在她身上，面前的雲石紫檀桌上，有一籃紫竹編筐，綠絲為帶的佳果，鵝黃的是香蕉，嫣紅的是荔枝，嫩綠的是檸檬，澄紫的是葡萄……這些便連大富之家也極為罕見的南海異果，卻絲毫吸引不住她的目光，她只是懶散地望著壁間的銅燈，不知在想些什麼？

南宮平沉重的步履，並沒有打斷她輕煙般的思潮，她甚至沒有轉目望他一眼，蒼白的面容，在夢般的燈光中，宛如冷玉。

靜寂中，就連屋角几上的銅壺滴漏中的流沙聲，似乎也變得十分清晰，無情的時光，便隨著這無情的流沙聲，悄然而逝，輕輕地、淡淡的，彷彿不著一絲痕跡，卻不知它正在悄悄地竊取著人們的生命。

良久良久，梅吟雪終於輕嘆一聲，道：「走了麼？」

南宮平道：「走了——這兩人暗地跟蹤而來，為的是什麼？難道他們畢竟還是看出了你！」

梅吟雪淡然一笑，道：「你擔心麼？」

南宮平道：「我擔心什麼？」

梅吟雪悠悠道：「你在想別人若是認出了我，會對你有所不利，那時……你只怕再也不管我了，因為我是個被武林唾棄的人，你若是幫助我，那麼你也會變成武林的叛徒……堂堂正正的神龍子弟，是不願也不敢作武林叛徒的，就連不死神龍也不敢，你說是麼？」

南宮平面色木然，陰沉沉地沒有一絲表露。

梅吟雪又道：「武林中的道義，只不過是少數人的專用品而已，若有十個武林英雄認爲你是惡人，那麼你便要注定成爲一個惡人了，因爲你無論做出什麼事，你都是錯的，就連堂堂正正的神龍子弟，也不敢在『武林道義』這頂大帽子下說句公道話，因爲說出來，別人也未見得相信……喂，你說是麼！」

南宮平目光一閃，仍然默默無言。

梅吟雪突地輕笑一聲，道：「但是你放心好了，此刻武林之中，除了你我之外，再無一人能斷定我是……」霍然面色一沉，窗外已響起一陣笑聲，道：「孔雀妃子，這次你卻錯了！」

南宮平面色驟變，低叱道：「誰？」一步掠到窗口，只見窗框輕輕往上一抬，窗外便游魚般滑入一個人來，長揖到地，微笑道：「事態非常，在下爲了避人耳目，是以越窗而來，千請恕罪！」

語聲清朗，神態瀟灑，赫然竟是那關外遊俠「萬里流香」任風萍！

南宮平心頭一震，倒退三步。

梅吟雪蒼白的面容上，卻泛起一陣奇異的神色，盈盈站起身來，道：「你在說什麼？請你再說一遍好麼？」她語聲輕柔而平和，就彷彿是一個和藹的老師在要他的學生重述一遍平常的話似的。

任風萍微微一怔，不知這女子是鎭靜還是冷漠，但是他這份心中的奇異，卻並無絲毫表露在面上，「南宮世家，的確是富甲天下！」他先避開了這惱人的話題，含笑向南宮平說道：

「想不到遠在西安，兄台亦有如此華麗舒服的別業。」

南宮平微笑謙謝，拱手揖客，他此刻亦自恢復了鎮靜，這屋中的三人，竟生像是都有著鋼鐵般的神經，心中縱有萬種驚詫，面上卻仍神色自若，直到任風萍坐了下來，梅吟雪突又輕輕一笑，道：「我方才說的話，你可曾聽到麼？」

任風萍微微笑道：「孔雀妃子，名滿天下，梅姑娘你說的話，在下焉敢有一字錯漏……」

梅吟雪突地臉色一沉，冷冷道：「也許你聽得稍嫌太多了些……」蓮步輕抬，身形閃動，一隻纖纖玉手，已逼在任風萍眼前。

任風萍身形卻仍然不動，含笑凝注著梅吟雪的手掌，竟像是不知道梅吟雪這一掌拍下，立時他便有殺身之禍。

南宮平目光微凜，一步掠到梅吟雪身側，卻見梅吟雪已自輕輕放下手掌，他不禁暗中透了口氣，暗暗忖道：「此人不是有絕頂的武功，便是有絕頂的智慧……」思忖之間，突聽任風萍朗聲大笑起來，道：「佩服！佩服！孔雀妃子，果然是人中之鳳……」

他笑聲一頓，正色接道：「梅姑娘你方才這一掌若是拍將下來，那麼你便當不得這四字了。」

梅吟雪冷冷道：「你話未說明，我自然不會傷你……」

任風萍突然朗聲笑道：「我話若是說明了，姑娘便不會有傷我之意了？」

梅吟雪冷冷道：「知道得太多的人，隨時都免不了有殺身之禍的。」

任風萍道：「我可是知道得太多了麼？」

梅吟雪道：「正是！」她目光不離任風萍，因爲她雖然此刻仍無法探測任風萍的來意，但她對此人已的確不敢輕視，能對一隻在頃刻之間便能致人死命的手掌視若無睹的，他的動作與言語，都是絕對令人無法輕視的。

任風萍笑聲已住，緩緩道：「我若是知道得太多，那麼此刻西安城裡，知道得太多的人，最少也有一千以上！」

梅吟雪神色一變，截口道：「此話怎講？」

任風萍微一沉吟，緩步走到窗前，緩緩道：「梅姑娘駐顏有術，青春不改，世上本已再無一人能斷定看似雙十年華的梅姑娘便是昔年的『孔雀妃子』，但是……想不到南宮兄劍下竟有遊魂，而又偏偏去了『飛環』韋七那裡……」他語聲微頓，突地戳指指向窗外星空下的夜色，大聲道：「南宮兄，梅姑娘，你們可曾看到了西安城的上空，此刻已掀騰起一片森寒的劍氣！逼人的殺機！」

他語聲未了，南宮平、梅吟雪心頭已自一震，此刻不由自主地隨著他的手指望去，窗外夜色，雖仍如昔，但兩人心中，卻似已泛起了一陣寒意。

南宮平喃喃道：「劍底遊魂……」

梅吟雪沉聲道：「難道……難道那葉留歌並未死了？」

任風萍長嘆一聲，微微頷首，道：「他雖然身受重傷，卻仍未死……」

南宮平無言地怔了半晌，緩緩道：「他竟然沒有死麼！」語氣之中，雖然驚詫，卻又帶著些欣慰。

任風萍詫異的望他一眼，似乎覺得這少年的思想，的確有些異於常人之處。

「葉留歌雖傷未死，呂天冥已下終南。」他目光一轉，大聲又道：「此刻『飛環』韋七，已出動了西安城傾城之力，要來搜索兩位，兄弟我雖然無力臂助，卻也不忍坐視，是以特地趕來……南宮公子，弱不敵強，寡不敵眾，何況兄台你的師兄、師嫂，亦對兄台也有所不諒，依我之見……」

他語聲微一沉吟，只見梅吟雪兩道冰雪般的眼神，正在瞬也不瞬地凝注著他，南宮平卻緩緩道：「兄台之意，可是勸在下暫且一避？」

任風萍目光一轉，還未答話，梅吟雪突地截口道：「錯了！」她面上淡淡地閃過一絲令人難以捉摸的笑容。

任風萍道：「在下正是此意，姑娘怎說錯了！」

梅吟雪道：「我若是你，我就該勸他少惹這種是非，因為凡是沾上了冷血的梅吟雪的人，都不會有什麼好結果的。」她嗤地冷笑一聲：「你心裡可是想要對他說這些話麼？」

她不等任風萍開口，便又轉向南宮平道：「我若是你，我也會立刻走得遠遠的，甚至跑到那『飛環』韋七的面前，告訴他你與梅吟雪這個人根本毫無關係……」

她語聲突的一頓，竟放肆的仰天狂笑了起來，「梅吟雪呀，梅吟雪……」她狂笑著道：

「你真是個既不幸、又愚笨的人，你明明知道武林中人，不會放過你，因為你不是『俠義道』，因爲你既可憐而又可恨的脾氣……但是你也該驕傲而滿足了，爲了你一個孤單的女子，那些俠義道竟出動了傾城之力！」

南宮平雙唇緊閉，面色木然，任風萍眼神中閃動著奇異的光芒，望著這失常的絕色女子，只見她狂笑之聲，戛然而頓，沉重地坐到椅上，眉梢眼角，忽然變得出奇地冷漠與堅毅，生像是她所有的情感，都已在那一陣狂笑中宣洩，而她的血液，亦似真的變成流水般冰冷。狂笑聲後的剎那，永遠是世間最沉寂、最冷酷的一瞬……

任風萍雙眉微皺，暗暗忖道：「這一雙男女既不似情人，亦不似朋友，卻不知是何關係？」轉目瞧了南宮平一眼，沉吟著道：「事不宜遲，不知兄台有何打算？」

南宮平微微一笑，道：「兄台之好意，在下心領……」

任風萍道：「眾寡懸殊，兄台不妨且自暫避鋒銳。」

「眾寡懸殊……」南宮平沉聲道：「但終南一派，素稱名門，總不致於不待別人分辯解說，便以眾凌寡的吧！」

任風萍暗嘆一聲，忖道：「冷血妃子久已惡名在外，還有什麼可以分辯解說之處……」口中卻沉吟著道：「這個……」

梅吟雪突地冷笑一聲，道：「想不到你看來聰明，其實卻這般愚笨，那般自命替天行道的角色，早已將我恨入骨髓，還會給我解說的機會麼？」

任風萍暗忖：「她倒是頗有自知之明……」目光一轉，只見南宮平神色不變，不禁又暗中奇怪：「此人看來外和而內剛，卻不知怎會對她如此忍受？」

思忖之間，突聽門外一聲輕輕咳嗽，魏承恩已躡步走了進來，見到房中突然多了一人，似乎覺得有些奇怪，但積年的世故與經驗，卻使得他面上的驚奇之色，一閃便過，只是垂首道：「小的本來不敢來打擾公子，但──」他面上露出一種謙卑的笑容，接著道：「小的一班伙計們，以及西安城裡的一些商家，聽得公子來了，都要前來謁見，並且在街頭的『天長樓』，設宴合請公子與這位姑娘，不知公子能否賞光？」

南宮平微一沉吟，望了梅吟雪一眼，梅吟雪眉梢一揚，雖未說出話來，但言下之意，已是不言而喻，哪知南宮平卻沉聲道：「是否此刻便去？」

魏承恩道：「如果公子方便的話……」

南宮平道：「走！」

魏承恩大喜道：「小的帶路！」垂首退步，倒退著走了出去，神色間顯已喜出望外，因爲他的少主人竟然給了他這麼大的面子。

任風萍心頭一凜，此時此刻，滿城的武林豪士，俱在搜索著南宮平與「冷血妃子」，他實在想不到南宮平竟會答應了這邀請，不禁暗嘆一聲，忖道：「此人不是有過人的勇氣，只怕便是不可救藥地迂腐……」

南宮平微微一笑，似已覷破了他的心意，道：「任大俠是否有興前去共酌一杯？」

任風萍忙拱手道：「兄台請便。」忍不住長嘆一聲，接道：「小弟實在無法明瞭兄台的心意……」

南宮平截口道：「家師常常教訓小弟，事已臨頭，如其退縮，反不如迎上前去。」他微笑一下：「神龍子弟，自幼及長，心中從不知道世上有『逃避』二字！」

任風萍俯首默然半晌，微喟道：「兄台也許是對的。」

南宮平道：「但兄台的這番好意，小弟已是五內感銘，日後再能相逢，當與兄台謀一快聚。」

任風萍道：「小弟入關以來，唯一最大收獲，便是認得了兄台這般少年俠士，如蒙兄台不棄，日後借重之處必多，——」語聲頓處，突地嘆息一聲，道：「兄台今日，千請多多珍重。」微一抱拳，身軀一轉，飄掠出窗外！

南宮平目送著他身形消失，微喟道：「此人倒真是一條漢子！」

梅吟雪冷笑一聲，悠悠道：「是麼？」款步走到門口，突又回首笑道：「我真奇怪，你爲什麼要這樣地去送到……」

南宮平劍眉微剔，道：「你若不去……」

梅吟雪道：「你既然如此，我又何嘗將生死之事放在心上，唉！……老實說，對於人生，我早已厭倦得很。」抬手一掠髮鬢，緩緩走了出去。

南宮平愕了一愕，只聽一陣輕嘆，自門外傳來：「我若是他們，我也不會給你說話的機會的。」

但是，隨著這悲觀的輕嘆聲走出門外的南宮平，步履卻是出奇地堅定！

雨絲已歇。

西安城的夜市，卻出奇地繁盛，但平日行走在夜市間的悠閒人群，今日卻已換了三五成群，腰懸長劍，面色凝重的武林豪士。

劍鞘拍打著長靴，沉悶地發出一聲震人心弦的聲響。

燈光映影著劍柄的青銅吞口，閃耀了兩旁人們的眼睛。

多采的劍穗，隨風飄舞著，偶然有一兩聲狂笑，衝破四下的輕語。

生疏步履，踏在生疏的街道上。

冰冷的手掌，緊握著冰涼的劍柄……

突地，四下起了一陣騷動，因爲在他們的眼簾中，突地出現了一個神態軒昂的輕袍少年，以及一個姿容絕世的淡裝女子。

「南宮平！」

「冷血妃子！」

滿街的武林豪士的目光中，閃電般交換了這兩個驚人的名字。

南宮平面含微笑，隨著魏承恩緩步而行，他這份出奇地從容與鎮定，竟震懾了所有武林群豪的心！

數百道驚詫的眼神，無聲地隨著他那堅定的步履移動著。

突地「嗆啷」一聲，一個身軀瘦長的劍士驀地拔出劍來，劍光繚繞，劍氣森寒，但南宮平甚至沒有側目望他一眼，四下的群豪，也寂無反應，這少年劍手左右望了兩眼，步履便被凍結了起來。

梅吟雪秋波四轉，鬢髮拂動，面上帶著嬌麗的甜笑，輕盈地走在南宮平身側，也不知吸引住多少道目光。她秋波掃及之處，必定有許多個武林豪士，垂下頭去，整理著自己的衣衫。

悲觀者便在心中暗忖：「難道是我衣冠不整？難道是我神情可笑？她為什麼要對我微笑呢？」

樂觀者卻在心中暗忖：「呀，她在對我微笑，莫非是看上了我？」

滿街的武林豪士，竟都認為梅吟雪的笑容，是為自己發出的，梅吟雪見到他們的神態，面上的嬌笑就更甜了！

天長樓的裝設是輝煌的，立在門口的店東面上的笑容也是輝煌的，因為「南宮世家」的少主人，今日竟光臨到此間來。

南宮平、梅吟雪，並肩緩步，走上了酒樓，謙卑的酒樓主人，雖然在心中抑制著自己，但目光仍然無法不望到梅吟雪身上。

酒樓上盛筵已張，桌旁坐著的，俱都是西安城裡的富商巨賈，在平日，他們的神態都是倨傲的，但今日，他們卻都在謙卑地等待著，因爲即將到來的人，是財閥中的財閥，黃金國中的太子！

樓梯一陣輕響，滿樓的富商，俱已站起身來，卻又都垂下頭去，生像是這商國中的太子，身上會帶著金色的光采，會閃花他們的眼睛似的！

南宮平微微一笑，抱拳四揖，他們抬頭一看，不覺又驚得呆了，但這次使他們驚懾的，卻是南宮平颯爽的神姿，以及梅吟雪絕代的風華。

此刻酒樓下的街道上，靜止著的人群，卻突然動亂了起來，「南宮平與梅冷血上了天長樓」這語聲一句接著一句，在街道上傳播了起來，霎眼間便傳入了「天冥道人」以及「飛環」韋七的耳裡。

片刻之後，一隊沉肅的隊伍，便步入了這條筆直的大街，沉重的腳步，沙沙地踏著冰冷的街道，每個人的面目上，俱都似籠罩著一層寒霜，便自四散在街上的武林群豪，立刻俱都加入了這隊行列，莊嚴、肅穆而又緊張地朝著「天長酒樓」走去！

酒樓上的寒暄聲、歡笑聲、杯箸聲……一聲聲隨風傳下。

酒樓下，挺胸而行的「終南」掌門「天冥道長」，卻向身旁的「飛環」韋七道：「這南宮平聞道乃是大富人家之子……」

韋七道：「正是！」

呂天冥冷笑一聲，道：「他若想以財富來動人心，那麼他死期必已不遠了，武林之中，豈容這般矜誇子弟混跡？」

「飛環」韋七道：「此人年紀輕輕，不但富可敵國，而且又求得『不死神龍』這般的師傅，正是財勢兼備，他正該好好的做人，想不到他看來雖然英俊，其實卻有狼豺之心，真正叫人嘆息。」

呂天冥冷笑道：「這南宮平自作孽不可活，就連他的同門手足，也都看他不起！羞於與他爲伍。」

「飛環」韋七長嘆一聲，道：「但無論如何，今日我們行事，當以『梅冷血』爲主要對象，南宮平麼，多少也要顧及一下『不死神龍』的面子。」

呂天冥道：「這也得先問問他與梅冷雪是何關係！」

他們的腳步雖是沉重而緩慢，但他們的語聲，卻是輕微而迅快的。

霎眼之間，這肅穆的行列，便已到了「天長樓」下，呂天冥微一揮手，群豪身形閃動，便將這座輝煌的酒樓圍了起來，顯見是要杜絕南宮平與梅吟雪的退路，這舉動驚動了整個西安城，無數人頭，都擁擠到這筆直的大街上，使聞訊而來的官府差役，竟無法前行一步。

這變亂是空前的……

手裡拈著針線的少女，放下了手中的針線，惶聲問道：「什麼事？」

懷裡抱著嬰兒的婦人，掩起了慈母的衣襟，惶聲問道：「什麼事？」

早已上床的遲暮老人，揉一揉惺忪的睡眼，驚起問道：「什麼事？」做工的放下工作，讀書的放下書卷，飲食中的人們放下了杯盞，賭博中的人們放下賭具，匆匆跑到街上，互相暗問：「什麼事？」

有的以爲是集體的搶劫，因爲大家都知道，今夜西安城中的富商巨賈都在天長樓上，於是西安城裡的大富人家，驚亂比別家更勝三分。

有的以爲是武林豪強的尋仇血鬥，因爲他們知道領頭的人是「西安大豪」韋七太爺，於是西安城裡的謹慎人家，俱都掩起了門戶。

焦急的公差，在人叢外呼喊著，揮動著掌中的鐵尺！驚惶的婦人在人叢中呼喝著，找尋他們失散的子女……

古老的西安城，竟然發生了這空前的動亂，而動亂中的人卻誰也想不到，這一切的發生，僅不過只是爲了一個女子，一個美麗的女子——「冷血妃子」！

但是，酒樓上，輝煌的燈光下，梅吟雪卻是安靜而端莊的。她甚至微帶著羞澀與微笑，靜靜地坐在神色自若的南宮平身側。

酒樓下街道上的動亂，已使得這富商們的臉上俱都變了顏色，心中都在驚惶而詫異地暗問自己：「這是怎麼回事？」只是在這安詳的南宮公子面前不敢失禮，是以直到此刻還沒有人走到窗口去望一下。

突地，下面傳來一聲大喝，接著四下風聲颯然，這酒樓四面的窗戶，窗台上便突地湧現出無數條人影，像是鬼魅般無聲地自夜色中現身，數十道冰冷的目光，穿過四下驚慌的人群，筆直地望在梅吟雪與南宮平的身上。

「什麼人？」

「什麼事？」

一聲聲驚惶而雜亂的喝聲，一聲聲接連響起，然後，所有的喝問俱都被這些冰冷的目光凍結，於是一陣死一般的靜寂，便沉重地落了下來。

南宮平輕嘆一聲，緩緩長身而起，緩緩走到梯口前，像是一個慇懃的主人，在等候著他遲到的客人似的。

樓梯上終於響起一陣沉重的腳步聲，呂天冥、韋七目光凝重，面如青鐵，緩步登樓，燈光將他們的人影，投落在樓梯上，使得它們看來扭曲得有如那酒樓主人的臉！又有如韋七握著的手掌上的筋結。

南宮平微微一笑，長揖到地，道：「兩位前輩駕到，在下有失遠迎。」

「玉手純陽」呂天冥目光一凜，便再也不看他一眼，緩緩走到梅吟雪猶自含笑端坐著的圓桌前，緩緩坐了下來，緩緩取起面前的酒杯，淺淺啜了一口，四下眾人的目光不由自主的隨著他的動作而轉動，但覺這清新的晚風，突地變得無比地沉重，沉重得令人透不過氣來。

只見呂天冥又自淺淺啜了口杯中的酒，目光既不回顧，也沒有望向端坐在他對面的梅吟雪，只是凝注著自己雪白的手掌，沉聲道：「此刻夜已頗深，各位施主如已酒足飯飽，不妨歸去了！」

一陣動亂，一群人雜亂地奔向梯口，像是一群乍逢大赦的死囚，早已忘了平日的謙虛與多禮，爭先地奔下樓去，另一群人的目光，卻驚詫地望著南宮平。

一個膽子稍大的銀樓主人，乾咳一聲，道：「你們這是怎麼回事，無故前來闖席，難道……難道沒有王法了麼？」他語氣雖甚壯，其實語聲中已起了顫抖。

呂天冥冷笑一聲，頭也不回，道：「你若不願下去，儘管留在這裡！」

那臃腫的銀樓主人四望一眼，在這剎那之間，滿樓的人俱已走得乾乾淨淨，他再望了望四下冰冷的目光，突地覺得有一陣寒意，自腳底升起，匆匆向南宮平抱了抱拳，匆匆奔下樓去。

於是這擁擠的酒樓，剎那間便變得異樣地冷清，因爲四下窗台上的人們，根本就像是石塑的神像。

「飛環」韋七冷笑一聲，凜然望了望孤單地立在自己面前的南宮平，突地大步走到呂天冥身旁，重重坐了下來，劈手一把，取來了一隻錫製酒壺，仰首痛飲了幾口，目光一抬，梅吟雪卻已輕輕笑道：「十年不見，你酒量似乎又進步了些。」

她笑聲仍是那麼嬌柔而鎮定，「飛環」韋七呆了一呆，「啪」地一聲，將酒壺重重擲在圓桌上，桌上的杯盤碗盞，都被震得四下跌落出去。

南宮平神色不變，緩步走來，突地手腕一沉，接住了一壺熱酒，腳步不停，走到梅吟雪身側，緩緩坐下道：「酒仍溫，菜尚熱，兩位前輩，可要再喝一杯？」

「飛環」韋七大喝一聲，雙手掀起桌面，但呂天冥卻輕輕一伸手，壓了下來，只聽「咯、咯」兩響，榆木的桌面，竟被「飛環」韋七的一雙鐵掌，硬生生捏下兩塊來。

南宮平面色微變，沉聲道：「兩位前輩如想飲酒，在下奉陪，兩位前輩如無飲酒之意，在下便要告辭了。」

「飛環」韋七濃眉一揚，還未答話，呂天冥突地冷冷道：「閣下如要下樓，但請自便。」

梅吟雪輕輕一笑，盈盈站起，道：「那麼我們就走吧。」

韋七大喝一聲：「你走不得！」

梅吟雪眉梢一挑，詫聲道：「我爲什麼走不得，難道韋七爺要留我陪酒麼？」

呂天冥面色陰沉，冷冷道：「姑娘你縱橫江湖近三十年，傷了不知多少人命，至今也該活得夠了。」

梅吟雪嬌聲道：「道長鬚髮皆白，難道還沒活夠，再活下去……哈，人家只怕要叫你老不死了。」

「飛環」韋七雙目一張，呂天冥卻仍然神色不變，微一擺手，止住了韋七的暴怒，自管冷冷說道：「姑娘你今日死後，貧道必定爲你設壇作醮，超度你的亡魂，免得那些被你無辜害死的孤魂怨鬼，在鬼門關前向你追魂索命。」他語聲冰冷，最後一段話更是說得鬼氣森森。

梅吟雪輕聲道：「哦！原來你們今夜是同來殺死我的？」

呂天冥冷冷道：「不敢，只望姑娘你能飲劍自決！」

梅吟雪道：「我飲劍自決！」她滿面作出驚奇之色：「爲什麼？」

呂天冥道：「本座本已不想與你多言，但出家人慈悲爲懷，只是你若再如此胡亂言語，本座便只得開一開殺戒了！」

梅吟雪道：「那麼你還是快些動手吧，免得我等會說出你的秘密！」她面上還是微微含笑，「天冥道人」陰沉的面色，卻突地爲之一變。

「飛環」韋七道：「我早說不該與她多話的。」雙手一錯，只聽「噹」地一聲清響，他掌中已多了一雙金光閃閃，海碗般大小的「龍風雙環」。

面色凝重的南宮平突地低叱一聲，「且慢！」

韋七道：「你也想陪著她一齊死麼？」雙環一震，面前的酒桌，整張飛了起來。

南宮平袍袖一拂，桌面向外飛去，「碰」地一聲擊在他身後的牆上，他頭也不回，沉聲道：「兩位匆匆而來，便要制人死命，這算作什麼？」

四周的武林群豪，似乎想不到這兩人在此刻猶能如此鎮定，不禁發出了一陣驚喟之聲，樓下的武林豪士見到直到此刻，樓上還沒有動靜，也不禁起了一陣動亂。

南宮平四眼一望，突地提高聲調，朗聲道：「今日兩位如是仗著人多，以強凌弱，將我等亂劍殺死，日後江湖中難道無人要向兩位要一個公道？兩位今日若是來要我二人的性命，至少也該向天下武林中人交代明白，我等到底有什麼致死的因由！」

他語聲清朗，字句鏘然，壓下了四下雜亂的語聲，隨風傳送到四方。

「天冥道人」冷笑一聲，道：「你這番言語，可是要說給四下的武林朋友聽的？」

南宮平道：「正是，除非今日武林中已無道義可言，否則你便是天下武林道的盟主，也不能將人命看得如此輕賤！」

四下的武林群豪，方才本是一時熱血激動，蜂擁而來，此刻聽到南宮平這一番充滿正氣的言語，俱都不禁暗中心動，立在窗台上的人，也有的輕輕躍了下來。

呂天冥四顧一眼，面上漸漸變了顏色。

梅吟雪嬌笑道：「你現在心裡是否在後悔，不該與我多說，早就該將我先殺了！」她話聲雖尖細，但字字句句，卻傳得更遠。

「飛環」韋七目光閃動，突地仰天大笑起來，道：「你若換了別人，這番話只怕要說得朋友們對我兄弟疑心起來，但你這冷血的女子，再說一千句也是一樣，縱然說得天花亂墜，我韋七也不能再為武林留下你這個禍害。」

他目光轉向南宮平，「你既已知道她便是『冷血妃子』，還要為她說話，單憑此點，已是該殺，但老夫看在你師傅面上……去去，快些下樓去吧。」

呂天冥道：「你如此護衛於她，難道你與她有著什麼不可告人的關係不成？」

南宮平劍眉微剔，怒火上湧，他原以為這「終南」掌教與「飛環」韋七俱是俠義中人，此刻見了這般情況，心中突覺此中大有蹊蹺。

四下的武林群豪，聽了他兩人這般言語，心中又不覺釋然，暗道：「是呀，別人還有可說，這『冷血妃子』惡名久著，早已該死，這少年還要如此護著她，想必也不是什麼好人了。」其實這些人裡根本沒有一人真的見過梅吟雪，但人云亦云，卻都以爲自己觀念不錯，方自對南宮平生出的一點同情之心，此刻便又爲之盡斂，要知群眾之心理，自古以來，便是如此，便是十分明理之人，置身群眾之中，也往往會身不由主，做出莫名其妙之事。

南宮平暗嘆一聲，知道今日之事，已不能如自己先前所料想般解決，轉目望了梅吟雪一眼，只見她竟仍然面帶微笑，竟真的未將生死之事放在心上。

筆下寫來雖慢，但當時卻絕無容人喘息的機會，南宮平方一沉吟，四下群豪已亂喝道：「多說什麼，將他兩人一齊做了。」

呂天冥冷冷笑道：「你要的是武林公道，此刻本座只有憑公意處理了！」

「飛環」韋七大喝道：「你還不讓開麼？」雙臂一振，右上左下，他神態本極威猛，這一招「頂天立地」擺將出來，更顯得神威赫赫，四下群豪哄然喝起采來。

梅吟雪不動神色，緩緩道：「你一個人上來麼？」

韋七心頭一凜，突地想起了「冷血妃子」那驚人的武功，呆呆地站在當地，腳步間竟無法移動半步！

南宮平哈哈笑道：「江湖人物，原來多的是盲從之輩……」言猶未了，四下已響起一片怒喝之聲，他這句話實是動了眾怒。

梅吟雪嬌軀微擰，輕輕道：「隨我衝出去。」她神色不變，實是早已成竹在胸，知道對方人數雖多，但反而易亂，憑著自己的武功，必定可以衝出一條血路。

哪知南宮平卻傲然立在當地，動也不動一下，朗聲大喝道：「住口！」這一聲大喝，當真是穿金裂石，四下群豪俱都一震，不由自主地靜了下來，只見南宮平目光凜然望向呂天冥，大聲道：「不論事情如何，我南宮平都先要請教你這位武林前輩，梅吟雪到底有什麼昭彰的劣跡，落在你眼裡，她何年何日，在何處犯了不可寬恕的死罪？」

呂天冥想不到直到此刻，他還會有此一問，不覺呆了一呆。

南宮平胸膛起伏，又自喝道：「你若是回答不出，那麼你又有什麼權力，來代表全體武林？憑著什麼來說武林公道？你若是與她有著深仇大恨，以你一派掌門的身分，也只能與她單獨了斷，便是將她千刀萬剮，我南宮平也一無怨言，但你若假公濟私，妄言武林公道，藉著幾句不著邊際的言語，一些全無根據的傳言，來激動了百十個酒後的武林朋友，妄奢言替天行道，作出一副武林除害之態，我南宮平俱都無法忍受，你便有千百句藉口，千百人的後盾，我南宮平也要先領教領教。」

他滔滔而言，正氣沛然，當真是字字擲地，俱可成聲。

「飛環」韋七固是聞言色變，四下的武林群豪更是心中怦然，只有「玉手純陽」呂天冥，面上卻仍陰沉得有如窗外的天色，直到南宮平話已說完許久，他才冷冷道：「如此說來，你是在向我挑戰的了？」

南宮平朗聲道：「正是！」

一個初出師門的少年，竟敢向武林中一大劍派的掌門挑戰，這實是足以震動武林之事，四下群豪，不禁又爲之騷動起來。

原本擁立在樓下的群豪，此刻竟忍不住一躍而上，有的甚至攀著酒樓的飛簷，探身向內觀望，西安城的百姓更是驚惶，官府中的差役也不知城裡怎會突地來了這許多武林高手，他們雖與韋七太爺有交，卻也擔當不起，只得悄悄去轉報上峰。

呂天冥目光一掃，見到自己的幫手，此刻竟都成了觀眾，心中也不覺有些後悔，他卻不知道人多誤事，乃是必然，又何況這般武林豪士來自四方，宛如一盤散沙，又豈是他能控制得來？當下冷笑一聲，緩緩挽起衣袖，一面道：「你既如此猖狂，本座也顧不得以大壓小了。」

南宮平冷笑一聲，他穿著的雖是大袖袍，但此刻竟未除下。

「飛環」韋七怔了一怔，緩步退了開去。

梅吟雪道：「有趣有趣，這地方若不夠大，我再將那邊的桌子拉開些。」言語之間，竟似此事乃是別人比武，根本與她毫無關係。

南宮平知她生性如此，心中便也不以爲奇，但別人卻不禁暗暗驚詫，有的便在心中暗道：「此人當真是無愧爲『冷血妃子』！」

有些好事之徒，便真的將四面桌椅拉開，於是十分空闊的酒樓，便顯得更加空闊起來。

南宮平、呂天冥身形木立，對面相望，呂天冥自是心安理得，拿定了這少年不是自己的敵手，南宮平心中卻不禁有些忐忑，要知他雖有鐵膽，但初次面逢強敵，自亦不能免俗，當下暗暗立定心意，開始幾招，先得以謹慎為先，暫且要以守為攻。

呂天冥身經百戰，見了他目光中的神色，便已測知了他的心意，心中更是穩定，沉聲道：「七弟，莫要放走了那妖婦。」

韋七答應一聲，梅吟雪笑道：「如此好看的事，我還會捨得走麼？」

南宮平不聞不問，呂天冥冷「哼」一聲道：「請！」

他畢竟自持身分，還是不顧搶先出手，哪知南宮平已決定以靜制動，以守為攻，亦是動也不動。

「飛環」韋七低喝道：「四哥，與這般武林敗類，還講什麼客氣？」

呂天冥道：「正是！」

縱身一掌，向南宮平肩頭拍下！

他這一招人未著地，手掌便已拍下，左手緊貼胸脅，全未防備自身，全身上下，處處俱是空門，右掌所拍之處，亦非南宮平之要害，名是先攻了一招，其實卻等於先讓了一著，四下的觀眾俱是武林好手，怎會看不出來，不禁轟然喝采。

南宮平微微一驚，想不到這終南掌門竟會擊出如此一招。

他到底交手經驗不夠，心中又早有了不求有功，但求無過的打算，眼看呂天冥這一隻白生生的手掌拍來，竟沒有乘隙反擊，搶得機先，反而身形一縮，閃電般後退了三步。

呂天冥微微一笑，腳尖點地，身形躍起，又是一掌拍去，仍然是左掌緊貼，人未著地，右掌便已拍下，竟仍然和方才那一招一模一樣，南宮平又自一愕，身形再退，群豪再次喝起采來。

采聲未落，哪知呂天冥竟又一模一樣地原式拍出一掌，南宮平心中大怒，方待反擊，哪知他這一掌已是拍向南宮平的天靈腦門，自身雖仍處處是空門，但所攻卻是對方必救之處。

南宮平暗嘆一聲，身影一擰，滑開兩尺，群豪第二次采聲未落，第三次采聲便又發出，南宮平一招未發，呂天冥已連獲三次采聲，強弱之勢，昭然若見，有人不禁暗中低語：「如此身手，竟然也敢向『玉手純陽』挑戰，真是可笑得很！」

三招一發，呂天冥精神陡長，右掌追擊，斜切南宮平左頸，左掌突地反揮而出，五指微飛，拂向南宮平腰畔三處大穴。

南宮平沉了沉氣，腳下微錯，讓開這一招兩式，右掌一反，竟閃電般向呂天冥丹田穴上拍去。

呂天冥暗暗一驚，閃身撤掌，刷、刷兩掌劈去，他手掌雖然瑩白嬌嫩，有如女子，但掌力卻是雄渾驚人，掌勢未到，掌風已至。

南宮平微一塌腰，雙掌竟齊地穿出，切向呂天冥左右雙腕，他本是以守爲攻，此刻卻是寓攻於守，連卸帶打。

呂天冥低叱一聲，「金絲絞剪」，雙掌齊翻，南宮平身形一仰，驀地一腳踢出，呂天冥刷地後掠三尺，再次攻向前去，心中的傲氣，卻已消去不少。

他本搶得先機，這幾招更是招中套招，迅快沉猛的好著，四下群豪只當南宮平霎眼之間，便要敗在他的掌下。

哪知南宮平年紀雖輕，卻是敗而不亂，那一腳無形無影地踢將出去，時間、部位，更是拿捏得好到毫巔，群豪又不禁暗中低語：「神龍子弟，果然有不凡的身手。」

只見酒樓上人影閃動，兔起鶻落，卻是絲毫沒有發出任何響動，剎那間便已數十招過去，南宮平心中仍有顧忌，身手施展不開，竟又被呂天冥佔得了上風，群豪喝采之聲又起，「玉手純陽」白髮顫動，掌影如玉，掌戳指點，竟將「終南」鎮山「八八六十四式春風得意劍」，化作掌法使用，而他那十隻纖秀瑩白的手指，亦無殊十柄切金斷玉的利劍！

「飛環」韋七掌中緊握著的「龍鳳雙環」，已漸漸鬆弛，凝重的面色，也已漸漸泛起笑容，側目一望，哪知梅吟雪亦是面含微笑，嫣然注目，竟似也已胸有成竹，穩操勝算。

又是數招拆過，呂天冥攻勢越發凌厲，但一時之間，南宮平竟也未見敗象，群豪雖不斷在為呂天冥喝采加油，但心中亦不覺大是驚異，這少年初出師門，年紀輕輕，想不到竟有這般武功，能在「玉手純陽」掌下，經久不敗。

數十招拆過以後，南宮平心神漸穩，見到呂天冥攻勢雖然凌厲，但亦未能將自己奈何，心中不覺大定，自覺致勝已有把握。

要知「神龍」武功，本以空靈變化，威猛凌厲的攻勢為主，南宮平此刻仍以守勢為主，看似已盡全力，其實卻只不過用了五成功夫。

只見呂天冥雙掌翻飛，一招「拂花動柳」攻來，南宮平突地長嘯一聲，騰身而起，呂天冥心頭一震，只覺四股銳風，上下左右，交擊而來，他無論如何閃動，都難免要被擊中，他若不閃動，雖然無妨，但對方身形已起，下一招瞬息便至，他木然當地，豈非是等著挨打！

群豪亦都大驚，「飛環」韋七變色驚呼道：「天龍十七式！」他一生之中雖然最服「不死神龍」，但在他心底深處，卻仍存著一份私念，想要與「不死神龍」一較短長，如今見了這等妙絕人寰，並世無儔的招式，心中不禁悵然若失。

原來普天之下，身形飛騰變化的身法招式，本只寥寥數種，但「蒼穹十三式」，「天山七禽掌」，「崑崙神龍八掌」，雖然亦俱是威震武林，留傳千古的武功，但卻都是在身形騰起之後，才能出掌傷人，以上擊下，威力兇猛，但對方只要武功高強，便可先作防範，不難避過。

只有這「止郊山莊」獨創的「天龍十七式」中，最後的「破雲四式」，卻是在身形騰起時，便已發出招式，或是攻敵之所必救，或是先行閉封對方的退路，招中套招，連環抽撤，是以「天龍十七式」一出，「天山」「崑崙」便盡皆爲之失色！

南宮平此刻一招施出，便正是「破雲四式」第一式「破雲升」中的變化「直上九霄」，雙掌雙腿，乘勢發出，先封住了呂天冥的退路，然後踢腿沉掌，變爲一招「天龍爪」，十指箕張，破雲而下！

他久已蓄勢伺機，直待這一掌便奏全功，眾人亦都失色驚呼，哪知這「玉手純陽」能掌一派門戶，武功上果有超人之處，他身形木然，直待南宮平十指抓下，突地一招「雙掌翻天」，向上迎去，只聽「啪」地一聲，如擊敗革，四掌相交，二十隻手指，竟緊緊糾纏在一處！

南宮平這一招攻勢，固是驚世駭俗，但呂天冥雙掌上翻，竟能在閃電之間，接住了南宮平變幻的手掌，其功力之深，部位之妙，時間之準，更是令人心驚。

群豪齊地發出一聲大喝，亦不知是喝采，抑或是驚呼。

只見南宮平凌空倒立，身軀筆直，竟宛如一支凌風之竹，四下窗隙中吹來的晚風，吹得他大袖輕袍獵獵飛舞，他本已蒼白的面容，此刻更已沒有一絲血色，目光炯然盯著呂天冥的眼睛，良久良久，身形方自緩緩落下，但四隻手掌，猶未分開。

他腳尖乍一沾地，呂天冥左腳後退半步，然後兩人的身形，便有如釘在地上似地動也不動，四道發亮的目光，也緊緊糾纏到一處，這兩人此刻竟是以自己全部的心神、功力相鬥，甚至連生命也押作了這一番苦鬥的賭注。

於是四下的驚呼聲一齊消失寂靜，默默如死，但呼吸之聲，心跳之聲，卻越來越見沉重，樓上的人，眼看著這兩人的空門，同是心弦震動，樓下看不到他們的人，見了四面窗台上的人突地變得異樣的沉寂，更是心情緊張，不知上面究竟是誰勝誰負。

靜寂中，突聽樓板「吱吱」響動了起來，只見兩人的額面上，都沁出了黃豆般大小的汗珠，南宮平雖然招式奇奧，畢竟比不得呂天冥數十年性命交修功力的深厚，此刻更已顯出不支之態，於是「飛環」韋七漸露喜色，梅吟雪面色卻漸漸沉重。

死一般的寂靜中，樓下突地轟然發出一連串驚呼，眾人心頭方自一驚，只見這沉寂的夜晚，突地湧起了一陣熱意，就連旁觀者的面上，也沁出了汗珠，南宮平、呂天冥更是滿頭大汗，涔涔而落。

接著，竟有一陣銅鑼之聲響起，一個尖銳的喉嚨喊道：「失火了，失火了……」

滿樓大亂，滿街亦大亂，一片赤紅的火焰，突地捲上了酒樓……

四下群豪，顧不得再看，接連著飛躍了下去，看熱鬧的人們，像一隻熱鍋上的螞蟻，跌跌衝衝地衝出了這條街。

雖有救火的人，但這火勢卻來得十分奇怪，猛烈的火舌，霎眼間便將整個酒樓一齊吞沒。

但南宮平、呂天冥四掌相交，生死關頭，卻仍誰也不敢後退半步。

「飛環」韋七滿頭大汗，目光盡赤，雙環「鐺」地一擊，方待躍去，哪知面前人影一花，梅吟雪已冷冷擋在他身前。

他急怒之下，大喝一聲，右掌「金龍環」疾地擊向梅吟雪面門，左掌「金鳳環」突地離腕飛出，一股勁風，一道金光，擊向南宮平脅下。

此刻南宮平心力交瘁，莫說是這一隻威力強勁，韋七仗以成名的「飛環」，便是十歲幼童手中擲出的一塊石子也禁受不住，只得瞑目等死。

「飛環」韋七雖是雙環齊出，但力道俱在左掌，右掌這一環只不過是聊以去亂梅吟雪的耳目，他自己也知道傷不了梅吟雪分毫。

只見梅吟雪冷笑一聲，腰身突地向後一仰，手掌輕輕掄出，她腰肢柔若無骨，這一仰之下，纖纖玉指，已將那疾飛而去的「金環」搭住，指尖一勾，金環竟轉向呂天冥擊去。

南宮平方才心中一驚之下，被對方乘隙進逼，此刻更是不支，眼看已將跌倒，哪知呂天冥此刻心頭亦不禁一震，他心頭一喜，拚盡餘力，反擊過去。

梅吟雪輕輕笑道：「這就叫做自食……」話聲未了，突見那「金環」呼地一聲，竟飛了回來，反向梅吟雪腰後擊去。

梅吟雪微微笑道：「好，你居然在環上裝了鏈子！」談笑之間，玉手輕抓，竟又將那飛環抓在手中，有如探囊取物一般，要知她在棺中十年，苦練武功，終年靜臥，耳目之明，實已天下無雙，便是一隻飛針自她身後擊來，她也一樣可以接住。

「飛環」韋七心頭一凜，身形後仰，全力來奪這隻金環，他在金環上繫了一根千錘百鍊的烏金鏈子，雖然細如棉線，但卻堅韌無比，刀劍難斷，哪知梅吟雪笑容未歛，右掌突地一剪，便已將金鏈剪斷，「飛環」韋七重心驟失，雖然下盤穩固，卻也不禁向後移了半步。

此刻火舌已倒捲上來，將樓上四面窗櫺，燒得「必剝」作響，炙熱的火焰，烤得南宮平、呂天冥、韋七，俱已汗透重衣，梅吟雪亦不禁香汗淋漓，突地，南面的窗屏被風一吹，整片落了下來，燃起了牆角堆移的桌椅。

漸漸，屋樑上已有了火焰，一片焦木，「啪」地落在梅吟雪身畔，她纖足移動，避開了「飛環」韋七的一腿，右足一挑，挑起了那段帶著火焰的焦木，呼地一聲，向韋七激射而去！

「飛環」韋七厲叱一聲，左掌反揮，一股掌風，將焦木擊落樓外，他卻忘了自己腕上還殘留著半截烏金鏈子，左掌揮出之際，金鏈猝然反掄而出，竟擊在自己的後頸之上。

金練雖細，但卻是千淬百鍊而成，再加上他自身的功力，後頸之上，立刻鮮血淋漓，韋七大吼一聲，摔去了左腕的金鏈，梅吟雪笑道：「好招式，這可是叫做『狗尾自鞭』麼？」口中雖在笑語，但身形卻已轉在呂天冥身畔，南宮平苦鬥之中，見她仍然未走，心中不覺大感安慰，但此刻見她一隻纖纖玉手，已將拍在呂天冥身上，竟突地低叱一聲，雙掌齊推，將呂天冥推開五尺，兩人一齊砰地坐在地上。

梅吟雪驚喟一聲，掠到他身畔，「飛環」韋七亦自趕到呂天冥身旁，齊地俯身一看，只見他兩人雖然氣喘咻咻，全身脫力，但顯見沒有受到內傷，只是目光發怔地望向對方，似乎心裡俱都十分奇怪。

原來這兩人苦鬥之下，俱已成了強弩之末，加以連遭驚駭，真力漸消，兩人四掌雖仍緊緊握在一處，但掌上卻已都沒了真力，南宮平鐵膽俠心，不願藉著第三者的力量來傷殘對手，見到梅吟雪一掌拍下，便不惜自己身受重傷，將呂天冥推開。

他一推之下，才發覺各各俱已全無餘力來傷對方，不禁怔了半晌。

突聽樓下響起了一陣大呼，「韋七爺、呂道長……」呼的一片冷水，往南面火焰上潑來，接著劍光閃動，四個灰袍道者，一手舞劍，緊裹全身飛躍而上。

梅吟雪心頭一凜，輕輕道：「走！」

哪知呂天冥略一調息，又見來了助手，精神突長，大喝道：「南宮平，勝負未分，走的不是好漢！」

南宮平劍眉怒軒，掙脫了梅吟雪的手腕，驀地一躍而起。

呂天冥人已撲來，呼地一拳，擊向他胸膛，這老人雖然鬚髮皆白，但此刻目光盡赤，髮髻蓬亂，神情之慓悍，實不啻弱冠年間的江湖俠少。

南宮平心頭一陣熱血上湧，亦自激起了心底寧折毋彎的天性，身形一轉，避開這一拳，左掌橫切右掌直劈，呼呼兩掌，反擊過去。

一陣火焰隨風倒下，又是數段焦木，「砰砰」落了下來。

四個灰袍道人身影閃動，各仗長劍，圍了過來，這四人俱是「終南掌教」座前的護法，身法輕靈，劍勢辛辣。

「飛環」韋七大喝道：「男的留下，先擒女的。」四道劍光刷地一轉，有如四道霹靂閃電，反劈向梅吟雪擊下！

梅吟雪身居危境，面上嬌笑，卻仍未斂，秋波轉處，向這四個灰袍道人輕輕瞟了一眼。

這四人自幼出家，枯居深山，幾曾見過這般絕色美女，幾曾見過這般甜美的笑容，四人只覺心神一盪，四道劍光，勢道都緩了下來。

梅吟雪柳腰一折，纖掌揮出，只聽「噹」「噹」「噹」三聲清鳴，三柄長劍，竟在這刹那間，被她右掌的金環擊斷！

第四人手持長劍，方自一愣，只見眼前金光繚繞，右腕一麻，掌中長劍便已落到梅吟雪左

掌之中！

梅吟雪秀髮一甩，右掌一揮，掌中金環，呼地向正待撲向南宮平的韋七身後擊去，雙掌一合，右手接過了左手的長劍，平平一削，第一個道人後退不及，額角一麻，慘呼一聲，滿面流下鮮血，第二個道人俯腰退步，只覺頭頂一涼，烏簪高髻，竟被她一劍削去，第三個道人心魂皆喪。

哪知梅吟雪突地輕輕一甩，頓住了劍勢，左掌無聲無息地拂了出去，只聽「噹」地一聲，第三個道人掌中的斷劍，落到地上，他左手捧著右腕，身形倒退三步，呆呆地愣了半晌，還不知道梅吟雪這一招究竟是如何發出的。

第四個道人眼見她嫣然含笑，舉手投足間，便已將自己的三個師兄打個落花流水，哪裡還敢鑾戰，轉身奔了出去。

梅吟雪笑道：「不要走好麼？」聲音柔軟，如慕如訴，宛如少婦挽留征夫，第四個道人腳步未舉，兩脅之下，已各自中了一劍！

「飛環」韋七身形方自撲到南宮平身前，身後的金環卻已擊到，風聲之激厲，竟似比自己擊出時還要猛烈三分。

他不敢托大，甩身錯步，右掌金環，自左脅之下推出，使的卻是「黏」字一訣，正待將這金環擋上一擋，然後再用左掌接住，哪知雙環相擊，梅吟雪擊出的金環，竟突地的溜溜一轉，有如生了翅膀一般，旋轉飛向韋七的身後。

此刻一段燃燒著的焦木，突地當頭落了下來，「飛環」韋七前後被擊，雙掌一穿，斜斜向前衝出，「噹」地一聲，那金環落到地上，他頓下腳步，穩住身形，卻見梅吟雪正含笑站在他的面前！

火勢更大，將四下燃燒得亮如白晝，也將這個堅固的酒樓，燃燒得搖搖欲墜。

南宮平咬緊牙關，施展出「天龍十七式」中的「在田五式」，雙足釘立，與呂天冥苦苦纏鬥！

「天龍十七式」中，唯有「在田五式」，不是飛騰靈變的招式，這五式共分二十一變，有攻有守，精妙無儔，但此刻在他手中發出，威力卻已銳減，便是真的擊在呂天冥身上，也未見能將呂天冥傷在掌下！

身形閃變的呂天冥，又何嘗不是強弩之末，打到後來，兩人已是招式遲緩，拳腳無力，有如互相嬉戲一般，只有面上的神色，卻遠比方才還要沉重，南宮平一掌「天龍犁田」拍去，呂天冥退步避過。

突聽「嘩啦」一聲，樓板塌了一片，火舌倒捲而出，呂天冥這一步退將過去，正好陷在倒塌的樓板裡，他驚呼一聲，手指扳住樓板的邊緣，但邊緣處亦在漸漸倒塌，眼看他便要被火焰吞沒，以他此刻的功力，哪有力道翻上？

南宮平劍眉微軒處，心念無暇他轉，一步跟了過去，俯身抓起了呂天冥的手腕，但他此刻亦是油盡燈枯，用盡全身氣力，卻也無法將呂天冥拉上來，又是「喀喇」一響，他的立足之處也在倒塌之中，他此刻若是閃身後退，呂天冥勢將跌入火中，他此刻若不後退，勢必也將被火舌捲入。

呂天冥全身顫抖，被火炙得鬚髮衣裳，俱已沾滿了火星，漸將燒著。

南宮平望著這曾與自己拚死相擊的敵人，心中突地升起了一陣義俠憐憫之感，手掌緊握，竟是絕不放鬆，一段焦木，落將下來，他避無可避，閃無可閃，眼看著焦木擊上了他的額角，若是再偏三寸，他性命就得喪在這段焦木之上。

呂天冥眼簾微張，長嘆一聲，他此刻實已不禁被這少年的義俠之心感動，顫聲道：「快逃……快逃……不要管我……」

南宮平鋼牙暗咬，右掌抓著他手腕，左掌緊握著一塊橫木，鮮血和著汗水，滾滾自他額角流落，一滴一滴地滴在呂天冥身上。

「飛環」韋七抬眼望見了梅吟雪，大吼一聲，撲了上去，「今日我與你拚了。」右掌飛環，左掌鐵拳，呼呼擊去。

梅吟雪冷冷一笑，道：「十年之前那段事，可是我的錯麼？」

她瀟灑地避開韋七的兩招，纖手一揮，一道劍光，直削韋七「將台」大穴！

韋七鬚髮皆張，大喝道：「無論是誰的錯，你總是啓禍的根由，若沒有你，哪來這些事故！」

他喝聲雖快，但梅吟雪身形猶快，就在這刹那之間，數十道繽紛的劍影，已將他圍了起來。

但喝聲一了，梅吟雪卻不禁呆了一呆：「若沒有我，哪來這些事故……」她暗暗忖道：「難道是我的錯？但我又何曾錯了！」

「飛環」韋七乘隙反撲，切齒大吼道：「禍水！禍水，今日叫你死在我的手下！」

那四個灰袍道人，此刻驚魂已定，再次撲了過來。

梅吟雪長劍一展，劍光如雪，將他們全都逼在一邊，秋波轉處，突地嬌喚一聲，閃電般掠了過去。

請續看《護花鈴》中冊

古龍精品集 71

護花鈴（上）

作者：古龍
發行人：陳曉林
出版所：風雲時代出版股份有限公司
地址：10576台北市民生東路五段178號7樓之3
電話：(02) 2756-0949　　傳真：(02) 2765-3799
封面原圖：明人出警圖（原圖爲國立故宮博物館典藏）
封面影像處理：風雲編輯小組
執行主編：劉宇青
行銷企劃：林安莉
業務總監：張瑋鳳
出版日期：古龍80週年紀念版2019年1月
ISBN：978-986-5803-01-8

風雲書網：http://www.eastbooks.com.tw
官方部落格：http://eastbooks.pixnet.net/blog
Facebook：http://www.facebook.com/h7560949
E-mail：h7560949@ms15.hinet.net
劃撥帳號：12043291
戶名：風雲時代出版股份有限公司

風雲發行所：33373桃園市龜山區公西村2鄰復興街304巷96號
電話：(03) 318-1378　　傳真：(03) 318-1378
法律顧問：永然法律事務所 李永然律師
　　　　　北辰著作權事務所 蕭雄淋律師

行政院新聞局局版台業字第3595號 營利事業統一編號22759935

定價：240元

國家圖書館出版品預行編目資料

護花鈴／古龍著. -- 再版. --臺北市：
風雲時代，2013.09
　面；　公分
ISBN: 978-986-5803-01-8（上冊：平裝）
857.9　　　　102011133